La Femme-Messie

Dans la même collection :
Heureux comme Abdallah en France, Karim Guellaty
Ibrahim, Frédéric Benqué
Katrijn, Yves Bigot
Maîtres d'école, journal d'une famille d'instituteurs, 1768-1885

Photographie et maquette de couverture : Pierre Finot
Mise en page : Mathilde Decorbez
Crédits photohgraphiques :
p. 138 : dessin du bijou avec abeilles, Saba Niknam
p. 289 : Paul Gauguin, *D'où venons-nous ? Qui sommes-nous? Où allons-nous ?* © Museum of Fine Arts, Boston

ISBN : 978-2-8486-0039-0
6, rue du Mail - 75002 Paris
Dépôt légal : 2e trimestre 2024
www.encredenuit.fr
Encre de nuit, une marque des Éditions Place des Victoires

Bernard Reumaux

La Femme-Messie

ROMAN

ENCRE DE NUIT

« Je ne vous prêche pas la révolte.
La révolte est le crime d'une poignée de séditieux.
Un peuple ne se révolte jamais ;
il se lève quand arrive son heure
et n'a pas besoin qu'on le lui dise. »

Flora Tristan
L'Émancipation de la femme, 1845

J'ai sept mille yeux. Rien ne leur échappe, aucune vibration de l'air, l'éclat d'un regard, la trace d'une odeur. Ils me donnent à éprouver l'en deçà et l'au-delà du présent. Car chaque seconde est un cosmos, un chaos d'étoiles, un ordre immuable et toujours en fusion. Avec sept mille yeux, je perçois la couleur d'un son. Un avion survole l'hôpital et se prépare à atterrir, je vois les mains de la petite fille crochetant les accoudoirs du siège. Son visage, bouche serrée, a le regard fixé sur l'étiquette « Life jacket under your seat *». Il y a longtemps, moi, que j'ai largué mon gilet de sauvetage. Je vole de mes propres ailes, je serai sauvée ou je me fracasserai avec elles. Avec sept mille yeux, le jus de fruits déposé par l'aide-soignante ouvre la fenêtre grillagée et dessine une plantation éblouissante sous le volcan après l'orage. Une rumeur monte derrière la cloison, la porte s'ouvre et se referme, des voix s'emportent, comme un long cortège de révolte.*

Avec sept mille yeux, il n'y a plus ni passé ni futur, la mémoire est un champ de bataille, l'instinct le seul maître. Mon nerf optique est ma colonne vertébrale et mon cerveau. Il est mon utérus, la matrice de toute vie. L'infirmière vient d'entrer. Je ne vois pas l'aiguille, je vois le dard. Je fixe le battement d'une de ses paupières, son regard me fuit, elle me craint, et je sens le bruissement d'ailes de mes sœurs, leurs voiles et membranes autour de moi, souffle et paix. Un nectar doré glisse dans ma veine. Mes sept mille yeux se sont fermés. Ils regardent en moi, non, rien ne leur échappe. Il y a longtemps que je ne rêve plus.

Les romans noirs, c'est cousu de fil blanc. Ça tient rarement la distance, rebondissements tirés par les cheveux, coïncidences téléphonées, personnages caricaturaux. C'est l'opinion de mon coloc, Manuel. Il aime les formules, mais aussi les paradoxes, il n'est pas dupe : les formules, dit-il, c'est comme les bikinis, ça donne une idée, mais ça cache l'essentiel. Vous voyez le style... Il bosse pour un éditeur de polars, ces gens-là aiment les aphorismes, les phrases chocs, les réveille-lecteur. Il réécrit et finalise des manuscrits. *Nègre pour romans noirs*, c'est ainsi qu'il se présentait jusqu'à il y a peu. Il en fait trop, Manu, avec ses trouvailles à deux balles, ses provocs, sa chasse gourmande aux clichés, mais je le comprends, c'est devenu son fonds de commerce. Il a planté une carrière de comptable, dommage il en a vraiment la tête, paraîtrait qu'il a commis des irrégularités avant de passer quelques années en Afrique... motus. En tout cas, ce sont ses compétences de gymnaste en comptes plus ou moins licites qui l'ont rendu indispensable à son directeur de collection.

— Pas un bon polar aujourd'hui, assure Manu, aucun best-seller, sans intrigues financières sophistiquées.

Il faut des comptes offshore, escroqueries à la taxe carbone, arnaques dans le business du commerce équitable. T'as entendu parler du darknet et des bitcoins ? Le grisbi mondialisé du XXIe siècle ! Là, t'es pas dans la coïncidence romanesque, l'état d'âme, le psy franchouillard... t'es dans le réel, l'horlogerie intime du monde, fascinant ! Mais sais-tu seulement ce qu'est le réel, ma chère Agathe ? Le réel, trash de préférence, c'est mon domaine d'intervention, ma plus-value. Casser le fil blanc et recoudre serré, solide comme une vareuse militaire !

De la coïncidence, du cousu de fil blanc, j'en ai pourtant vécu. Et du bien réel. De quoi accabler Manu. La petite thésarde, mes lubies romantiques, mon absurde enquête de terrain dans toute la France, mon journal intime, ces pages que personne ne lira. Sûr, on n'a pas grand-chose en commun lui et moi, c'est pour ça que je l'aime bien : discret, serviable, le coloc idéal, souvent absent, un dîner partagé le dimanche, parfois avec l'un ou l'autre de nos rares amis. C'est toujours lui aux fourneaux, avec les plats de sa grand-mère jurassienne, poularde aux morilles, du savagnin saveur de noix et, les jours de fête, un vin jaune. Il sort beaucoup, assez mystérieux, jamais la moindre conquête. Avec ça même pas alcoolique, encore moins fumeur, et un peu de sport en salle. Comptable, quoi. Manque tellement rien à la panoplie que parfois ça me paraît pas normal. En tout cas, et je pourrais témoigner si besoin, il passe ses journées sur l'ordi, moi aussi d'ailleurs. Un vieux couple, comme il y en a tant chez les trentenaires. Génération co' : coloc, covoiturage, coworking. Mes parents, à mon âge, c'était communisme, comités de lutte, coopératives ouvrières, puis est venu le temps de la copropriété, du cocooning, du Covid...

J'avais dû dire des choses de ce genre à Thomas, mon presque-compagnon, quand j'ai commencé à parler de nous séparer: pas envie de finir comme Manu et moi, routine et cohabitation, rien de profond à partager. Thomas avait de l'intuition, celle du compositeur d'électro, à l'affût de sons improbables à sampler, et celle de l'amant en sursis, s'attendant à voir apparaître un remplaçant après dix-huit mois de quelques hauts, de pas mal de bas, et surtout de zéro perspective. Comment serait le nouveau? Même pas jaloux, et de qui d'abord, mais ça le mettait sur les nerfs. Mes cinq mois d'enquête dans toute la France n'avaient pas arrangé la situation. Il s'éloignait, les répètes, le matos à entretenir, d'inféconds rendez-vous avec des labels, quelques bars à DJ. Et puis les mouvements citoyens, les manifs, indignés, zadistes et compagnie. Il boudait, faisait l'important, restait des jours entiers dans sa coloc à lui, sans donner de nouvelles.

Lors de son dernier passage, Thomas avait recraché ses jérémiades, sans surprise, sans passion. Ce qui l'exaspérait le plus, c'était de savoir que je sentais qu'il reviendrait vite.

— Ta thèse interminable te coupe du monde réel (on aurait dit Manu quand il analysait mon cas). Tu finiras comme ton sujet d'étude, cette femme solitaire et cinglée qui bouffe ta vie. Le monde bouge, Agathe, et pas en bien, on doit bouger pour le changer, et toi tu regardes en arrière!

Tu parles d'un amoureux. Peu d'écoute, des reproches répétés. Il n'y avait que le lit pour le calmer, je connaissais le truc, assez brutal je dois dire, pour un changement de registre immédiat. Parfois, je l'avoue, ça m'excitait et je le provoquais à dessein; s'en rendait-il seulement compte? Risibles amours... Mais là, j'avais pas voulu.

Il a piqué une grande colère, mais pas que : le rat, il a aussi piqué la centaine de vinyles dénichés au vide-greniers d'un bled du trouduculdumonde, l'affaire de l'année, une série de rock, blues et country cultes des fifties aux seventies, au motif que cette musique-là c'était son truc, pas le mien. Les cartons étaient empilés dans l'entrée, scotchés impeccable.

— Toi, la dix-neuvièmiste, si tu veux être cohérente, restes-en au blues de ton siècle chéri, Chopin et sa note bleue, la musique de l'amant de George Sand, celle qui fut la grande rivale de ton héroïne ! Tu vois, j'ai retenu la leçon. Un conseil, Agathe, ne sors surtout pas de ton petit monde, tu y es si bien ! Tu fais de si belles rencontres !

Il ne croyait pas si bien dire.

Une vertigineuse aventure commençait.

*

Drôle d'idée qu'elle a eue de fixer rendez-vous au parking du marché des Capus un samedi matin. Le quartier le plus encombré et indocile de Bordeaux ! Moi, ça m'arrangeait, j'avais passé la nuit juste à côté, chez Sophie, à l'ombre du clocher solitaire de Saint-Michel.

— Alors, ça y est, c'est fini, tu rentres à Paris ? avait demandé Sophie. Le périple est bouclé ? Vingt-deux étapes qui se terminent chez moi, quel honneur !

Elle s'y connaissait en plans interminables, mon amie de fac. Sa thèse sur le cinéma de femmes argentin avait occupé sept années de sa vie, puis nourri quelques espoirs : un stage dans une institution culturelle à Buenos Aires, un orteil à l'université de Bordeaux, mais rien n'était venu à part des petits boulots ici et là, diverses allocs, le RSA. Et elle, toujours allègre, positive.

Elle dessinait aux crayons de couleur des scènes minuscules, fouillées, oniriques, exposait un peu, n'avait aucun plan de carrière, la sagesse même. La soirée avait été grâce, rires et tendresse, fromages et vins. J'en avais besoin. Peu d'amis, mais solides, des garde-fous. À midi elle avait voulu m'accompagner au rendez-vous.

— Une Mercedes grise, tu dis, conductrice blonde, la cinquantaine ? C'est ça ?

Sophie arpentait la place des Capucins et ses abords, cherchant la voiture annoncée. Déjà dix minutes de retard. Je restais en poste fixe à l'entrée du marché couvert, mon sac de voyage au sol et la mallette de l'ordi à l'épaule. Allées et venues, cris et klaxons, enchevêtrements. La foule me fascine et me fait peur.

De l'autre côté du grand portail, il y avait une jeune femme, à l'arrêt comme moi. Dans le tourbillon général des silhouettes, des bruits et des couleurs, son immobilité avait fixé mon regard. Nous étions comme deux plantons en faction devant un bâtiment officiel. Mais, question tenue, notre garde d'honneur faisait plutôt carnaval, armée d'opérette. La petite rousse aux cheveux courts (moi), avec jean, pull ethnique sud-américain et colliers ; son alter ego à dix mètres de là, grande, cheveux noirs épais tombant sous les épaules, longue jupe noire et une incroyable veste en velours mauve lilas à fins brandebourgs dorés qui descendait, très ajustée, jusqu'au milieu des cuisses, bottines cloutées me semblait-il. On aurait dit une écuyère des temps anciens. Elle n'avait pas de cravache, mais sa main gauche, un peu relevée, tenait un paquet en carton, large et plat, fermé d'une ficelle à boucle comme en nouent les pâtissiers. Dos au marché, indifférente à lui, à l'affût de quelque chose, en attente.

Les gravures de mode colorisées du XIXe siècle présentent des élégantes pittoresques de ce genre. L'idée me fit sourire. Mon pauvre Thomas n'avait pas tort, ma fixette sur le siècle romantique confinait à l'obsession. Mais tout s'arrêtait aujourd'hui. Terminé ! Deux ans de lectures et de recherches, vingt-deux semaines de travail de terrain achevées la veille, 26 septembre, mon journal de bord de ce tour de France bouclé, retour à Paris, encore trois mois d'écriture universitaire intensive en chambre – faudra-t-il utiliser le grotesque « nous » académique pour parler de soi ? –, et enfin la soutenance. Puis à moi les petits boulots absurdes, comme Sophie. Tiens, justement...

— Ça y est, je l'ai trouvée ! Viens !

Sophie agitait les bras, sa blondeur énergique de Flamande fendant la fluide foule maghrébine du quartier Saint-Michel. Plus rapide que moi, l'écuyère fondit sur elle :

— Bonjour ! C'est vous la voiture Blablacar ?

— Non, mais je l'ai identifiée, c'est bon. Tu es aussi du voyage ? L'auto est dans le méli-mélo là-bas. La conductrice vous attend. On y va.

Je regardais l'écuyère, sa boîte à gâteaux oscillait, elle avait un petit sac coincé sous l'épaule. La voix était basse, une puissance sourde, rien de ces intonations nasales et rythmes hachés, syllabes avalées, signalant les jeunes femmes connectées qui m'énervent tant. Une solitaire, me suis-je dit, elle économise sa voix.

Elle se tourna vers moi. Ses yeux me percèrent une seconde. J'aurais juré qu'ils étaient couleur myosotis et avaient les éclats d'or de sa redingote, une constellation d'étoiles sur un horizon en feu, une aurore boréale plutôt. Elle coupa court à ma sidération :

— C'est vous qui voyagez avec moi, je pense ? Allons-y.

— Bonjour... Oui, euh, on y va...

Bon, c'est clair, je ne suis pas une mondaine, il ne faut pas trop m'en demander question civilités, meubler une conversation, faire bonne figure... Mes parents ne m'ont pas appris ça, on les comprend, ils avaient tellement à penser à eux. La gaieté communicative de Sophie mit un fond sonore à notre marche vers la Mercedes grise, petit modèle, garée en triple file dans l'enchevêtrement des camionnettes déglingues des maraîchers et des ostréiculteurs. Postée à côté du coffre ouvert, une blonde très coiffée-maquillée, lunettes de soleil en serre-tête, la parfaite commerçante dynamique. C'était notre conductrice, catégorie « Expert », avait indiqué le site Blablacar sur lequel j'avais réservé. Le genre sérieux, pour rassurer les voyageurs inquiets – ils existent, et nombreux, croyez-m'en.

— Elle est marrante, la nana, dit Sophie. Vous savez pourquoi elle vous a donné rendez-vous ici ? Son coffre est archi *full* de cubitainers de vin en vrac acheté sur un étal du marché. Je sais tout : un euro le litre, du premières-côtes déclassé. Un plan génial, selon elle. Tu viens avec ta bouteille de Volvic vide et le gars la remplit. Dès que vous aurez décollé, j'y fonce. Elle était inquiète, elle m'a demandé si vous aviez des bagages encombrants.

Sophie s'arrêta une seconde pour considérer l'écuyère. Dans son quartier pourtant multi-tout, diversité maximale, elle ne devait pas en voir passer souvent de semblables.

— C'est tout ce que tu as comme bagages ? Un goûter pour la route ? Tu voyages léger, elle sera contente, votre convoyeuse en vins !

L'écuyère gardait le silence, moi aussi. Sophie sortit un sachet de son sac en bandoulière et me le tendit.

— Ah, ça me fait penser que je t'ai pris des cannelés. Vous aurez donc un double goûter, prière de partager ! Et demandez à la conductrice qu'elle vous perce un cubi : bordeaux sur cannelés vanille, c'est topissime...

L'écuyère eut un sourire qui me parut pincé. Sophie en fait parfois trop. Qu'elle se taise, bon Dieu ! Je voulais revoir les yeux-soleils de l'écuyère, faire un petit saut en arrière, comme lorsqu'on revient sur ses pas après l'éblouissement fugace d'un bijou en vitrine.

La conductrice s'appelait Éliane. Cinquante-sept ans, c'était annoncé sur le site Blablacar avec sa photo lunettes de soleil dans les cheveux. Elle avait déjà vingt-neuf covoiturages à son actif et des avis épatants : « *conduite sûre et efficace* » ; « *a fait un petit détour pour me déposer devant chez moi* » ; « *conversation passionnante, je n'ai pas vu le temps passer* » ; « *m'a laissé mettre ma playlist, c'est cool* » ; et cetera. Nous avions une « Experte » d'exception, bonne pioche.

— Vous êtes Agathe, j'en suis sûre, dit la conductrice en riant et en tendant la main vers mon sac de voyage. Et vous, c'est Maya, donc... Vous savez, dans le marketing et la vente, on sent les gens. Moi, c'est Éliane, bienvenue dans mon transport de vins, ha ha ha !

Je commençais à m'inquiéter du profil de notre conductrice. Marrante, avait dit Sophie, qui est du genre bon public. Tu parles, on n'allait pas se marrer...

Éliane poursuivit :

— Nous ne serons que trois dans la voiture, j'ai pas fait le plein cette fois, faut dire que l'ouverture de la ligne TGV vers Paris nous met dans la panade, nous autres forçats de la route. Bon... vos inscriptions sont OK, vous me donnerez le numéro de code à l'arrivée, tout est nickel, on y va. Vous avez mangé, fait pipi, pas oublié le chargeur de l'iPhone ? Ha ha ha...

Mon Dieu, six heures de trajet à cette sauce ! Je regrettais mes vingt-deux semaines de périple à travers la France en petites étapes, à peine coupées par quelques allers-retours à Paris. J'étais peut-être sortie du réel cher à mon coloc et à mon amoureux, mais j'avais eu un but. Et là, revenant dans le monde, il me semblait ne plus avoir de direction. Le rideau était tombé à Bordeaux, terme du mélancolique et studieux pèlerinage commencé à Paris le 12 avril sur les traces de ma « cinglée », revisitant les étapes de son ultime voyage. Heureusement, Sophie avait été là pour la dernière soirée. Elle me prit dans ses bras.

— Bon, Agathe, c'est pas tout, j'ai du vin à chercher, je te laisse. À très vite !

La fille du Nord et la fille de nulle part partageaient le goût des adieux brefs. L'écuyère salua Sophie d'un petit geste de la tête, regard perçant. Elle s'appelait donc Maya. Cela ne lui ressemblait pas. Je ressentis une désagréable piqûre de déception.

Éliane ouvrit la portière avant droite. J'eus un mouvement de recul, aucune envie de passer tout le voyage à son côté. L'écuyère avait observé mon retrait et m'adressa un sourire amusé, que je crus interpréter ainsi : j'ai compris, je me dévoue si vous voulez. Mais Éliane avait déjà jeté mon sac sur le siège avant.

— Je vous laisse à l'arrière, les filles. Six heures d'autoroute, c'est assommant, vous serez mieux pour dormir. Mais relayez-vous, car si je m'assoupis au volant, quelqu'un doit pouvoir me réveiller, ha ha ha...

L'Experte méritait son titre, elle se coula comme une pro dans les bouchons de la rocade de Bordeaux avant de s'emmancher sur l'autoroute. Parler était pour elle une fonction organique, comme respirer, elle ne nous cacherait rien. C'était une représentante en vins, plaçant des grands crus dans les restaurants étoilés parisiens, mais là elle venait de faire un chargement, limite clandestin, pour fournir un « petit bordeaux sympa » à des bistros amis.

— Vous ne travaillez pas aux impôts, j'espère, ha ha ha ! Non, vous n'avez pas le look. Vous savez, dans le marketing et la vente, on sent les gens. Mais je vous l'ai déjà dit, je crois, pardon...

Éliane s'était retournée un bref instant, c'est bon, ses passagères écoutaient et semblaient apprécier. On sentait venu le moment de révélations majeures.

— C'est tout simple : un euro le litre au marché – le litre, oui, pas la bouteille de soixante-quinze –, quatre euros cinquante le verre à Paris, sept verres par litre... vous savez compter, les filles ? Non, sans doute, votre génération n'a plus appris les tables de multiplication. Eh bien, c'est la culbute fois trente, oui, trente, tout ça en cash, au black, qui dit mieux ? Ha ha ha ! Et j'ai soixante litres au coffre. Allez-y, calculez le chiffre d'affaires et la marge brute, je ramasse la copie dans une minute. Et ça vous en bouchera un coin, bouchera, bouchon, ha ha ha, je ne prends rien là-dessus, non non, service aux copains, on s'arrange autrement...

La voilà partie dans les développements politiques qui collaient à son « profil » : l'État sangsue, les fonctionnaires et leurs syndicats, les trente-cinq heures, des indemnités de chômage trop généreuses, les assistés de tout poil, les migrants... Elle qui « sentait les gens » n'avait néanmoins pas dézingué les jeunes qui, c'est bien connu, ne veulent plus bosser. Maligne, elle s'efforçait de coller à son public.

— Heureusement, il y a encore des espaces de démerde en France. On est un peuple de résistants, Gilets jaunes et Bonnets rouges, ha ha ha... Vous savez, positive, je suis ! La France est un vieux pays, on est en plein bordel, les retraites, les banlieues, les agriculteurs, ça crise partout, mais on en a vu d'autres... C'est à vous, les jeunes, de faire bouger tout ça, la Carmagnole, bon courage, on compte sur vous, ha ha ha !

Tiens, elle parlait comme Thomas, maintenant. Le grand front des râleurs soumis, des électeurs cocus, des tchatcheurs impuissants. Elle devait se précipiter sur *Le Canard enchaîné* chaque mercredi. Tous pourris, et moi j'ai mes petites combines.

On était sorties de l'agglomération, les tristes champs de maïs étaient à marée haute, attendant la récolte. Ils gommaient les zones commerciales et leurs panneaux publicitaires *king size*. D'une monoculture à l'autre. Je venais de passer plus de quatre mois dans une autre France, me semblait-il. J'avais plongé dans ce « vieux pays » dont parlait Éliane... Mais où était le réel ? J'avais mon ressenti, qui n'était pas celui de Thomas ou de Manu, ni celui d'Éliane. Seuls quelques proches et mon journal – un vrai ami, lucide et bienveillant ! – savent accueillir et entendre ma voix. Sophie m'avait fait du bien, calmant la radicalité que je sens trop souvent monter en moi. Thomas, si péremptoire et emporté devant des inconnus dans les bars, mais couard à la maison, m'avait dégoûtée de tout engagement. Oubliées, les années militantes. Retraitée de la révolution à trente balais. Mes parents, on ne peut pas leur enlever ça, avaient tenu quelques années de plus, avant de rêver de Mitterrand puis de Macron à l'Élysée.

Assise derrière Éliane, l'écuyère était tournée vers la vitre, sanglée dans la redingote lilas qu'elle n'avait pas déboutonnée, immobile en sa rêverie. Quelles pensées l'habitaient ? Quel réel était le sien ? Pour l'heure, elle ne semblait ni agacée ni même concernée par le discours d'Éliane, simplement absente. Moi, j'étais dans le champ de vision de la conductrice, qui m'observait dans le rétro, ciblait des clins d'œil de complicité, des hein hein quémandant mon approbation, tout au moins une écoute à défaut de reparties. J'étais tétanisée, une seule envie, ouvrir la portière. Elle dut s'en rendre compte, et choisit une autre victime.

— Maya, vous allez tenir vos gâteaux sur les genoux pendant tout le trajet ? Ils arriveront en bouillie à Paris. On va les poser sur le plancher à côté de moi, ils ne craindront rien en cas d'à-coups.

L'écuyère mit quelques secondes à sortir de son mutisme. Elle répondit à voix basse, cette voix qui m'avait intriguée, le visage toujours de côté, comme se parlant à elle-même :

— Ce ne sont pas des gâteaux... Ce sont des abeilles... Et je vais les garder sur moi.

Éliane fit une embardée avant de redresser le cap. Heureusement, la circulation s'était fluidifiée. L'Experte avait assuré, ouf... Elle se mit à crier :

— Des abeilles !!! Mais c'est quoi ce truc de dingue ? Elles vont pas sortir de la boîte ?!

Je fixais l'écuyère, droite et imperturbable, ses abeilles sur les genoux. J'imaginais un grouillement d'insectes furieux prêts à s'échapper. Maya et ses abeilles, un vrai délire. Pour une fois, j'étais du côté d'Éliane : oui, c'était quoi ce truc de dingue ?

L'écuyère se mit à rire, un petit rire étouffé, une sorte de toux, comme lorsqu'on rit tout seul, sans témoin, en lisant une histoire burlesque ou en se remémorant une facétie de la journée.

— Pas d'inquiétude ! Dans cette boîte il y a six cellules, des alvéoles bien fermées, et dans chacune d'elles, il y a une reine. Mon père est apiculteur dans les Landes, éleveur et sélectionneur de reines, des espèces rares. Je les livre à des clients à Paris pour la reproduction. Au black aussi, bien sûr. Et comme vous, chère Éliane, je ne prends pas de commission. Nous sommes donc collègues, et avec la même éthique du business. Détendez-vous, tout va bien se passer...

L'écuyère reprit son rire en aparté. Puis elle se tourna vers moi. Pour la deuxième fois, ses yeux-soleils saisirent les miens :

— Et vous... pardon, je n'ai pas retenu votre prénom... à quel commerce vous livrez-vous ?

— Je m'appelle Agathe, je fais une thèse en anthropologie politique à la Catho de Paris, je voyage pour ma documentation. Je ne vends rien, j'en serais bien incapable. Mes amis disent que je vis dans une bulle, et cela me convient.

Ce qui est bien d'ordinaire avec Blablacar, depuis quatre mois que je covoiture intensément, c'est que tout le monde est sympa et superficiel, un haut lieu de positive attitude, de blablathérapie. Personne n'a l'idée de plomber l'ambiance avec l'exposé de ses problèmes ou états d'âme. Mais, là, l'écuyère m'avait vexée avec cette histoire du prénom pas enregistré. Était-ce sincère ? Voulait-elle m'humilier ? Je décidai de lui renvoyer l'ascenseur, et de la tutoyer.

— Et toi, tu me rappelles ton prénom ? Je me souviens juste, excuse-moi, qu'il m'a paru étrange...

L'écuyère semblait être dans un songe depuis qu'on était parties. Elle mit quelques secondes à me répondre, les yeux plongés dans les miens. Oui, ils étaient bleu myosotis, comme chez certains chats, leurs paillettes d'or dansaient :

— Maya... On m'appelle Maya... Non, Agathe, il n'est pas étrange ce nom, il est carrément ridicule ! Mais c'est un surnom. À cause des abeilles, bien sûr, une lubie de mon père, il est apiculteur, je vous l'ai dit... Je me suis inclinée, on ne va pas refaire le grand schisme pour une histoire de nom... En fait...

Elle s'interrompit. Un soleil d'été indien colorait de feu l'océan de maïs et faisait scintiller le défilé d'éoliennes géantes à l'arrêt, enveloppant l'écuyère d'un cortège d'étoiles. Éliane ne disait plus rien, elle avait ralenti, le regard davantage dans le rétroviseur que sur la route, se contorsionnant pour essayer d'apercevoir, sur les genoux de sa passagère, la boîte dans laquelle six reines tournaient en rond. Des camions espagnols et portugais longs comme des cargos nous dépassaient avec klaxons et appels de phares, perturbés dans leur trajectoire monotone.

L'écuyère me regardait toujours, mais me voyait-elle ? Je m'en voulais de ma bouderie idiote à son égard. Ses yeux me dérangeaient, elle voyait en moi, c'était sûr, me jugeait. Mes mains tremblaient, je me sentis mal.

Quelques interminables secondes passèrent. Puis, comme s'il n'y avait pas eu d'interruption dans sa phrase, l'écuyère reprit :

— ... En fait, je m'appelle Flora.

J'ai poussé un grand cri. Éliane a écrasé la pédale de frein. Les klaxons ibériques se sont déchaînés.

*

Éliane s'est garée à la première aire de repos. Après mon cri, silence sidéral à bord, la voiture à toute petite vitesse et trois femmes dans leurs pensées chahutées. Moi, la honte majuscule, mon émotivité incontrôlée qui claque trop souvent au visage des autres. Après, soit tu te barres, tu romps – mais là, comment, sur l'autoroute, même à soixante à l'heure? –, soit tu t'expliques, tu t'excuses, tu quémandes compréhension et pitié.

J'ai fait quelques pas sur le parking. Éliane est sortie de la voiture et a allumé une cigarette. Derrière la rangée d'arbres, un troupeau de moutons. Bergère, pourquoi ne ferais-je pas bergère? Ou plutôt je retourne prendre mon sac sans un mot et vais ouvrir la portière du semi-remorque garé juste là, avec un sourire au chauffeur à face de proxénète qui m'a déjà repérée, me mate et m'emmènerait volontiers jusqu'à Hambourg. Mais je ne sais pas choisir, toujours entre deux vies, entre deux pseudo-compagnons, et rien ni personne au milieu, petite étudiante perdue qui a sa thèse bancale à boucler et joue les prolongations avec le virement mensuel de ses parents qui ont tant d'inattentions à se faire pardonner. Ma thèse, on y est, on revient au sujet, je vais leur expliquer. J'ai respiré profondément, lancé un salut de fuyarde aux moutons et au routier, puis suis revenue m'asseoir dans la voiture. L'écuyère n'avait pas bougé. Éliane a jeté sa cigarette et a repris sa place au volant, mais elle n'a pas remis le contact. Le temps des explications était venu. Ça risquait d'être confus.

— Pardon... désolée d'avoir dérangé ce voyage... je suis assez perturbée en ce moment... je vais vous expliquer...

L'écuyère me regardait. Elle ne souriait pas. Je préférais cela. Un sourire, c'est souvent trompeur, un masque, de l'hypocrisie. Qu'est-ce que ça exprime de sincère, un sourire? Son visage impassible rayonnait, telle une icône de paix. Une lumière inconnue s'alluma en moi, chaude et dorée, et je me mis à rire, un rire heureux, libérateur. Mes camarades aussi, soulagées. Et les mots vinrent aisément:

— Flora... Tu portes le nom de la femme qui éclaire ma vie depuis des années. Flora Tristan... Je lui consacre ma thèse et presque tout mon temps. C'était une des premières féministes, une socialiste utopiste, écrivaine, journaliste et militante. Elle est morte d'épuisement à quarante et un ans, à Bordeaux, il y a plus d'un siècle et demi. Oui, Flora Tristan. Ce nom vous dit quelque chose ? Elle est bien oubliée aujourd'hui. Pour ma thèse, j'ai marché sur ses pas, j'ai refait son dernier itinéraire, un tour de France solitaire de cinq mois visant à convaincre les ouvriers de s'unir pour mettre fin à leur exploitation. Cela vous paraîtra peut-être ridicule, mais je vis avec Flora Tristan. Pour moi, cette femme d'exception n'est pas morte... alors...

L'écuyère glissa sa main droite sur la banquette et la posa sur la mienne. La pression était forte, chaude, palpitante. Deux respirations accordées. Aucun homme ne m'avait procuré pareille félicité tactile immédiate... Il me faut le temps de l'évaluation, du libre-arbitre, la séduction par les mots, puis le désir monte, et vient son accomplissement. Avec... arriverai-je à articuler ton nom, ce nom-bijou, et à t'en parer ?... avec l'écuyère... je m'offrais déjà, et j'attendais.

— Agathe, me répondit-elle, bien sûr, je connais Flora Tristan. Ma mère était féministe comme on l'était dans les années soixante-dix, intello et joueuse. Flora Tristan avait la cote à l'époque. Me nommer ainsi, c'était un message pour les proches, pour ses parents surtout, des bourgeois cultivés qu'elle jugeait réacs : « Je suis féministe, voyez le prénom de ma fille ! » Je devenais son porte-drapeau, une militante par délégation. Mais on m'a demandé mon avis, à moi ? Voilà pourquoi j'ai refusé de porter ce nom, j'en ai toujours eu honte.

Elle s'interrompit. Sa main couvrait encore la mienne. J'avais ressenti, sous la froideur étale de sa voix, l'électricité de ses émois, la colère vive, une plaie pas fermée. L'autre main reposait sur la boîte aux abeilles. Étonnante transfusion d'énergies, il me sembla percevoir un doux tremblement d'ailes agitées.

Impossible de reprendre la parole et de poursuivre mes explications. Je n'allais pas leur faire un cours sur Flora Tristan, encore moins leur raconter ma vie, pas le genre de la maison. Au fond, j'avais tout dit.

Éliane restait muette elle aussi. Elle avait rallumé une cigarette et soufflait la fumée vers la portière demeurée ouverte, en « Experte » responsable, car la voiture était *no smoking*, c'était dans le contrat Blablacar. La conductrice devait penser à l'accident évité, au retard dans le timing, puis à l'avis qu'elle aurait à donner sur le site concernant ses passagères : « *barge nerveuse, à éviter* » pour l'une, et « *emporte des insectes dangereux à bord, ça devrait être clairement interdit dans la charte* » pour l'autre. Bonjour, notre e-réputation sur Blablacar...

— Mais ce n'est pas tout..., reprit l'écuyère. (Arriverai-je à dire ton nom ?)

Elle maîtrisait l'art délicat des pauses rhétoriques. Cette respiration m'enchantait, car rien ne m'insupporte plus que les moulins à paroles, leurs discussions interminables, au téléphone surtout, le moi-moi-moi désespérant qui nourrit tant de monologues croisés, sourds l'un à l'autre. Thomas avait compris cela, il réservait son narcissisme bavard à ses amis et, sauf pétage de plombs parfois, il savait préserver ma bulle.

— ... Le plus incroyable, poursuivit-elle, c'est que mon père s'appelle Tristan ! Oui, c'est véridique ! Flora, fille de Tristan Maubert. Fallait le trouver. Avoir accepté cette idée imbécile de sa femme est un des regrets de sa vie, et a créé une dette à mon égard. On peut le dire, ma mère était folle. Disparue de la circulation quand j'avais dix ans, je ne la vois quasi plus.

Le monologue continuait, avec ses pauses, sa respiration. Comme un conte d'antan à la veillée.

— ... Ma mère sitôt partie, mon père m'a choisi un autre prénom. Il a pris celui de l'héroïne du feuilleton *Maya l'Abeille*, que j'adorais regarder avec lui. L'apiculteur me rendait attentive aux détails, pas tous fantaisistes, du dessin animé. C'est ainsi qu'a commencé mon initiation au monde magique des abeilles, avant le travail aux ruches. Maya, c'était donc mieux que Flora, je m'y suis faite. En grandissant, il m'a paru ridicule, mais il est resté. À l'école, j'avais tellement de camarades qui portaient des prénoms sortis de la télé et du showbiz : Pamela, Kevin, Noah. Alors on s'habitue, on peut même en rire. Bref, tout le monde m'appelle Maya, à commencer par Ramsay, mon amoureux.

Flora – ça y est, j'y arrive... et moi je t'appellerai ainsi ! – fut reprise par son petit rire élégant. Elle semblait s'amuser, comme si elle parlait de quelqu'un d'autre. Éliane se fendit de plusieurs ha-ha-ha rassurés et mit le contact avec entrain. Elle aurait de quoi raconter à ses amis en leur faisant goûter le petit bordeaux sympa, et vive Blablacar et ses rencontres pittoresques ! La voiture reprit l'autoroute, l'aiguille de vitesse retrouva ses hauteurs, on rattraperait le retard.

Les heures ont passé. Flora et moi avons beaucoup parlé, chuchoté presque. Qu'en dire ? La mémoire de nos mains vaut celle des mots rapportés.

— Je vous dépose où, les filles ? Place d'Italie, au métro, ça vous va ?

Éliane avait observé une cure de silence et respecté notre intimité. Avec tact, elle avait lancé un programme de musique insipide, en mode douceur, qui nous isolait à l'arrière. Au moment de nous séparer, elle nous embrassa avec gravité, sans effusion. Elle me serra contre elle et me murmura de sa voix revenue des oubliettes :

— Tu as trouvé ton Eurydice, Agathe. Ne te retourne pas, avance !

Flora habitait à Belleville et moi vers la gare du Nord. Pour une fois, je fus directive :

— Flora, on dîne ensemble, d'accord ? Je dépose nos sacs chez moi – tu verras, j'habite la plus belle rue de Paris –, et je t'invite au resto.

Manu n'était pas à l'appart et les cartons de disques étaient toujours dans l'entrée. En descendant pour aller dîner, je pris conscience que Flora avait déposé sa boîte à abeilles dans ma chambre. Autre constat : plusieurs fois déjà je l'avais appelée Flora, pas Maya, et jamais elle ne m'avait reprise.

Le soir, la rue Cail est en joie et en beauté. Les lanternes indiennes accrochées aux fenêtres jusque dans les hauteurs dansent et donnent à l'espace une gaieté colorée de fête de village un 14 juillet. J'aime ce Paris-là, bon enfant, actif, mélangé. Les restaurants tamouls sont alignés comme à la parade. L'un d'entre eux est entièrement féminin, cuisinières, serveuses, patronne qui rient tout le temps, entre elles et avec les clients, en servant, en nettoyant le sol. C'est mon second chez-moi. Flora y fut accueillie comme une sœur, son épaisse chevelure noire et sa redingote aux chatoiements d'Orient faisaient l'admiration enjouée du personnel et sa haute taille en imposait. Une bayadère, danseuse sacrée et mystérieuse de l'Inde ancienne.

Dehors, les grappes de lanternes orange nous firent cortège jusqu'à l'appartement.

— Tes cheveux, Agathe, ont la couleur des lanternes... Non, ce sont les lanternes qui ont pris la couleur de tes cheveux ! Et tes yeux, Agathe... ils brillent de mille étoiles... Comme les abeilles, tu sais, elles ont sept mille yeux !

Je me rappelai la révélation des siens, à midi, à Bordeaux. Sept mille, peut-être... Cela me troubla. Elle fit une pause, je commençais à m'habituer à son élocution par séquences. Sa main avait retrouvé la mienne.

— ... Tu as raison, Agathe, Flora n'est pas morte il y a un siècle et demi, elle est vivante, elle est là, à côté de toi. Et nous ne sommes pas dans une bulle... peut-être dans une ruche...

J'aime quand elle rit.

— ... C'est incroyable, tu sais, une ruche. C'est la vie, la solidarité, la fusion. Tu verras !

La ruche chante. Un chœur à mi-voix, démultiplié à l'infini, partagé par toute la communauté des abeilles, un bruissement mélodieux, incessant et doux. Chacune y prend sa part, commandant le mouvement de ses ailes, instrument de ventilation produisant la musique des anges, rumeur pleine et modulée, parfumée.

Ici et là, des solistes se manifestent, les jeunes reines non écloses murmurent dans leurs alvéoles la promesse de la vie, la rencontre prochaine avec le soleil, l'attente de l'accouplement. Choisies au hasard, ces quelques jeunes larves ont été nourries à la gelée royale, liqueur miraculeuse qui transmute en quelques jours l'œuf d'abeille stérile en reine fécondable.

Le courant d'air du chant bourdonnant ventile la ruche, éveille et brasse les senteurs des miels en gestation, lavande, châtaigner, mûrier sauvage. Une ferveur et une allégresse sans limites transportent et soudent la communauté. Le présent est éternité, point oméga dans lequel se noient la vie et la mort. L'évangile des abeilles, la paix vibrante du paradis, la communion des corps et des âmes.

Soudain, l'agitation devient fébrile. Des ouvrières rongent la cire d'une alvéole royale. La plus avancée des jeunes larves a été repérée et les ouvrières s'attaquent au couvercle pour la libérer. La nouveau-née s'extrait de sa cellule hexagonale, entourée et recouverte par des servantes empressées à son nettoyage et à sa nourriture. Indifférente et souveraine, la jeune princesse se libère des courtisanes. Elle a son destin à accomplir. Filant vers les autres alvéoles royales, elle y plante son dard meurtrier, tuant dans l'œuf toutes ses rivales. Tandis que les ouvrières évacuent les premiers cadavres à l'extérieur de la ruche, la jeune reine poursuit le massacre des innocentes, fondant par ses crimes la force incontestée de son pouvoir.

Une meurtrière est née.

Ceci est mon acte de naissance.

Dans la rue, les lanternes étaient éteintes. Il y avait du vent ce matin, elles oscillaient fort. Chaque jour, dès le réveil, je sors de ma chambre et vais m'allonger sur le canapé du salon, dos relevé par les coussins disposés en traversin. Face aux fenêtres, je regarde bouger les lanternes, je cogite à ma thèse, je rêvasse, je pleure parfois, et souvent me rendors.

La rue Cail était silencieuse dans la fugace aurore parisienne. Bientôt il y aurait le fracas des rideaux métalliques remontés avec exaltation par les commerçants tamouls. En vingt ans, les réfugiés sri-lankais ont mis la main sur tout le rez-de-chaussée de la rue, dynamiques, organisés et solidaires, plus sympas que les Chinois mais tout aussi efficaces, assurant une police, comment dire, non bureaucratique.

Thomas se moque de mes séquences méditation sur le divan : « Certes, c'est moins cher que le psy, mais niveau résultats, c'est pas terrible... » Telle est pourtant mon hygiène, je laisse monter en moi les vagues de l'improbable. Qu'elles m'emportent une fois encore ce matin dans le délicieux chahut du passé bousculant le présent. Me voilà avec Flora Tristan.

... Je suis devant sa tombe au cimetière de Bordeaux. Tiens, Sophie n'est plus là. C'est Éléonore qui est à mon côté. Elle a tout abandonné, mari et boulot, pour suivre l'intrépide voyageuse. Flora Tristan l'avait surnommée Saint Jean, le disciple que Jésus aimait. Éléonore tenait sa main quand elle est partie. Elle a mis ses cahiers en lieu sûr, la police ne les a pas retrouvés. Heureusement ! Sans ces cahiers, sans ce journal, je ne serais pas là aujourd'hui, cent quatre-vingts ans après son décès, à vouloir faire écho à son utopie.

... Une rumeur au loin, des chants, de la musique, quelques cris. Une foule approche, pénètre dans le cimetière derrière un écran de bannières déployées, au son des cuivres et percussions. Plusieurs centaines de personnes, les hommes en blouse et casquette, les femmes en tablier, cheveux en désordre, beaucoup d'enfants, quelques chiens, raclements de sabots, cannes frappées au sol, cliquetis de galoches ferrées. Alentour, plusieurs silhouettes en noir, des flics et indics. Le cortège se dirige vers nous.

... Devant la tombe, un homme sort du groupe, fait placer la foule en demi-cercle et les bannières en toile de fond. Les instruments se taisent. Tous les métiers sont là, horlogers, tailleurs de pierre, cordonniers, ferblantiers et tant d'autres, et les unions professionnelles de défense et d'entraide dont Flora voulait qu'elles se transforment en socle d'un monde nouveau, libéré de la tyrannie meurtrière de l'argent et des ruses du politique. Là, l'ouvrier ne serait pas l'esclave du patron, la femme ne serait pas la chose de l'homme, l'enfant ne serait pas une âme morte. Son tour de France, Flora l'avait voulu à leur intention, les fédérer en Union ouvrière, dépasser le corporatisme, les guéguerres d'obédience, les récupérations politiciennes, leur donner un horizon, un projet. Cinq mois exaltants et désespérants, terminés ici.

... Au cimetière de Bordeaux, le monument érigé sur la tombe de Flora Tristan a été financé par une souscription qui a circulé parmi les ouvriers de France : une colonne inachevée, figurant la première pierre du monde nouveau, sur laquelle un rosier grimpant plein de promesses a été sculpté. Depuis cent quatre-vingts ans, des fidèles y déposent fleurs et bougies. Flora n'est pas morte, elle est en vie.

*

Des rires m'ont sortie de l'engourdissement. Dehors, les lanternes ne bougeaient plus. Mon Dieu, Flora...

Flora et Manu à la cuisine, riant comme de vieux potes. Flora portait un long tee-shirt blanc, sans doute tiré de son petit sac, car pareille taille ne sortait pas de mon armoire ; ses cheveux tombaient en paquets défaits sur les épaules et dans le dos. Elle paraissait plus grande qu'hier, déliée. Elle s'avança et posa ses lèvres sur les miennes, le baiser s'attarda quelques secondes, réveillant les frissons de la nuit.

— Tu étais mimi comme tout sur le canapé... J'aurais aimé me glisser contre toi, partager ton rêve. Mais tu vois, avec ton coloc, on a fait connaissance.

Manu mit l'eau à bouillir pour le thé. Il avait adopté le mode colocataire discret, c'est-à-dire à la fois bien obligé d'être là, donc témoin, et en même temps chacun sa vie, n'est-ce pas, vous faites ce que vous voulez tant que cela ne me dérange pas. J'imaginais sa surprise en voyant Flora sortir de ma chambre, cheveux en bataille, à moitié nue. J'avais interrompu leur conversation fort gaie. Ils la reprirent, ça retardait les mises au point.

— Sais-tu, Agathe, que le père de Maya écrit des romans policiers… ? Il m'a l'air d'un sacré oiseau, cet apiculteur, ancien baroudeur en Afrique, et l'Afrique ça me connaît. Un auteur de polars planqué dans les Landes !

Manu en savait déjà plus que moi, il osait poser les questions, il aurait dû faire journaliste ou flic, pas comptable. Il était douché de frais, habillé pour sortir, pas pour travailler à l'ordi… pressé, semblait-il.

— Faut pas que je traîne, mon directeur de collection m'attend. Tiens, Maya, je lui parlerai de ton père. Tu vois, je t'appelle Maya, pas Flora, c'est gentil de m'avoir mis au parfum, mais je laisse ce privilège à ma coloc…

— Merci pour mon père, Manu, mais ce qu'il écrit n'est pas ton genre. Il pond des polars régionaux, de terroir, comme on dit. Cela ne vole pas très haut : meurtre mystérieux dans le vignoble, querelles d'héritages dans les châteaux, la petite prof de collège qui s'emmerde dans un bled paumé, un secret de templier exhumé par un archiviste bizarre, et puis quelques inévitables anciens SS ou OAS très méchants. Il devrait innover, je ne sais pas, inventer des djihadistes agriculteurs bio par exemple, ça changerait. Cela dit, ses bouquins se vendent gentiment, sans doute parce qu'il a l'art de glisser ses bonnes adresses de bistros marrants et de petits producteurs qui sortent du lot. Mieux que le *Guide du Routard*. Tu devrais aller voir mon père dans sa ferme apicole, vous vous entendriez bien.

Ces deux-là s'étaient trouvés. Moi, elle ne m'avait pas encore invitée sur ses terres… Pincement de jalousie. Nous étions attablés autour du thé. Flora me prit la main. Avait-elle détecté mon intime réaction d'humeur ? Manu ouvrait un paquet de spéculoos et faisait semblant de ne rien voir, mais il avait une tête que je ne lui connaissais guère, enjouée, empathique. Quelque chose m'intriguait.

— Dis, Manu, ça te fait quoi d'avoir à la table de ta coloc, moi qui vis paraît-il dans une bulle hors du réel, une vraie Flora, fille d'un vrai Tristan, rencontrée à Bordeaux au lendemain de ma visite au cimetière où est enterrée la non moins vraie Flora Tristan ? Rien, pas de commentaires ? Et les abeilles reines dans notre appartement, pas de réaction ?

— Ma chère Agathe, répondit Manu en prenant un ton sentencieux, mais on y décelait une pointe d'ironie, le réel est plus audacieux que l'imaginaire ! C'est bien là d'ailleurs le problème pour les écrivains, ne pas pousser le curseur trop haut dans un roman, ça ne passe pas.

— Cousu de fil blanc, c'est ça ?

Manu n'écoutait pas, il allait nous développer une théorie.

— Certains faits extravagants, tu ne peux pas les glisser dans un roman, sauf pour la littérature fantastique, mais c'est pas mon truc. Là, tu vois, Agathe, je m'incline avec respect devant ton amie, la reine des abeilles, et je salue votre rencontre.

Il s'était incliné, pas moqueur, séduit. Flora sourit. Elle resservit le thé et son tee-shirt glissa, dévoilant son épaule droite et le haut du bras, orné du petit tatouage que j'avais mordu dans la nuit, deux abeilles enlacées. Je voulais être seule avec elle, réenchanter nos corps. L'œil de Manu s'était arrêté une seconde sur le dessin. Il se leva et quitta la cuisine.

— À plus tard, les filles. OK pour un apéro ? Ici ou dehors, vous me direz. On a encore des choses à se dire. Et, pas d'inquiétude, je préviendrai avant de rentrer.

Il mit un index sur ses lèvres puis, avec un sourire, pointa les cartons de Thomas dans le couloir.

*

— Il est un peu bizarre, Manu, tu ne trouves pas ? On est colocs depuis plus d'un an et je ne le cerne toujours pas, de moins en moins même. J'ai parfois l'impression qu'il a plusieurs vies, étonnant avec sa tête de comptable bien rangé...

Le départ abrupt de Manu m'avait laissée un peu gauche. Ma première nuit avec une femme, fièvre et grâce, cette évidence me troublait. Flora était légère et tendre, rien ne semblait l'affecter.

— Comptable, ah oui ? Moi je trouve que c'est le sosie du prince Albert de Monaco, lunettes comprises...

— Bon, alors chef comptable si tu préfères...

— Allez, Agathe, ne ronchonne pas. Viens, je te présente aux abeilles !

Flora avait pointé ma tendance à dénigrer, à me moquer. Ma trop longue cohabitation avec l'autre Flora sans doute, si dure avec ses contemporains, si intransigeante qu'elle décourageait la plupart de ses soutiens. Dans la chambre, le lit avait été fait et la fenêtre ouverte. Sur le bureau encombré, la boîte à gâteaux. La ficelle était dénouée et le couvercle soulevé. À l'intérieur, une autre boîte, en plastique translucide, percée de trous. Dans la boîte, six petits étuis transparents, percés eux aussi, avec une étiquette d'identification, genre échantillons de prise de sang. Chaque écrin, de la taille d'une grosse boîte d'allumettes, un peu moins haut, contenait une grande abeille entourée de quelques compagnes de plus petite taille. Les reines avaient une marque de couleur vive peinte sur le dos, elles ne bougeaient pas, seules les petites abeilles s'activaient autour.

— Ce sont les servantes, des ouvrières, expliqua Flora, elles ventilent leur reine, la chauffent, la nourrissent. Mes voyageuses ont l'air confinées, mais pas plus que dans une ruche, tu sais. Elles peuvent rester quarante-huit heures comme ça avant d'arriver dans leur nouvelle colonie. La reine se fera alors féconder et régénérera la ruche. Il n'y a rien au monde de plus joyeux qu'une ruche en pleine vitalité. Un hymne à la Création !

— La couleur sur leur dos, c'est quoi ?

J'étais plus curieuse que si on m'avait mise face à un couple de tigres blancs de Sibérie au zoo de Vincennes. Flora m'entraînait dans son Wonderland, je m'accrochais à sa main et la suivais, éblouie.

— La couleur, c'est la traçabilité, l'année de naissance. Nos clients veulent des reines d'exception, et des espèces précises. Face à la déferlante des miels frelatés venus du monde entier, ils doivent réussir des productions hors normes, on est là pour ça. Mon père élève et sélectionne des reines de compétition. Comme le faisait Geneviève de Fontenay avec ses miss ! Et, comme elle aussi, on parcourt la France avec nos demoiselles garanties vierges et avec nos ruches et nos essaims à vendre...

— C'est le boulot de ton copain, Ramsès, c'est ça ?

J'avais mémorisé le nom de son compagnon. Pourquoi avait-il fallu que je l'évoque à ce moment précis ? Comme un ballon-sonde, une quête de repères, au lendemain de notre nuit sans boussole. Flora était assise sur le lit. J'étais debout devant elle. Sans un mot, elle me renversa sur la couette, fit glisser mon bas de pyjama avec une vigueur étonnante, écarta mes cuisses. Sa langue me trouva. Je fermai les yeux. C'en était fini des interrogations et des peurs, de mes doutes du petit matin sur le divan.

— Le baiser de l'abeille, la communion échangée entre sœurs..., chuchota-t-elle. Ses lèvres étaient humides et fraîches. Elle se leva d'un élan et glissa vers la douche.

Je suis restée sur le lit, allongée sur le dos, bras et jambes en croix, extension maximale. Puis j'ai cherché la boîte à abeilles, l'ai placée sur un des oreillers et, recroquevillée sur le côté, me suis laissé hypnotiser par le ballet des belles. Le baiser des abeilles, avait-elle dit... Je les regardais s'affairer, plus commerçantes tamoules hyperactives qu'odalisques alanguies. Je crois bien que je me suis rendormie.

— Mon copain comme tu dis, Agathe... hé, réveille-toi... il ne s'appelle pas Ramsès, mais Ramsay, aïe aïe aïe, ça se prononce, à l'espagnole...

Elle était revenue, habillée de sa longue jupe noire, pieds nus, un sweat rouge andalou avec fine rangée de perles blanches ajusté à la naissance des seins. Elle prit ma main et la glissa vers sa cuisse. Des bribes de nos échanges chuchotés dans l'auto, puis durant la nuit entre nos étreintes, me revenaient. Flora me regardait dans les yeux, elle avait compris l'impression qu'ils me faisaient, et reformula ce que je savais déjà. Voix basse et chaude, en offrande.

— Je suis la reine des abeilles, Agathe, ton coloc l'a compris, lui ! Comme elle, je ne suis la femme d'aucun homme. Tous ont le droit de se laisser déchirer, s'ils le désirent et si j'y consens, mais ils me perdent ensuite. Les faux-bourdons ne survivent pas à un accouplement avec la reine. Avec Ramsay, c'est différent, il est amoureux de moi, on bosse ensemble, on vit ensemble, mais c'est tout. Pour le reste, j'ai ma vie.

Un fin rideau d'acier tamisait son regard. Un frisson de peur me saisit, l'apaisement avait été de courte durée. Flora m'ébouriffa les cheveux et se mit à rire.

— Allez, Poil de Carotte, va te faire une beauté. Tu as ton rendez-vous à la fac et moi, je vais livrer mes reines. Tu me retrouveras à Belleville cet après-midi. Et tu feras la connaissance de Ramsay.

*

On avait décidé de marcher un peu, pour prendre nos métros à République. Sur la place, il y avait foule autour de la statue. Un rassemblement d'indignés, bougies, petits messages scotchés, banderoles et drapeaux, figures de circonstance, et puis des touristes, plus discrets et intrigués qu'au Panthéon, smartphones et selfies comme à Cannes. J'étais sûre que Thomas devait rôder par là, entre pétitions, alertes militantes et mobilisations citoyennes. Manu moquait souvent ces confluences à répétition, bonne conscience verbeuse, flottant sur l'actualité et réagissant aux réseaux sociaux, cherchant l'incident qui assurerait la visibilité. Je n'étais pas loin d'être de son avis, mais j'aime bien ces jeunes, ils me ressemblent, mous et indécis, mais de l'allure, la belle génération Bataclan. Thomas, par exemple, avec son physique d'officier hussard, baraqué, belle gueule, cheveux noirs bouclés courts, pourquoi diable faut-il qu'il joue aux dames d'œuvres de paroisse ?

En approchant de l'attroupement, je me collai à Flora, en retrait dans son dos, marchant sur ses talons. Quand elle en comprit la raison, ne pas tomber sur Thomas, elle eut un drôle de rire aigu que je ne lui connaissais pas, moqueur, méchant. Elle m'agrippa au cou et me poussa devant elle, criant, mettant les badauds aux aguets :

— Mais putain, Agathe, sois libre, assume ! Qu'est-ce que tu m'as raconté cette nuit, il s'est tiré ou pas, ton mec ? Tu ne vas pas te planquer comme une bourgeoise adultère ?

Elle ne lâchait pas mon cou. Personne ne m'avait jamais agrippée ainsi. D'ordinaire, c'est ma technique avec Thomas, pour taire les insultes qui germent dans ma gorge et détourner la violence des mots vers celle des sexes. Je sentis une boule m'irradier. Personne non plus n'avait remué mon ventre comme elle.

— Je sais une chose de ta Flora Tristan, poursuivit-elle sans ses pauses habituelles. Tu parles, j'ai lu tout son œuvre, et plusieurs fois, eh bien elle disait ça : « *En amour, c'est à la femme de décider !* » J'ai retenu la leçon, et je la mets scrupuleusement en pratique, crois-moi. Et toi, Agathe, qui vis avec elle depuis tant d'années, tu en retiens quoi, dans ton quotidien à toi ?

Je n'ai d'ordinaire pas le sens de la repartie, mais la riposte fusa, très calme :

— Et tu es heureuse comme ça, Flora ? Avec Ramsay en attente, moi en embuscade, et puis qui d'autre ? Tu es la femme qui décide, ou tu tournes en rond ?

Elle eut l'air déstabilisée une seconde, puis, à nouveau, son rire mauvais, comme un seau d'eau glacée balancé à la figure. Elle fit un geste d'humeur à un touriste asiatique qui s'apprêtait à immortaliser par la photo les deux pasionarias si agitées dans l'agora débraillée de la République, *so frenchy*, n'est-ce pas. L'importun fit demi-tour et Flora, prolongeant son élan chorégraphique, me prit par le bras, m'arrêta et m'embrassa à pleine bouche dans un tourbillon de formes et de couleurs. Dommage pour l'apprenti photographe, il aurait ringardisé sur-le-champ Doisneau et son *Baiser de l'hôtel de ville* en noir et blanc. Le baiser de la République ? Tu parles, deux Mariannes se crêpant le chignon. Après tout, et si c'était ça la France, émotions fugaces et divisions absurdes ?

Oui, sans aucun doute, Flora Tristan était de la même eau que Flora Maubert, dite Maya, insupportable et touchante ! Je le savais de manière théorique, académique, mais là j'avais droit aux travaux pratiques : Flora Tristan mode d'emploi. Mon directeur de thèse s'en offusquerait. Syndrome classique, dirait-il, déçu, ressaisissez-vous mademoiselle, l'empathie avec le sujet c'est dangereux, manque de recul. Ma mention risquait d'en prendre un coup. Cela dit, pour postuler ensuite à un job d'opératrice à temps partiel dans le télémarketing, cela n'aurait aucune importance.

— À tout à l'heure à Belleville ! me lança Flora en dégringolant l'escalier du métro, joyeuse, comme si rien ne s'était passé.

*

Le professeur ferma la porte de son bureau.

— Alors, mademoiselle Gautheron, ces cinq mois de covoiturage avec Flora Tristan ?

Il avait le geste et la voix d'un majordome policé, le costume était fatigué. C'était un de ces universitaires dont on ne saurait dire l'âge, fringant collégien vieilli sur pied ou préretraité encore plein d'allant. Son minuscule bureau à l'Institut catholique de Paris était un désordre sans doute organisé, avec des piles de documents du sol au plafond et des livres en équilibre instable. L'ordinateur était entre deux âges lui aussi, et un antique Minitel prenait la poussière sur le radiateur. Au mur, l'affiche d'un colloque sur l'esprit de résistance au XXIe siècle.

Si je ne connaissais pas depuis des années le professeur Richard Hureaux, il y aurait eu de quoi se méfier, mise en scène convenue et... porte fermée, la glauque intimité du professeur et de la perdrix. Mais il ne mangeait pas de ce pain-là, tous les témoignages d'étudiantes concordaient. Nous étions en confiance, mon projet de thèse sur Flora Tristan, sur la confrontation entre un destin et un projet à la lumière des interrogations politiques et anthropologiques contemporaines, l'avait séduit. Il ne ménageait pas sa peine pour cadrer et encourager un travail resté flou. « Pas de conformisme, disait-il, pas de politiquement correct, soyez exigeante avec vous-même, allez au fond de votre démarche. » Il m'avait plusieurs fois mise en garde et me répéta son appréhension :

— Beaucoup de celles qui analysent Flora Tristan, et ce serait la même chose pour Marie Curie, Rosa Parks, Simone Weil ou toute héroïne atypique, projettent leurs convictions et leurs doutes. Au fond, elles ont envie de parler d'elles-mêmes et de leur époque... Prudence, donc, ne vous arrêtez pas à l'émotionnel ; explorez, innovez, prenez des risques ! Mais, aujourd'hui, parlez-moi un peu de vous, de votre tour de France sur les traces de Flora Tristan ! C'est devenu rare, une étudiante qui sort de son laboratoire de recherche et ne se contente pas de pianoter sur Google.

Nous avions fixé ce rendez-vous depuis plus d'un semestre, pour le lendemain de mon retour, le plus à chaud possible. Ce tour scrupuleusement accompli cent quatre-vingts ans après l'écrivaine et militante, étape par étape, jusqu'au final, au cimetière de Bordeaux.

— J'ai tenu mon journal de voyage, en écho à celui de Flora Tristan, et pendant mes séjours parfois longs dans certaines de ses villes-étapes, j'ai pu continuer mes lectures et mes recherches. Une semaine à Nîmes, par exemple, on a du loisir pour bosser ! Je propose d'en donner des extraits en annexe à la thèse.

Le professeur m'écoutait, très concentré. Il paraissait en phase. L'idée d'écrire un journal de voyage en parallèle de celui de Flora Tristan était née très vite, au premier jour de mon périple, et je me demandais si je n'étais pas sortie du cadre de mon travail universitaire. Qu'en pensait-il ?

— La confrontation entre les idées préconçues d'une doctorante et les réalités imprévisibles du terrain est passionnante. Les allers-retours dans l'histoire, la géographie et les idées politiques sont toujours féconds.

— J'étais un peu sceptique au début, lui répondis-je, mais cela s'est révélé grisant. Du coup, j'ai revu mon approche du sujet et je vous ai apporté l'esquisse d'un nouveau plan. Avant que je plonge dans la rédaction, vous me direz si c'est pertinent.

Le professeur Hureaux souriait. Il avait la fraîcheur et la curiosité d'un jeune chercheur, comme si ce sujet de thèse était le sien. Je me sentais encouragée à poursuivre :

— Plus j'avançais dans ce tour, plus il est devenu évident que les propos de Flora Tristan dans son journal, l'exploitation ouvrière, l'ordre moral, le statut de la femme, les formes de l'action politique, a priori déphasés avec notre temps, eh bien se révèlent étonnamment contemporains. Flora Tristan sur les ronds-points des Gilets jaunes, dans les manifs sur les retraites, les occupations sauvages des ZAD, avec les féministes de MeToo, éclairant et questionnant les révoltes d'aujourd'hui... C'est ce que je veux montrer dans ma thèse. Sauf si vous me dites que je manque de recul, que je mets trop de subjectif, trop de personnel... D'autant que...

Je fis une pause. Un petit rire me saisit. Voilà que je commençais à interrompre mes propos comme l'autre Flora, et que je riais comme elle... Le professeur me laissa continuer :

— Oui, d'autant que, puis-je vous le dire comme ça, monsieur Hureaux ? J'ai terminé hier mon voyage, oui, tenez-vous bien, avec Flora en chair et en os dans la voiture Blablacar ! Une jeune femme des Landes qui a son prénom, son physique et, c'est drôle, son fichu caractère et sa mégalomanie. Une rencontre exceptionnelle ! J'y ai vu un signe. Vous n'avez rien, j'espère, contre un encouragement de la Providence, ici à la Catho ?

Le professeur me surprit une fois encore, plus atypique dans sa tête que dans son allure. Un ton sentencieux, très prof de fac, cette manière d'improviser avec lenteur, discrète solennité, mais un propos pour le moins étonnant, inédit.

— Mademoiselle Gautheron, j'aime beaucoup la manière dont vous bousculez votre sujet après une confrontation avec le terrain. C'est excellent. Vous savez, la France bouge en ce moment, elle n'est pas l'endormie dépressive que d'aucuns décrivent. L'asservissement à la finance et l'incurie des politiques ne sont pas des horizons indépassables. Le pays a besoin d'idées neuves, et savoir d'où l'on vient est précieux, c'est l'irremplaçable richesse des vieilles nations.

Il fit pivoter son fauteuil de bureau pour désigner au mur le poster qui avait déjà attiré mon œil.

— Avec des collègues de diverses sensibilités, nous préparons une journée d'études et une série de conférences publiques sur l'esprit de résistance au regard de l'histoire. Voyez les noms, toute la pensée réellement critique du moment. Des idées neuves, je vous dis, venues de différents horizons.

Enhardie par les clairs encouragements du professeur et la connivence qui s'installait, je me surpris à l'interrompre :

— Pourquoi ne feriez-vous pas place à Flora Tristan dans votre colloque ? Vous le savez bien, les femmes ont été aux abonnés absents de la plupart des grands moments de l'histoire. C'est peut-être pour cela qu'ils se terminent généralement mal... Alors, quand on en tient une, à la voix intègre et puissante, à la biographie inspirante, on gagnerait à l'écouter avec attention.

— Eh bien, d'accord, vous nous expliquerez cela, mademoiselle Gautheron !

Plaisantait-il ? Le professeur qui mettait en garde ses étudiants contre une implication personnelle trop forte ressemblait à un adolescent découvrant l'action collective. J'étais troublée par le tour pris par notre échange, par mon éveil inédit à des enjeux si nouveaux pour moi. Pour garder contenance, je sortis de mon sac mon nouveau plan. Il s'en saisit et fixa la première page dans une curieuse attitude méditative. Je me levai et lui annonçai l'envoi sous peu, après relecture, de mon journal sur les pas de Flora Tristan. Il salua vaguement de la main gauche et je refermai la porte de son bureau. Il me fallait mettre ma petite tête au clair avant de rentrer rue Cail, et je rejoignis le jardin du Luxembourg.

Flora Tristan avait connu tant de chahuts, ô combien plus radicaux que les miens : la mort de son père quand elle avait cinq ans, l'atroce misère qui en avait découlé, un mariage raté, trois enfants en otage, la fuite, le voyage épique au Pérou sur les traces de sa famille paternelle, et puis en 1835 l'irruption en fanfare dans la littérature avec son autobiographie – à trente-deux ans, femme seule, autodidacte, sans statut ! –, la prise de conscience à Londres de l'exploitation ouvrière, ses engagements, les débats difficiles avec les grands noms de l'intelligentsia progressiste, dont sa rivale George Sand, et puis son projet fou d'organiser la classe ouvrière, une utopiste sans idéologie, une missionnaire sans religion. La Femme-Messie, comme elle se nommait elle-même ! Qui oserait aujourd'hui pareille démesure ?

*

Les cartons de disques n'étaient plus dans le couloir et des voix sortaient de la cuisine. Tiens, Thomas était là, en discussion avec Manu et un jeune homme à la mine réservée, genre bien élevé. Un collègue comptable de Manu ? Avant que j'aie pu dire un mot, et sans doute péter un câble rapport à la goujaterie de Thomas, mon attentionné coloc nous emmena sur un chemin de traverse :

— Agathe, le directeur de collection veut absolument que je contacte le père de Maya ! Un apiculteur qui écrit des polars, il pense qu'il y a un coup à jouer ; il dit que les abeilles c'est tendance, et à sa connaissance rien n'a été réussi sur le sujet. Menaces sur l'espèce, expérimentations folles, virus voyageurs, trafics internationaux de miel, un peu de documentaire et d'exotisme, sûr, il y a de quoi faire. Il m'envoie rencontrer le gars, ça fera un week-end sympa au pays des surfeurs et des canards. Tu serais partante pour m'accompagner avec ta copine ? On se fait une descente Blablacar et je garde le défraiement de l'éditeur pour le foie gras… D'accord ? On en parle à Maya ?

Thomas tournait une cuillère dans son café, alors qu'il n'y met jamais de sucre, l'air embarrassé, comme surpris au cœur d'une mauvaise action. Le troisième garçon, grand, blond, cheveux courts, sweat-shirt d'université américaine, donnait l'impression de vouloir être ailleurs.

— Voici Ludovic, dit Thomas, un pote du réseau des Veilleurs. Il est là pour les disques. Il travaille dans l'informatique et l'électronique. Il m'aide pour mes bidouilles de musique et il assiste aussi à nos réunions. Il est précieux, Ludo ! Ce matin, d'ailleurs, on était ensemble place de la République.

Place de la République, le carrefour de nos comédies du matin... J'avais envie de rire, mais je m'efforçais d'avoir l'air la plus froide et sarcastique possible, limite méprisante :

— C'était pas la peine de déranger Ludo, tu sais, j'aurais pu t'aider à descendre les cartons.

Quand on a le beau rôle, pourquoi bouder son plaisir ? Mais je me trompais.

— Non, Agathe, c'est pas ça. On a remis les disques au salon et Ludo vient pour doper notre platine et l'acoustique. Tu verras, ils vont pulser, maintenant, nos vinyles...

Nos vinyles ! Rester calme, ne pas l'insulter, ce couard versatile et morveux. Me taxer les disques d'abord, minable, puis les remettre à leur place comme si de rien n'était, encore plus minable. Pas moyen que ce Thomas fasse un jour quelque chose avec le panache d'un macho flamboyant ! Père absent, mère castratrice, ordi et musique toute la journée, le pauvre Thomas aurait eu du mal, il est vrai, à développer les qualités d'un conquérant. Et dire que c'est lui qui me reproche d'être enfermée dans une bulle ! Mais, oh, attention, danger, ce tour de bonneteau en forme de gentillesse, d'excuse, ça a un sens, pas assumé là non plus : finie la rupture, mon gars revient au bercail ! Voilà qui complique la nouvelle donne.

Manu se marrait, il avait compris l'embrouille. On n'allait pas s'ennuyer, rue Cail, les prochains jours.

Bon camarade, il fit une deuxième diversion. Avec ces cocos-là, il savait que rien ne marche mieux que la politique au quart de tour, et puis les flatter.

— Pas mal, votre pétition en ligne sur la fermeture du chantier de la centrale de Flamanville, et l'opération *sit-in* avec les manifestants maquillés en morts vivants, victimes du nucléaire. Vous avez foutu en l'air l'assemblée générale d'EDF, bravo ! Et ce sera quoi, la prochaine étape ?

Manu masquait mal ses efforts pour paraître empathique. On sentait un fond d'ironie. Thomas ne remarquait rien et poursuivait son récit épique.

— On a bossé avec un groupe de gothiques gore qui organise les *street parades* des morts vivants chaque année. C'était grandiose.

Ludo, lui, faisait la moue. Il s'adressa à son copain :

— Tu le sais, Thomas, je n'étais pas en phase avec cette opération. La plupart de mes potes de l'école d'ingénieurs sont partis bosser à l'étranger. L'industrie française fout le camp. La boîte de mon père, cinq mille salariés dans la construction mécanique à Mulhouse, rayée en quelques années, plus rien. Le nucléaire, c'est un domaine d'excellence français, zéro mort, bilan carbone impeccable. Ne tombons pas dans le panneau.

Manu jubilait. L'as des scénars avait l'art de débusquer les contradictions et de les transformer en conflits. Ludo, un peu voûté dans son tee-shirt UCLA University, semblait gêné de s'en être pris à son ami. La réaction de Thomas me surprit :

— C'est vrai, oui, on s'est parfois fait avoir dans des combats pas clairs. Certaines ONG sont financées par les industriels les plus pollueurs. *Greenwashing*... Des fondations œuvrent pour des intérêts géopolitiques précis derrière le vernis d'une belle cause.

Il n'était pas tombé dans le piège, donnait des gages à son copain et retoquait Manu, c'était malin.

— Mais, poursuivit-il, critiquer ceux qui bougent, c'est un peu facile, aucun mouvement n'est cent pour cent nickel. Toi, par exemple, Manu, tu fais quoi pour éviter la soumission à la loi du plus fort ? Tes polars... ?

Je sortis un pack de bières du frigidaire et décrochai de son clou l'imposante saucisse de Morteau expédiée par la grand-mère de Manu. Chaque fois qu'une discussion de ce genre s'installait entre mecs, absurde et improductive, querelle d'ego plus que débat d'idées, soulignant l'impuissance bavarde de chacun, la figure de Flora Tristan apparaissait devant moi. Elle qui avait plongé comme une Amazone dans les débats de son temps, quel avait été son apport original pour que, près de deux siècles plus tard, sa parole puisse être encore audible, et utile ?

Manu avait été interpellé, provoqué même. Il prit le temps de la réponse.

— Dans le polar comme dans la vie de la cité, il y a des mécaniques implacables. Vous croyez que Charles de Gaulle est revenu au pouvoir comme ça, en 1958, porté par des cohues de manifestants criant à Alger « Je suis Charlie ! » ? Des réseaux, des connexions étaient à l'œuvre au cœur de l'institution, dans la coulisse, puissants, bien organisés. Ça n'a pas été différent avec Lech Walesa en Pologne ou la « révolution des œillets » au Portugal. C'est la conjonction de la foule anonyme, portée par son émotion, sa colère, et d'activistes au cœur du système, animés d'un esprit d'union nationale et de patrie en danger.

Je n'avais jamais vu Manu comme ça. Pas de bon mot, de facétie désabusée, de cynisme facile. Il avait enlevé ses lunettes et fixait la canette de bière devant lui, les mains à plat sur la table. Il préparait une suite à son propos et soupesait des mots. Le comptable devenait officier d'état-major.

— J'étais en Afrique du Sud dans la période troublée qui a suivi la présidence Mandela. En mission. Comme mon père qui, après avoir créé les réseaux de la France libre en 1940, est resté là-bas pour affaires plus ou moins officielles. La Françafrique...

Manu semblait ne s'adresser qu'à lui-même. Le myope nous avait sortis de son périmètre. Il poursuivit :

— Vous savez, les Services se fient d'abord aux généalogies, aux pedigrees, pour faire confiance. Ils m'ont envoyé en immersion dans plusieurs pays sous tension, observer et comprendre ce qui se passait. J'étais généralement placé dans la filiale d'une banque française. Un comptable, c'est parfait, c'est dans l'ombre, il a accès à beaucoup de données. Qui se méfie du comptable ? Eh bien, la bascule post-apartheid de l'Afrique du Sud, ç'a été une formidable conjonction entre élan populaire brouillon et fine organisation de l'après par des politiciens, des militaires, des intellectuels, des hommes d'affaires venus d'horizons différents, Blancs et Noirs. Avec un leader charismatique qui s'impose à tous, qui incarne le mouvement, qui transcende les divergences d'intérêts. Pour un temps au moins. Car après, retour à la case dévoiements et désenchantement.

Manu était lancé. Son public l'écoutait, intrigué par ce *coming out* inattendu. La confession de l'espion ! C'était surréaliste. Il avait bien caché son jeu jusque-là, mon colocataire lisse et gentil, à l'humour désabusé. Le Nègre pour romans noirs avait trempé dans de sombres histoires.

— C'est là où ça patine, en France, continua-t-il. Les marées montantes et descendantes des émotions et des mobilisations sont sans prise jusqu'à aujourd'hui sur l'inamovible nomenklatura qui organise sa survie, gère ses pseudo-désaccords. Le duel gauche-droite a été dépassé, ça reclasse de tous côtés, ça surfe sur les attentats, les épidémies, les émeutes, et ça agite les épouvantails extrémistes ou médicaux pour garder les brebis dans le troupeau. Est-ce encore tolérable alors que les menaces s'alourdissent ? Notre génération est-elle condamnée aux petits boulots, aux séries télé et aux soirées apéro ?

Thomas avait levé la main depuis un moment, comme à l'assemblée générale d'une association disciplinée. Plutôt agacé, semblait-il. J'étais curieuse de sa réaction. Un peu d'audace, pour une fois ?

— C'est la meilleure, dit-il. Toi, Manu, tu réécris des polars, tu vas faire des petits rapports secrets au bout du monde, que personne ne lit sans doute, et c'est toi qui viens nous dire que ceux qui, dans la rue, sur les réseaux sociaux, dans les manifs et les assemblées que tu méprises du haut de ton implacable analyse, sont condamnés à l'inefficacité. Alors que ce sont eux qui témoignent, expérimentent, bousculent !

Manu restait concentré, réfléchi.

— L'échec des indignés en Europe, reprit-il, c'est celui de la vieille utopie d'organiser la base pour changer le monde. Ça n'a jamais marché, sauf pour créer des dictatures.

Ah, si le professeur Hureaux avait été là ! Il me fallait en parler :

— C'est curieux, les gars, pas plus tard que tout à l'heure, mon directeur de thèse disait grosso modo les mêmes choses. Il annonçait des initiatives à son niveau, celui des intellos. Il appelait ça « l'esprit de résistance ».

— Bon, demanda Ludo, on fait quoi, alors, à part ouvrir des canettes ?

Manu avait remis ses lunettes et semblait découvrir que son monologue avait eu un public.

— Eh bien, on va inventer quelque chose, lança-t-il. De l'inédit...

La discussion ne m'avait pas agacée comme d'habitude. Manu m'avait bluffée. Je découvrais un Thomas lucide et résolu, que j'avais envie d'embrasser. Ludo affichait la bonne volonté déconcertante des convertis. Il partit au salon et s'affaira à la platine. Il avait quelque chose à faire écouter.

La voix de Bob Dylan s'éleva :

The line it is drawn, the curse it is cast
The slow one now will later be fast
As the present now will later be past
The order is rapidly fadin'
And the first one now will later be last
For the times they are a-changin'[1]

1. « La voie est tracée, le sort en est jeté. / Ce qui démarre lentement va s'accélérer, / Aussi sûr que le présent d'aujourd'hui sera le passé de demain. / L'ordre établi est en train de disparaître. / Et les premiers seront les derniers / Parce que les temps changent. » *(Traduction Georges Ioannitis)*

FLORA TRISTAN, INFLUENCES ET POSTÉRITÉ

Regards contemporains sur les combats et utopies de la « Femme-Messie »

PREMIÈRE NOTE DE CADRAGE
DU PROJET DE THÈSE D'AGATHE GAUTHERON

Sous la direction du Professeur Richard Hureaux
Institut catholique de Paris

Repères biographiques

Flora Tristan (1803-1844) est une figure atypique des lettres et de la vie sociale en France. Sa biographie romanesque, pleine d'élans et de contradictions, mêle un destin personnel chahuté, générateur de prises de conscience et de revendications féministes pionnières, une révolte face aux violences et injustices sociales qui la mènera à des engagements acharnés pour l'Union des travailleurs. Un destin d'écrivaine accomplie, observatrice aiguë des réalités de son temps. Solitaire et orgueilleuse, fascinante et rude, elle échouera à constituer un mouvement autour d'elle et sa postérité immédiate sera limitée. Elle sera redécouverte dans les années 1920, devenant une icône féministe au destin romantique.

Marquée par la mort précoce de son père, un colonel espagnol issu d'une riche et puissante famille péruvienne, Flora Tristan connaît une enfance et une jeunesse pauvres à Paris au côté de sa mère. Pas d'études, petits travaux alimentaires, mariage malheureux, désertion du foyer, tentative d'assassinat par son mari. Elle se forme en autodidacte, publie en 1835 un petit ouvrage sur la condition des femmes seules qui lance sa carrière de femme de lettres, repérée par les grands noms de son temps. Long voyage aventureux vers le Pérou

à la recherche, vaine, d'un héritage paternel. Publie son récit, pittoresque et impitoyable, sur le tableau des injustices sociales, gros succès. Elle fréquente les salons parisiens, noue des amitiés précieuses, suscite jalousies et critiques, de George Sand notamment. Un voyage à Londres, découvrant d'atroces misères et oppressions, lui fait prendre conscience de l'urgente nécessité pour les ouvriers de s'unir. Elle côtoie les philosophes et les cercles révolutionnaires utopistes, saint-simoniens et fouriéristes.
L'influence de Charles Fourier, théoricien d'une libération de la société par la mise en son centre d'une Femme-Messie, lui fait placer sur le même plan émancipation des femmes et droit au travail. Elle lance son projet de créer une Union ouvrière et, « missionnaire » et « prophète » autoproclamée, commence un tour de France des villes ouvrières, s'immergeant dans les effroyables réalités du monde du travail industriel. Épuisée, faisant preuve d'un grand courage et d'une lucidité intransigeante, elle meurt à Bordeaux en novembre 1844 après cinq mois itinérants, âgée de quarante et un ans, laissant derrière elle les cahiers de son journal du *Tour de France*, œuvre aux exceptionnelles qualités d'observation, d'analyse et d'écriture qui ne sera publiée qu'en 1973, dans l'effervescent contexte post-Mai 68, contribuant à la redécouverte d'une figure majeure – et attachante malgré l'intransigeance de son caractère – de la vie intellectuelle et sociale française.

Thématiques

Féminisme : point de départ et fil conducteur permanent de ses actions. L' « oppression légale » de la femme lui paraît le point central des malheurs du monde. Romantique concernant le destin de l'humanité, elle ne l'est guère au plan individuel, se méfiant de l'amour, qui maintient la femme en dépendance. C'est une émancipatrice.

Injustices sociales : elle est autant indignée par la misère imposée par les puissants que malheureuse de la passivité et de la résignation des ouvriers. La condition ouvrière, le sort fait aux enfants, la répression de toute revendication, l'âpreté patronale, observés de ses yeux sur le terrain, la révoltent et l'accablent, constatant son impuissance personnelle et l'indifférence de la plupart des bourgeois « éclairés », qu'elle éreinte dans son journal : ainsi Victor Schœlcher, l'émancipateur des esclaves dans les colonies mais totalement insensible, écrit-elle après l'avoir rencontré en août 1844, au sort effroyable des lavandières de Nîmes, où il réside.

Utopie, révolution : elle a réfléchi à un système social organique composé de corps intermédiaires structurés, comme beaucoup de penseurs utopistes de son temps, mais elle est persuadée que des guides éclairés, des « prophètes », feront changer les mentalités. Entre l'humanité dont l'avenir peut devenir radieux et l'individu désireux de se libérer des chaînes, elle croit en l'association, qui sait apprivoiser les passions individuelles. Foi en la science, en l'éducation. C'est une réformiste éprise d'engagement et non une théoricienne.

Axes de travail

Le propos de la thèse sera de questionner diverses problématiques contemporaines à la lumière des expériences documentées par Flora Tristan. Relecture critique de ses textes, des analyses de son œuvre et de sa biographie au fil des générations, son influence en France et à l'étranger. Un parti pris sensible et littéraire, notamment par un retour méthodique sur les lieux-étapes de son *Tour de France*, permettra de sonder les évolutions et les invariants des milieux et territoires traversés.

Quelques-uns des thèmes :

Victimisation, indifférence : comment une société crée et tolère des victimes sociales pour assurer sa prospérité (travail des enfants et statut des femmes dans nombre de pays du tiers-monde, ruine de la petite agriculture, menaces sur la santé par la pollution et le non-accès aux soins).
Réformer par le haut ou par la base ? Un débat qui parcourt les deux derniers siècles.

Engagement et communication : la figure de l'intellectuel, l'émotion et la mobilisation, instrumentalisation, manipulations et dévoiement des causes. Ambiguïtés de l'humanitaire, bonne conscience et néocolonialisme ?
Comment contrer la pensée dominante soutenant que les changements sont impossibles, qu'il n'y a pas d'alternative : statut des femmes et misère ouvrière hier, financiarisation, mondialisation et surveillance généralisée aujourd'hui.

Flora Tristan, femme d'action, aristocrate et prolétaire tout à la fois, osant toutes les expérimentations personnelles et lucide sur elle-même, est une porte d'entrée inédite pour questionner notre temps à la lumière d'un destin singulier qui résonne puissamment et invite la chercheuse contemporaine à un exercice rigoureux et sensible.

Au métro La Chapelle, en partance pour Belleville, je fus interpellée par une mendiante avec deux jeunes enfants. Des Syriens.

— Pour manger... Les petits... Dormir dans la rue...

Flora Tristan avait été bouleversée par la misère et l'exploitation des enfants à Londres et en avait livré un témoignage choc, publié en 1840. Voir ces petits esclaves enchaînés dans les usines, prostitués dans des bouges spécialisés fut le déclic de sa révolte, de son combat. Que dirait-elle aujourd'hui en achetant des chaussures ou une robe fabriquées par d'autres générations d'enfants esclaves ? Ils sont deux cents millions dans le monde, enfants sans identité, sans parents, sans aucune protection, matière première pour travail forcé, sexe, prélèvements d'organes. Dans la même indifférence morale qu'en son temps. Tant de nos contemporains préfèrent défendre la planète plutôt que l'humanité.

Rue de Belleville, coincée entre deux cantines chinoises, échappant à tout regard, la porte de l'immeuble ressemblait aux grandes armoires électriques qu'on voit ici et là en ville, taguées et couvertes d'affichettes mal arrachées. Plusieurs logements au premier étage, aucun nom. Pas plus grande qu'un timbre de collection, une étiquette collée sur une des portes présentait le dessin des deux abeilles enlacées que j'avais vu tatoué sur l'épaule de Flora.

Dès l'ouverture de sa porte, elle m'arrêta sur le seuil, prit ma tête entre ses mains et me serra contre elle comme si on ne s'était pas vues depuis plusieurs mois. Sa poitrine palpitait dans mon cou, son menton effectuait des rotations, massant mon crâne. Je ne respirais plus, voulus me détendre et donner réponse à son corps, mais elle eut un raidissement soudain que je ne réussis pas à contrarier. Elle donnait plus l'impression de barrer l'accès à son logement que d'inviter à y entrer. Comme indécise, troublée par ma présence au seuil de son intimité.

— Tu sais, personne ne vient chez moi.

Elle planta ses yeux dans les miens, sûre de leur effet, m'empêchant ainsi de capter et d'interroger l'embarras qui l'avait gagnée. Mes mains la saisirent avec douceur aux hanches et je la poussai vers l'intérieur. Ma témérité inattendue la surprit, elle céda en lâchant un sourire. J'étais chez elle, et je sus dans l'instant que ma vie ne serait plus la même.

— J'aime être ici, Agathe. Je peux rester des journées entières sans sortir. Ying, la patronne du resto, me monte chaque midi une soupe, des légumes sautés ou des raviolis. Je vis comme eux, discrète, invisible. Je bosse.

Elle avait la voix douce, complice. L'embarras était devenu sérénité, acceptation. J'avais gagné.

— Comment ça, tu bosses ? Mais... les abeilles... tu ne les élèves quand même pas ici ?

Flora m'entraîna au salon, vaste, tout en longueur. Des projecteurs de studio de prise de vue éclairaient une demi-douzaine de portants où pendaient sur cintres une chaotique enfilade de tenues, deux tables de découpe de tissu, une machine à coudre grand modèle et plusieurs caisses hautes à roulettes débordant de coupons en rouleaux. Aux murs, des photos de mode et des esquisses de styliste.

— C'est quoi, cet appart ? Tu héberges un atelier clandestin ?

— Tu me fais rire, Agathe. Tes clichés de Français qui voient des envahisseurs partout...

Quand elle rit comme ça, surjouant, son visage se métamorphose, rien à voir avec la jolie toux retenue de la séquence dans la voiture d'Éliane. Ce n'est plus l'écuyère d'un autre temps apparue au marché de Bordeaux, l'icône en majesté ; c'est la jeune femme des *talk-shows*, piquante, superficielle et interchangeable, qui renierait sa mère pour placer un bon mot, briller une poignée de secondes.

— ... Ici, je bosse pour moi, je m'amuse, je vide ma tête.

Elle avait retrouvé son mystère. J'aimais la longue tunique noire à col officier, à la profonde encolure brodée de langues de feu qui s'ouvrait entre les seins, et l'ample pantalon fluide, les espadrilles à semelle de corde. Hier, elle paraissait indienne à mes cantinières tamoules, la voilà devenue chinoise, impénétrable. Encore un cliché, taisons-nous.

— ... Tout ce que je porte, ou presque, est réalisé ici, selon mon inspiration, mes envies. Je travaille pour moi et quelques rares proches. C'est ma garde-robe. Mes voisines chinoises m'apportent des trouvailles incroyables. Tiens, regarde ce velours vert ! Pour une rousse, il est envoûtant !

Elle enroula le coupon à mes épaules, lui donnant l'ampleur d'une toge d'empereur romain, puis elle serra, tournant autour de moi, m'emmaillotant façon petit Jésus, et me renversa sur le tapis avec elle. Dans un éclat de rire *talk-show*.

— ... Tu es à ma merci ! Alors je vais poser mes conditions pour te libérer...

Un jeu de rôles de petites filles excitées. Dans le grenier aux coffres ouverts, j'étais la prisonnière du désert, tenant mon rôle entre complaisance sincère et simulacre d'inquiétude. Mais une ombre vint voiler le visage de Flora.

— ... Jamais de questions, Agathe ! C'est bien compris ? Voilà ma seule condition. Tu es entrée dans ma vie à cause de tes émois, de tes élans, à cause de ta peau et de ta tête de rousse, de ton caractère en sautes de météo bretonne, à cause de je ne sais quoi, de Flora Tristan bien sûr. Je t'aime, Agathe, je ne me trompe pas sur mes sentiments, mais sache une chose, tu n'entreras pas dans ma vie, jamais !

Certains jeux de grenier tournent mal, c'est connu. Pourquoi ne suis-je pas partie en courant à ce moment précis ? Facile à écrire dans son journal intime après coup, n'est-ce pas ? Bien sûr, les bandelettes de velours vert m'en auraient empêchée, mais je sentais que Flora avait pris possession de moi, entre fascination et curiosité, contre ma raison. Non pas reine des abeilles, mais reine des araignées, m'empêtrant dans sa toile. Mon silence valait approbation. Flora se calma.

— ... Allez, je t'aide à te relever, laisse-toi faire. On a du boulot, tu dois apprendre à t'habiller !

Elle tourna autour de moi dans l'autre sens, délivrant la momie, puis s'immobilisa, pensive. Elle entreprit alors de déboutonner ma veste et l'enleva avec solennité, puis tira lentement mon pull par-dessus la tête. Ses bagues s'accrochèrent aux mailles. Depuis notre rapide étreinte à la porte, j'avais envie de son corps.

Je voulus accélérer le mouvement et commençai à dégrafer mon soutien-gorge, mais elle m'arrêta.

— Eh bien, mademoiselle, on se croit où? C'est une séance d'essayage, ou autre chose?

Chaud, froid, le jeu de petites filles continuait. Mais l'une dominait l'autre. Quels avaient été son enfance, ses peurs, ses rêves, ses traumatismes? J'aurais aimé l'interroger, là, maintenant, malgré l'interdit. Inutile, Flora avait deviné.

— Tu sais, ma mère est styliste, elle crée pour des femmes friquées et libres. Toujours féministe, mais version consumériste chic. Quand mon père l'a connue, elle bossait pour Cacharel, époque baba cool post-soixante-huit, post-Cévennes, repositionnements à tous les étages. Je suis née dans les tissus, les essayages, l'ivresse des tâtonnements. Puis elle est partie, plus rien, la maison zen, les abeilles, la triste forêt des Landes, et l'océan comme unique lointain. Ça m'a manqué, les fringues, la créa... plus que ma mère. Je n'ai pas fait d'études et, en parallèle de mon immersion dans les ruches, je me suis réfugiée dans la couture, un peu de bijoux aussi, en autodidacte.

— Ta mère est au courant de ce que tu fais? Vous vous êtes rapprochées?

— Pas de questions, Agathe, je t'ai dit!

Et vlan... Ce n'était pas méchamment dit, cette fois, sa voix avait la vibration d'une supplique, d'une plainte, même. Ce jeu entre nous était absurde, presque drôle au fond. Trouble ou moquerie en alternance, tension ou tendresse en hésitation, notre moteur à deux temps annonçait un parcours chaotique. Le prix de la passion? Cela me fit rire.

— Toi qui charries mon caractère météo... Tu parles, Flora, c'est l'hôpital qui se moque de la charité...

Comment à cet instant ne pas songer à la fière et ombrageuse Flora Tristan ? La documentation de ma thèse défilait dans ma tête alors que Flora-bis tournait autour de mon corps, s'attaquant maintenant au pantalon. Les témoignages évoquaient de perpétuels changements de cap et de ton, de la compassion à la radicalité. Hyper sentimentale, elle avait peur de l'amour et entretenait ses zones d'ombre. « Pour le reste, j'ai ma vie », m'avait-elle lancé. Les deux profils étaient raccord.

Flora ne me laissa pas la déshabiller. Nous roulâmes à nouveau au sol. La prisonnière avait retrouvé la liberté de ses mouvements, mais restait soumise, consentante, syndrome de Stockholm. Soudain, un coup de griffe cingla mon dos. Je me retournai en criant.

— T'as un chat ?

— Schengen ! Laisse-nous tranquilles !

D'un geste, elle repoussa le félin de salon, qui s'en fut avec lenteur.

— Dis-moi, si tu m'autorises une question, c'est quoi ce nom de chat ?

— La chatte a débarqué il y a quelques mois, par la fenêtre donnant sur la cour. Ici, dans le quartier, on ne voit pas de chats, on a dû leur parler de la dangerosité des restos chinois... On l'a accueillie comme une réfugiée, une demandeuse d'asile. C'est Ramsay qui a eu l'idée du nom... Ça fait rire Ying et les voisins.

Je m'étais redressée, à moitié nue et sentiments partagés. Si Thomas me voyait... Flora m'emmena vers la partie arrière de l'appartement. Deux portes.

— Là, c'est ma chambre, à côté celle de Ramsay.

Autant le salon était une caverne d'Ali Baba, autant sa chambre était monacale, lit impeccablement fait, coiffeuse bien rangée, beaucoup de livres, des photos au mur. Flora s'assit sur le bord du lit et m'attira à côté d'elle. Sa voix redevint celle que j'aimais.

— Il faut que je te parle de Ramsay. T'inquiète, il n'est pas dans sa chambre, il bosse aux ruches, on le verra tout à l'heure. C'est le fils d'un opposant à la dictature argentine enlevé et assassiné en 1978, jeté en mer depuis un hélicoptère de l'armée, après avoir été torturé sans doute.

Les convulsions du monde bousculent tant de destinées. Flora me raconta l'histoire d'amour et le drame des parents de Ramsay. La mère, Cécile, étudiante à Paris au début des années soixante-dix, avait rencontré un jeune journaliste et cinéaste argentin, José, en stage sur un tournage dans la capitale. Après deux mois de folle passion, elle a décidé de partir avec lui dans son pays. Ils se sont mariés à Buenos Aires, où elle est devenue enseignante au lycée français Jean-Mermoz. En 1976, après le coup d'État militaire, José, traqué par la police, est entré dans la clandestinité. Il a été arrêté puis a disparu. Mais Cécile était enceinte. Elle a donné au nouveau-né le prénom du père et, par sécurité, son nom de famille à elle, Cornevaux, et la nationalité française. Mais elle a décidé de l'appeler au quotidien du nom de famille du père, Ramsay, devenu son surnom pour tout le monde. Cela figure même sur ses papiers d'identité, comme pseudonyme officiel.

— Encore un surnom, tu vois ! José/Ramsay et Maya/Flora, nous faisons la paire, chacun avec son identité en abîme, pour réparer quelque chose, tu parles d'un cadeau... En plus, Ramsay et Maya, c'est presque une anagramme... Quant à la rue du lycée Jean-Mermoz, elle a été rebaptisée elle aussi : après la chute de la dictature en 1983, elle est devenue *calle Ramsay*.

J'avais tiré un pan du dessus-de-lit et m'en étais couvert le dos, secouant un peu Flora dans la manœuvre. Elle glissa son bras sous l'étoffe en mouvement.

— Agathe, debout, je vais t'habiller ! T'apprendre la fantaisie et la classe.

Elle regarda l'heure au réveille-matin.

— Ensuite on préparera à dîner. Ramsay nous rejoindra. Mais avant, il faut que je te briefe sur deux choses importantes le concernant. Une boulot, une perso. Mais... tu m'écoutes ?

Incroyable, ce ton, avec un parfait naturel de surcroît. Elle me cherchait ou quoi ? J'étais dans sa chambre, en petite culotte et soutien-gorge, elle en grande prêtresse orientale soliloquant face au mur. J'aurais dû me révolter, exiger des égards, mais non, j'avais déjà capitulé. Flora Tristan était mon icône, l'héroïne de ma vie depuis l'adolescence, je n'allais pas me fâcher avec son étrange réincarnation !

Une interrogation m'aida à gérer la situation : comment réagissait à de semblables sautes d'humeur la toute jeune compagne de fin de vie de Flora Tristan, l'admirable Éléonore Blanc, vive, disponible, tendre ? Fut-elle son amante ? Les historiens ne s'accordent pas, mais moi j'ai mon idée, surtout depuis ma nuit avec Flora-bis. Alors, pas de bouderie ridicule, jouons-la vaudeville :

— Écoute, Flora, puisqu'on en est aux surnoms, appelle-moi Éléonore, ce sera plus simple...

Elle se leva à son tour, m'adressa un sourire distant et quitta la pièce. Je m'étendis sur le lit mais les photos fixées au mur devant moi m'en levèrent vite. Sur la plus grande, un homme opérait au-dessus d'une ruche, sa combinaison d'apiculteur était ouverte et la coiffe de protection pendait dans le dos. Un vaporisateur de fumée domptait le nuage d'abeilles autour de lui. Allure puissante, élancée, barbe et tignasse blanches de bourlingueur sur le retour, Ulysse revenu à Ithaque.

— Mon père..., lança Flora derrière moi. Mais, petite fureteuse, tu n'attends pas les présentations ? On t'a éduquée comment ?

Elle jeta sur le lit une brassée de vêtements.

— Votre premier capital charme, chère Éléonore, c'est votre bouille, votre tignasse. C'est à partir de là qu'il nous faut construire le reste. Première leçon de relooking : finies, ces couleurs criardes, mal assorties en plus, ces lignes flasques... elles vous gomment.

Comme je ne bougeais pas, Flora saisit les habits et me les présenta, avec les manières d'une vendeuse en boutique, jouant sur la séduction des fluidités et des chatoiements. Il y avait un pantalon ciré noir, un tee-shirt siglé tout aussi noir et, en contraste lumineux, une veste brodée iranienne, damier vert et blanc.

— Allez, enfile-moi ça !

Je m'arrêtai à la figure de femme stylisée sur le tee-shirt, en féminité conquérante. Un slogan, « *Alerte à la bombe* », entourait le dessin sexy et drôle. Noir et blanc efficace, seules les lèvres étaient en rouge. Sacré punch.

— Signé Miss.Tic, commenta Flora. J'adore cette artiste et poétesse. Nous partageons la même vision de la femme, libre et impitoyable. Allez, habille-toi, je te fais la causette.

Surtout ne pas s'arrêter aux provocations. Elle était Flora jusqu'au bout des ongles. Je commençais à comprendre le suprême agacement que George Sand exprimait dès qu'on lui parlait de celle que certains nommaient sa rivale.

— Premier des sujets annoncés : boulot. Donc, présentations : Agathe, voici mon père, Tristan Maubert, rayonnant, séducteur, secret. Tout le monde l'appelle Zeus. Dans les grandes lignes, c'est simple. Il gère dans les Landes une exploitation agricole multi-activités, canards, céréales, légumes bio, et la ferme apicole chère à son cœur et au mien, deux cents ruches, transhumantes pour la plupart, production et négoce de miels, élevage de reines.

Flora aimait parler. Avec l'efficace renfort de son regard, de ses amples mouvements de tête et les passages maîtrisés de sa main gauche dans sa masse de cheveux, elle tenait son auditoire. Tout en m'habillant avec lenteur, goûtant des sensations nouvelles sur mon corps, j'écoutais la saga de l'apiculteur des Landes : avec le bouche-à-oreille, sa petite notoriété d'auteur, son profil atypique, il s'était progressivement créé des relais dans la presse, développant une clientèle ciblée, dont quelques stars internationales qui sont de précieux influenceurs.

C'était drôle, le ton d'*executive woman* de Flora me rappelait Éliane, notre Experte Blablacar...

— Mon père est lié aux milieux cathos, je t'expliquerai cela un jour, et il a créé un concept d'implantation de ruches dans les cathédrales, avec lancement d'un label « Miel des Cathédrales ». Ça a démarré très fort et beaucoup veulent s'y mettre, on a du mal à suivre. La ruche, c'est chrétien, l'hommage au Créateur, la cire des cierges, que sais-je encore. Hé, tu m'écoutes ?

Je n'avais jamais été tout en noir, cet uniforme contemporain m'insupporte, quel deuil signe-t-il ? Mais la « bombe » du tee-shirt avait explosé mes réticences. Je souriais au miroir, j'avais l'impression d'afficher le portrait de Flora Tristan, relookée en icône féministe du XXIe siècle. Flora vint contre moi, deux sourires coloraient le miroir.

— On en arrive à Ramsay, reprit-elle. Il y a trois ans, il sortait d'une cure de sevrage de drogues dures et avait été placé en stage chez nous, mon père ayant obtenu le label « lieu de vie et d'accueil ». Ce fut une révélation, pour lui, et pour nous. Il s'est jeté dans l'apiculture comme si sa vie en dépendait, passion et efficacité, du matin au soir dans les ruches, à la miellerie, au labo d'élevage des reines. Puis l'administration, la vente, tout. Mon père l'a littéralement adopté, le fils qu'il n'a pas eu, tu vois le genre. Il l'a chargé de s'occuper du développement.

C'était étonnant comment elle arrivait à mixer informations factuelles et notations sensibles.

— Et puis il y a eu un bouleversement inattendu, paradoxal. L'incendie de Notre-Dame de Paris a dopé nos ventes, tu parles, on y avait vingt ruches, toutes carbonisées. C'est dur à dire, mais cela nous a valu une pub planétaire. Depuis, on a du mal à suivre. Les reines que je suis allée livrer ce matin participent au repeuplement dans d'autres églises de Paris et la couronne.

J'avais enfilé la petite veste, molletonnée et légère, presque un gilet. Les damiers verts étaient cernés de minces fils rouge et or. La mystique exaltée figurant sur le tee-shirt rayonnait. Thomas allait avoir une syncope. Flora semblait indifférente à ma métamorphose. Elle poursuivit, avec gravité :

— ... Mais il y avait un risque ici, celui d'une rechute à l'héro. Pas terrible, Paris, pour des gens comme lui. Quoique, tu sais, les junkies sont proportionnellement plus nombreux dans les trous perdus, on s'y emmerde tellement. D'ailleurs Ramsay venait de l'un d'eux, au fin fond des Alpes-de-Haute-Provence, où sa mère était revenue après l'Argentine. Ça fait un an qu'il est à Paris, entre papa, les abeilles et moi.

Elle parlait, elle parlait. Étonnant, ma capacité à attirer les bavards ! Deux parents profs, j'étais prédestinée. Les prolixes, je ne les interromps pas ; soit je les fuis, soit je les admire. J'aime l'histoire, la grande et les petites, et j'aime les gens, de loin, comme le poète romantique aime l'océan depuis les falaises de marbre. Ma passion absolue pour Flora Tristan ne s'explique pas autrement. Mais l'affaire se compliquait : après cinq mois sur ses traces, l'aventurière de l'avant-dernier siècle avait débarqué concrètement dans ma vie. Elle prenait la pose devant le miroir, je pressentais que ça allait bientôt tanguer ! Tanguer, tu parles, c'est une folle tempête qui se préparait !

Mais là on en était seulement aux vaguelettes, aux frissons du marivaudage.

— Je ne te demande pas si ton nouveau look te plaît, Agathe. Entends juste ceci : tu es tellement belle, tellement toi, que je ne vais pas te déshabiller. On va faire l'amour ainsi.

Elle m'entraîna sur le lit, eut les mêmes gestes brusques que j'ai lorsque je veux surprendre Thomas, couper court à une scène bancale. Mais, à l'instant précis, je n'en n'étais pas là, je me sentais bien, j'avais encore besoin de sa voix. Car une précision importante me manquait, qui éclairerait peut-être les zones d'ombre apparues après notre nuit. Je dégageai mon visage de son baiser.

— Flora, tu as oublié que tu m'as promis quelque chose.

— De quoi tu parles ?

Elle semblait surprise et agacée.

— Tout à l'heure, tu m'as dit que tu me parlerais de Ramsay aux niveaux boulot et perso. Le perso, que je sache, n'a pas encore été abordé. Tu ne crois pas que tu me dois un bout d'explication ? Bref, c'est quoi votre relation ? Voilà, c'est tout...

Elle resta silencieuse un moment, se détacha de moi, se mit sur le dos, deux gisants côte à côte. Puis elle sortit de son mutisme.

— Ramsay a atterri chez nous démoli par la drogue, mais aussi par une histoire personnelle qui le déchirait. Quelques années plus tôt, il avait eu une relation forte avec une jeune Espagnole rencontrée dans son village du Sud. Lui était dans l'héro, à fond. Elle a tout tenté pour stopper la descente aux enfers. Elle a pensé qu'un gamin lui donnerait un horizon, l'aiderait à se reconstruire, et patati et patata, du baratin pour psy. Bref, elle est tombée enceinte. Mais rien n'a changé. Alors, trois mois avant l'accouchement, elle s'est tirée. Où est-elle allée ? Personne ne sait. Jamais revue, jamais de nouvelles. Envolée ? Morte ? Les gendarmes du coin, qui ne les aimaient pas, tu penses bien, s'en foutaient, et des amis il n'y en avait guère. Autour d'un drogué, tout le monde fuit, même sa copine.

Flora était sans expression autre que sa voix, elle vivait par elle, faisait tout passer par elle, telle une tragédienne antique derrière son masque de métal.

— ... Ramsay a sombré, mais pas complètement. Il a accepté de venir chez nous avec un strict suivi judiciaire et médical, sinon c'était retour à la case prison. Ça l'a sauvé. Après les six mois de placement, mon père l'a embauché, CDI direct, logé-nourri, mutuelle et chèques-vacances. Son juge d'application des peines, ses éducateurs, médecin, psy et compagnie n'en revenaient pas. Ils voulaient nous en envoyer d'autres ! À cent cinquante euros la journée, payés par le Département, si tu en prends trois ou quatre, c'est un business plus rentable que d'élever des reines.

Mon père n'a pas accepté : « On en a sauvé un, bonne pioche du premier coup. Mais on renouvelle pas, désolé, les gars. Et avec le Miel des Cathédrales que notre petit miraculé produit, on aura peut-être droit à la première classe au paradis ! »

Elle s'est mise à rire. Je sentais que derrière ce rire, celui que j'aimais, elle était au bord des larmes. Cette fille me scotchait, je n'arrivais pas à dire si j'en étais tombée amoureuse, ou seulement séduite, éblouie, comme la pucelle devant l'apparition du chevalier dans les romans courtois. Et puis, sans cesse j'y revenais, cousu de fil blanc ou pas, ma Flora Tristan avait la même sensibilité à fleur de peau, c'en était fascinant. Je sentis sa main effleurer la mienne.

— J'ai cohabité deux ans dans les Landes avec Ramsay, on était collègues, bons amis, frère et sœur si tu veux, je ne faisais pas vraiment attention à lui. J'ai aussi ma vie à Paris, cet appart depuis des années, un petit job d'hôtesse de salons, cheffe d'équipe, quelques vacations quand j'en ai envie, cool. Mon père a suggéré que Ramsay vienne s'installer dans notre appart de Belleville, au moins pour commencer, qu'il ne se perde pas dans cette ville satanique, comme disent les terroristes…

J'étais troublée par ce que me disait Flora de la relation à son père, pensant à mes parents, à leur absolue indifférence à mes tournants de vie. Était-ce une chance d'être ainsi accompagnée, guidée, au risque peut-être de la mainmise ?

— Dis, Flora, tu ne crois pas qu'il a un plan à plus long terme, ton paternel ? Faire de Ramsay un gendre et un successeur ? T'en penses quoi ?

Elle eut un petit rire gêné, humble, qui ne lui ressemblait pas.

— Ici, loin de Zeus et du boulot à la ferme, on s'est trouvés, tous les deux. Je l'aime, à ma manière, c'est-à-dire que je ne veux pas être aimée en retour, encore moins adulée. La mièvre fusion de deux solitudes en émoi, non merci ! Je voudrais qu'il prenne des distances, qu'il soit autonome, sur tous les plans. Il a accepté d'entrer comme vacataire chez Media Events, la boîte d'événementiel pour laquelle je bosse. Son vrai métier, sa formation initiale, c'est régisseur lumière et son. Il est apprécié, avec une prestation de temps à autre, des collègues, quelques sorties sans moi, c'est nouveau et c'est bien. De la distance, oui, il le faut.

Il y avait de la souffrance dans son discours. Je sentais qu'elle se dirigeait vers une conclusion qui tournait dans sa tête depuis un moment, et je n'eus pas besoin de la pousser à la formuler. Posant la main sur ma joue, elle me dit avec gravité, les yeux dans les yeux :

— Tu sais, Agathe, c'est et ce sera pareil avec toi. Tu dois me juger dure, sans cœur, n'est-ce pas ?

Je n'avais rien à lui donner en réponse, sauf mon regard. Au-delà d'une admiration éperdue, il portait une interrogation qui montait en moi depuis un moment et que je n'arrivais pas à lui exprimer : « Flora, tu t'es foutue de moi tout à l'heure place de la République, quand je me protégeais d'une rencontre inopinée avec Thomas ; et toi, tu me conduis à ton compagnon, ton amoureux chaste – définis Ramsay comme tu veux –, bref tu vas me présenter à lui d'une minute à l'autre, et ça ne te fait rien, ni par rapport à lui ni par rapport à moi ? »

Non, bien sûr, je ne t'aurais pas posé cette question, Flora ! Je craignais trop ta réponse, une réponse à la Flora Tristan, cinglante, impitoyable. Mais tu t'étais déjà levée, ma réaction ne semblait pas t'intéresser.

Les abeilles du pâtre grec en photo bourdonnèrent en moi. Ou peut-être des bruits de casseroles manipulées dans la cuisine. Je me suis endormie.

*

— Hello, j'ai apporté des fromages !

Le bruit d'une porte qui claque m'avait réveillée. Je me suis levée d'un bond. Dans le miroir, une inconnue et son invraisemblable tenue... Je mis un peu d'ordre dans mes cheveux et gagnai le salon-atelier. Flora me saisit la main et m'emmena à la cuisine, où une longue silhouette déballait un paquet.

— Ramsay, dit-elle, je te présente Agathe. C'est elle, ma compagne de voyage d'hier. Tu sais, elle fait une thèse sur Flora Tristan. Incroyable, non ? Alors, ne sois pas étonné, elle a le droit de m'appeler Flora. Elle seule...

Ramsay s'approcha de Flora, qui tenait toujours ma main, et l'embrassa sur les lèvres. Elle accueillit le baiser avec grâce et naturel, puis eut vers moi un regard et un sourire de jeune fille bien élevée. Guettait-elle ma réaction ? Mais Ramsay s'était déjà tourné vers moi et nous échangeâmes deux bises sur les joues. Fin des présentations. Le jeu de rôles pouvait commencer. Ramsay s'affairait à garnir un plateau en bois d'olivier et commentait :

— Armand m'a préparé une nouvelle sélection de ses fromages. Un Ossau-Iraty, notamment. Il propose de le servir avec du miel de pissenlit, et attend notre avis. On a pris l'apéro avec sa femme et ses potes. Faut les entendre, ils parlent plus de politique que de fromages et de vins. Un peu comme partout en ce moment, on dirait. La colère monte.

Il se tourna vers moi et reprit :

— Pardon Agathe, je ne sais pas vous, l'intello, mais moi la politique…

Le jeune apiculteur était comme me l'avait décrit Flora, attentionné, fragile, émouvant. Sa maigreur et sa gestuelle en retenue, concentrée et précise comme chez un maître de thé japonais, accentuaient l'expression toute différente du visage, mobile et chaleureux, comme certains gosses de rue dans les premiers films de Truffaut. Un gentil, pensais-je. Une victime.

Flora s'était assise à l'autre bout du salon. Elle avait réagi à un bip de son téléphone et pianotait à toute vitesse sur le clavier, elle n'était plus avec nous.

— Bravo pour ta tenue, Agathe, poursuivit Ramsay. Maya est incroyable : dès qu'une fille l'intéresse, elle la métamorphose. Tu es superbe. Avec son tee-shirt préféré, en plus ! C'est la première fois qu'elle le prête. Tu as dû lui taper dans l'œil.

Il n'y avait nulle malice dans son propos. Mais, à ses courtes phrases hachées, je sentais une certaine nervosité. Il surveillait Flora, affairée sur son téléphone, tout en essayant de garder bonne figure.

— Et moi, je ne ressemble à rien, salopette crade, une journée dans les ruches, on est en fin de récolte sur les toits et terrasses de Paris. Je te raconterai ça, mais d'abord une douche. Maya, tu veux bien t'occuper de ton amie ?

Ramsay quitta la pièce. Debout dans le salon, je regardai la silhouette de Flora se détachant en contre-jour devant l'étal de l'épicerie chinoise de l'autre côté de la rue, inondée du soleil du soir. Une fois encore, elle était ailleurs, je n'existais plus.

Je plongeai les bras dans les vêtements accrochés aux portants. Douces sensations, soies et cuirs, laines et voiles, couleurs et formes, jusqu'au vertige. La couture est aussi inventive que la cuisine, voilà les deux suppléments d'âme de l'humanité, les plus solides piliers de notre civilisation une fois la chasse et la cueillette assurées et les dieux installés.

— Agathe, je suis désolée, je vais devoir partir. Une urgence.

Flora avait à peine levé les yeux de son téléphone. Elle semblait se parler à elle-même. Elle se redressa, se dirigea vers moi, me prit par la taille et posa ses lèvres sur les miennes. Elle avait un regard que je ne lui avais pas encore vu, fixe, sous hypnose.

— Oui, je dois partir. Tout est prêt à la cuisine, vous ferez dînette à deux. Mes deux amoureux ! Ramsay est passionnant, tu verras, il te racontera le monde des abeilles. Sans moi, il se livre davantage. Tu gagnes au change !

Je la regardai, interdite. J'étais spectatrice d'une scène de film, pas actrice, pas impliquée. J'attendais la suite.

Flora fila vers sa chambre. Après quelques minutes, elle en sortit à pas rapides, un grand sac à l'épaule. Je m'avançai vers elle et remarquai un maquillage puissant, ténébreux. Elle approcha ses lèvres, je fis un pas en arrière, provoquant un fugace moment de surprise, puis elle s'éloigna dans un gracieux mouvement pendulaire. La porte se referma. Je n'avais pas prononcé un mot.

Comme au théâtre de boulevard, la porte de la salle de bains s'ouvrit au même instant. Ramsay apparut, jean et tee-shirt blanc, belle gueule, bronzage impeccable, une affiche d'eau de toilette *for men*. Mais terriblement maigre, j'avais l'impression qu'il allait se briser comme du verre. Je me trompais. Il lança, avec une sorte de forfanterie :

— Maya est comme ça, tu verras. Plus elle tient à quelqu'un, plus elle marque ses distances et se révèle radicale. C'est dur, mais c'est honnête, pas de faux-semblant. Son père me dit que c'est ainsi depuis l'enfance, depuis le départ de sa mère.

Son assurance peinait à faire illusion, d'autant que je me rappelais les propos de Flora tout à l'heure sur les vains espoirs de Ramsay. Et si c'était lui qui était dans le faux-semblant ? Un illusionné de l'amour, un de plus. Mon Thomas n'avait pas ces aveuglements, rien n'avait prise sur lui tant que la routine du quotidien était en place. Ah, j'étais bien, entre ces deux naufragés.

La vénéneuse mystique du tee-shirt me faisait de l'œil dans le grand miroir du salon. C'était Flora qui m'interpellait. Elle jubilait, il lui semblait que je commençais à comprendre, car elle avait capté ma fêlure et identifié mes peurs. D'avoir été ainsi comprise m'emplit d'une joie et d'une force inédites.

Je n'étais plus dupe des fausses assurances de Ramsay, juste compatissante. Je tendis mon verre vide vers lui. Il changea de registre, bien dressé aux convenances :

— Allez, à table ! J'imagine que Maya t'a dit que j'allais te raconter ma vie, les abeilles. Eh bien, c'est parti.

Ramsay jouait parfaitement son rôle. Je comprenais le père de Maya, c'était le gendre idéal. Et pourtant, derrière la façade, il y avait les drogues dures et un amour contrarié, avec Flora en désertion. Notre dîner fut amical et lisse. Ramsay parla presque tout le temps, cela ne me changeait pas, j'étais heureuse.

Il me raconta le miel de Notre-Dame, avant l'incendie. Des ruches perchées le long de la toiture de la cathédrale, au-dessus du square Jean-XXIII, du marché aux fleurs, des jardins et des balcons fleuris de Paris.

Les villes sont un paradis pour les abeilles, car les arbres et les fleurs y sont variés, on pulvérise moins de saloperies sur les espaces verts que dans la plupart des champs cultivés. En travaillant bien, les miels sont de qualité « grand cru », comme certaines vignes ou cultures d'oliviers. C'était un excellent conférencier, et moi j'étais bon public.

— On a créé tout un réseau de producteurs à Paris et dans les régions, en partenariat avec de nombreuses cathédrales, abbayes, lieux de pèlerinage, communautés. « Miel des Cathédrales » est une marque, c'est aussi un concept, du miel produit par des ruches installées au plus près d'édifices sacrés et travaillé éthiquement par des religieux et religieuses, ou par des laïcs engagés dans des actions d'Église. Le plus merveilleux, c'est de travailler dans toute la France avec des personnes qui, souvent, découvrent l'apiculture par les formations que nous assurons. À Notre-Dame, j'avais une bonne vingtaine de bénévoles qui prenaient soin des ruches et aidaient à la récolte du miel. Comme une ruche, nous essaimons !

Ramsay avait le baratin des bons représentants qui savent raconter une histoire pour enjoliver un produit. Je l'imaginais face à des visiteurs, à des clients, dans une combinaison blanche d'apiculteur débraillé-chic, capuche de protection rejetée dans le dos, comme sur la photo de beau-papa. Craquant.

Prêt à craquer plutôt.

Il s'était tu. On avait mangé sans s'en apercevoir les légumes poêlés de Flora, bien entamé la tomme au pissenlit et vidé la bouteille de pic-saint-loup. La nuit était tombée depuis longtemps sur Belleville, les Chinois avaient dégringolé les volets de fer.

— Je ne sais pas quelle est ta vie, Agathe. Et je ne sais pas ce que Maya t'a dit de moi, de nous. J'ai eu un amour, il s'est fracassé, par ma faute je crois bien. Avec Maya, j'en vis un autre, mais il n'est pas partagé. Et sans partage, sans réciprocité, il n'y a pas d'amour, n'est-ce pas ? T'en penses quoi, toi ?

Oh, zut, après deux heures de monologue, voilà qu'il me posait une question. Et pas la plus simple ! J'étais pourtant très bien dans mon rôle d'écoutante. Et quoi, là, il faudrait que je lui parle de Thomas, de nos minables frictions à nous, peut-être même que je lui raconte ma nuit avec Flora pour tester sa résistance, comparer nos ressentis ? Et puis, surtout, qu'on en arrive à la question qui tue, celle qui me taraude depuis le départ de Flora. Alors, allons-y cash. Juste une poignée de mots jetés comme des aiguilles de pin sèches sur un feu finissant, ça relancera la machine à paroles et j'apprendrai sûrement quelque chose.

— Dis-moi, Ramsay, que fait Flora – pardon, Maya – quand elle part ainsi ?

Il ne bougeait pas, comme s'il ne m'avait pas entendue. Impassibilité totale, et pourtant tempête intérieure force 10, le regard chavirait. J'avais peur qu'il se mette à hurler, qu'il m'engueule, de quoi je me mêle, et cetera, la brusque colère des camés. Je commençai à ranger les assiettes, ça sentait la fin de soirée ratée. On ne m'y reprendrait plus. Retour vite fait au bercail rue Cail. Et passons à autre chose.

La douceur de sa voix me surprit.

— Et si j'étais simplement son ange gardien ? Quoi qu'elle fasse, je suis là. Elle est toujours revenue. Voilà tout.

Le grand bavard s'était tu, le gendre idéal était nu. Une souffrance indicible le mettait à distance. J'étais sortie de son champ. La nervosité du manque le gagnait. C'était clair, il n'avait pas tourné la page des drogues dures.

— Merci, Agathe. N'abandonne pas Maya, comme toutes ses amies qui ont refusé de la comprendre. Reviens après-demain, la tempête sera oubliée. Nous irons tous les trois voir mon ami Marc, le parrain des abeilles de Paris. Tu ne seras pas déçue.

Rester immobile à son poste, les bras le long du corps, être prête à répondre à toute demande, bouteille d'eau, photocopie, message à transmettre. Écouter, dire oui, je vais me renseigner. Assurer, rassurer. Dans un séminaire d'entreprise, trois objets utilitaires sont indispensables : l'écran pour les projections PowerPoint, la fontaine à café et l'hôtesse. Les trois obéissent à la même règle : on presse sur le bouton et ça doit marcher, sans histoire. J'aime ces moments où je n'existe pas, où je suis comme la carafe de jus de fruits, la thermos de café, le clavier de l'ordinateur. Je réponds aux injonctions, assure les gestes qu'il faut, n'exprime rien. C'est un choix, assumé avec exaltation. J'observe, j'emmagasine, mes sept mille yeux en pleine activité, la vision de l'abeille, démultipliée en facettes infinies, récepteurs des plus ténues variations de lumière et de mouvement, détectant les champs magnétiques, recomposant un ensemble fourmillant de détails. Ce jour-là, l'assemblée des professionnels en je ne sais plus quoi m'a éradiquée du monde des vivants. Vaporisée, neutralisée. Le groupe se méfie plus des caprices de la vidéo, des ratés de la machine à café que des yeux et des oreilles de l'hôtesse. Les gens importants sont comme ça.

Je n'ai pas choisi de rôle dans la vie, je les prends tous : potiche pour congrès, observatrice silencieuse du monde, apicultrice, reine des abeilles selon Ramsay, héritière d'un domaine familial branlant, styliste passionnée mais inaccomplie, refusant les ruses d'une carrière. Et le rôle souterrain, vénéneux, de chasseresse afin de gagner ma vie, ma liberté, de me perdre dans les vertiges de l'argent et du sexe pour ne pas tomber en enfer.

Ceux que je cible, je leur donne des surnoms. Là, sur le côté droit du grand carré de tables où sont répartis la quarantaine de participants, il y a le Pianiste. Grand brun au teint pâle, tout en nerfs contenus, seules ses mains disent son humanité en cet espace de désolation. Les longs doigts fluides saisissent avec précision un stylo, un dossier de notes. Rien à voir avec les névrosés de la trituration, mais un langage corporel élégant et articulé, posé. Il parle avec les mains, mon Pianiste, à mots mesurés qu'il dessine sur une pierre de Rosette dont je suis, sans même qu'il en ait conscience, l'unique déchiffreuse, découvrant un autre horizon possible pour cet informaticien, financier ou juriste. Mon gibier, j'aime lui trouver une fonction hors du monde qui est le sien. Le Pianiste, je le vois bien enseigner son art à des enfants de bonne famille ou peut-être, oui, il serait magnifique à épauler une chanteuse à bout de voix dans un bastringue déjanté. Si différent du Maître-Nageur, trois places à sa gauche, face à moi, presque. Que du physique, une aisance générale du corps, la peau mate et souple, des cheveux bruns courts et ondulés. Il a tombé la veste, la chemise colle aux épaules, au thorax et sur le haut des bras, on voit ses muscles modeler une architecture puissante et bien tracée. Il doit acheter ses vêtements une taille en dessous. Plus tard dans la journée, si je changeais d'avis et le choisissais plutôt que le Pianiste, je lui ferais l'amour en gardant sa chemise, je voudrais la voir se déchirer quand il jouira. Il ne regretterait pas ses quatre cents euros ! Oui, c'est le tarif. Pas d'exception. Aucun des deux ne m'a encore regardée à ce moment de la réunion. Pour eux, je suis au même niveau que la cafetière qui goutte et l'arrangement de fleurs en tissu, un simple objet de service ou de décor. L'instinct du mâle s'éveille mieux si on y met du sien, donc je bouge peu pendant le round d'observation, je me force à la transparence asexuée. Patience. Je veux d'abord observer, analyser et puis c'est moi, moi seule, qui élis. Quand j'ai arrêté mon choix, j'entre en action.

C'est simple. Il faut se trouver face à l'élu et être en mouvement, enlever un verre, ajuster un rideau, peu importe. Puis, une infinitésimale suspension du geste, pendant laquelle mes yeux plongent dans ceux de la cible, une légère contraction de la bouche, genre cul-de-poule, accompagnée de l'inclinaison de la tête, petit raidissement des reins et de la poitrine si nécessaire. Surtout, ne pas trop en faire, semer le trouble, le doute. Ensuite, rentrer dans le rang, ne pas y revenir, laisser le désir opérer. Voilà, c'est joué. J'attendrai la pause ou plutôt le buffet en fin de réunion, j'ai vu qu'il y a plein de mignardises sucrées, ça les attendrit. L'élu viendra rôder vers moi. Sans attendre qu'il prenne l'initiative – pas question, c'est mon gibier –, j'annoncerai la couleur :

— Ce soir ou jamais… Réfléchissez où on se retrouvera.

Le Pianiste est à peine surpris par ma proposition, formulée à voix haute et froide, sans effet, sauf le regard planté profond dans le sien, alors que je lui présente pour la troisième fois le plateau de torches aux marrons. Proposition aussitôt acceptée. Il rayonne. Objectif atteint. C'est facile avec un an d'expérience et une proie par semaine, parfois deux, sauf pendant mes séjours au domaine bien sûr, là-bas je suis une abstinente qui affole et qui repousse.

Je place haut la barre, cherchant le cas difficile, atypique. Il y a les pères de famille bien rangés, les jeunes cadres perclus d'emprunts, pas mal d'universitaires, et j'ai même eu un prêtre. Mais leur statut ne m'intéresse guère, de toutes façons ils me racontent ce qu'ils veulent, pour se protéger ou composer un rôle. Je préfère le surnom que je leur donne avant de fondre sur eux : le Trappeur, le Danseur de claquettes, le Sommelier, l'Archéologue, le Laveur de vitres, tout un petit monde de corps, d'allures et d'archétypes. Je fuis par contre les personnes en vue, présidents de sociétés, politiciens, vedettes du showbiz et du sport. La pire des cibles. « Geld macht sexy », m'a dit un jour l'un d'entre eux, pas plus allemand que vous et moi, comme la plus solide des évidences. L'argent rend sexy... Il en rayonnait d'imbécillité triomphante. Les plus belles femmes sont à vos pieds et vite dans votre lit, il n'est pas question d'argent avec elles, ou alors pour des perversités réservées à des professionnelles. Mais je ne suis pas une professionnelle, sauf comme hôtesse d'accueil, je suis une artiste, une artiste libre. Je préfère les obscurs qui rayonnent entre mes bras, ravis d'avoir été choisis, heureux d'aller retirer en vitesse quatre cents boules à un distribanque, car aucun n'a la somme sur lui. C'est incroyable comme tout devient virtuel, insaisissable. J'aime l'argent, j'aime le dépenser, le sortir de mon sac en liasses roulées, acheter un manteau de cuir fuchsia, inviter Ramsay à manger des huîtres, à l'opéra parfois, aux meilleures places, lâcher des billets à une malheureuse dans la rue, faire des cadeaux aux proches, et puis payer ses doses à Ramsay chez les dealers.

Dès son arrivée au domaine, j'ai compris qu'il était en sursis. Mon père prenait comme un défi personnel d'arriver à le sauver, et je l'ai aidé, solidarité familiale et intérêt d'entreprise, on avait besoin de renfort bon marché. Je ne peux rien pour Ramsay, son amour pour moi ne suscite aucun *écho, mais c'est cet élan qui a permis que nous l'intégrions dans l'univers des ruches, qu'il s'y jette à corps perdu. Je le tiens en vie et je compte le protéger jusqu'au bout, toujours, sans me poser de questions. Sans moi, il aurait fui le domaine, replongé et terminé en taule. Avec moi il remonte la pente, il a démarré la méthadone comme substitut à l'héro. Son implication dans le Miel des Cathédrales est impeccable, miraculeuse, « un signe », veut croire ma grand-mère superstitieuse. Tristan et Marc le vénèrent, leur trio est cent pour cent gagnant. Et le malheureux s'imagine qu'au bout de la remontée il me conquerra.*

Je suis libre, clament tous ceux qui ont choisi une addiction. Mon addiction, c'est ne dépendre de personne, d'aucun homme. Foutaises ! Comme ma mère, je suis une fuyarde, une lâche. Ramsay a plus de courage que moi, il parie sur la vie. Il n'a pas peur qu'elle le carbonise. Moi, ce n'est pas la vie qui me brûle, c'est mon orgueil qui la crame ; et comme la vie a plus de ressources que moi, je n'en ai pas fini avec elle.

Eux, des apiculteurs ? Dès la première seconde, je n'y ai pas cru.

J'étais arrivée en avance chez Marc. L'immeuble de bureaux, dans la zone en chantier derrière la gare d'Austerlitz, était en partie désaffecté. Un monte-charge conduisait directement au dix-septième et dernier étage, sans autre arrêt possible. Dans le miroir, j'inspectais mon allure, à moitié satisfaite de la tenue que m'avait conçue Flora et que j'avais fini par remettre après moult hésitations. Était-ce moi, cette silhouette pour magazine bobo ? Le tee-shirt était d'une ampleur qui gommait les seins. J'observais dans le miroir ma main qui avait entrepris de les sculpter, de les révéler.

La porte s'ouvrit sur l'océan des toits de Paris. Je restai un moment étourdie, en suspension, secouée par le vent, engloutie par le panorama, avant de faire quelques pas sur une vaste terrasse encombrée de ruches posées en grand désordre.

— Par ici !

Venant de l'autre côté de la cabine du lift, une silhouette me faisait signe. Elle sortait d'une véranda ouverte qui prolongeait la terrasse. C'était Marc, assurément.

Le « parrain des abeilles de Paris » avait l'allure d'un corsaire devenu roi sur son île. Il souleva un large chapeau en cuir, découvrant des cheveux blancs taillés court. Bronzé, énergique, un séducteur.

— Bienvenue sur mon perchoir ! Vous êtes Agathe, je pense. Magnifique tee-shirt ! J'en devine l'origine : Maya, bien sûr. On l'attend, avec Ramsay. Là, je termine une réunion, alors découvrez les lieux à votre aise. Mais n'approchez pas trop près des ruches quand même. Et venez, je vous sers un café.

Large et haut, l'espace de la véranda était occupé en son centre par une longue table ovale, placée sous un lustre monumental en verroterie noire. Une dizaine de personnes y avaient pris place. Mon apparition les avait figées dans un étonnant arrêt sur image, que rompit le rire de Marc.

— Les amis, voici Agathe. C'est Maya et Ramsay qui nous l'envoient en éclaireuse. Elle prépare une thèse avec Hureaux. Oui, chère Agathe, votre professeur est un de nos amis. Vous voyez, le monde est petit et... je sais tout. On fera les présentations tout à l'heure, après notre réunion, d'accord ?

Pas besoin de présentations, j'avais compris. Assurément pas des apiculteurs. C'était une de ces petites assemblées d'intellectuels et de militants qu'une cause commune rassemble un temps, avant les déceptions, les crises, les ruptures. J'avais participé à semblables réunions avec Thomas et ses amis. Les têtes étaient différentes ici, moins jeunes, mais pas les ressorts intérieurs. Flora Tristan avait vécu ça aussi, de la fusion totale aux haines les plus radicales. Moi, j'étais vaccinée.

Rien n'avait changé depuis l'époque de l'héroïne de ma thèse, les cahiers sur la table, quelques bouteilles et du café (elle en buvait beaucoup), des profils et des âges différents, peu de femmes, deux seulement ici, bref, le panel représentatif d'une certaine France, celle qui s'engage et manifeste, celle qui lit et cogite, celle qui a des certitudes et une utopie. J'aime tous ces gens, même si je ne crois plus à leurs causes. Si j'ai choisi de travailler sur le destin de Flora Tristan, c'est aussi pour essayer de comprendre cette fatalité qui, génération après génération, répète l'échec, se contentant de minuscules avancées avant de passer le flambeau et, entre amertume et bonne conscience incertaine, se résigner au monde tel qu'il est.

Un mug de café à la main, je pris la tangente, les laissant reprendre leurs échanges. Sur la terrasse, je contournai l'espace des ruches, nulle envie de me faire piquer, à chacun les risques de sa passion. Paris était à moi, la terrasse occupait tout le toit, environ trente mètres sur trente. Elle tournait autour d'un curieux bâtiment central hérissé d'antennes, mi-local technique, mi-pavillon de banlieue, que prolongeait la haute véranda. C'est là que devait habiter Marc, radeau sur l'océan.

Je suis une fille des îles, tout m'y ramène. L'année de mon entrée en sixième, mes parents avaient obtenu une mutation dans le collège d'un atoll de Polynésie. La portion habitée de l'immense anneau de corail avait quelques centaines de mètres de large et six kilomètres de long, l'océan inquiétant d'un côté, le calme lagon de l'autre, où croisaient de sages requins. Les élèves venaient des îles environnantes, acheminés par avion chaque trimestre. Ces enfants de pêcheurs et d'éleveurs de perles étaient enfermés en internat. Une haute grille plantée à la limite de la plage jouxtant le collège les empêchait d'avoir accès au lagon, sauf aux heures de sortie, et dûment encadrés. Pendant qu'ils se morfondaient dans l'espace clos de l'internat, les enfants des enseignants de la République – liberté, égalité, fraternité... frelatées –, eux, faisaient du bateau et de la plongée avant de rentrer dans leurs villas aux terrasses plantées dans l'eau. Travaux pratiques d'injustice sociale, mais aussi de glaçante insensibilité. Mon caractère s'est façonné là. Île-liberté, île-prison, soumission et rébellion.

Le sentiment de me savoir condamnée à l'entre-deux permanent se réveillait sur la terrasse du curieux parrain des abeilles, où un groupe d'individus repensait fiévreusement le monde, derrière les grilles de leurs certitudes du moment, alors que l'infinie matrice de la ville-monde poursuivait, indifférente, son destin organique.

J'essayais de repérer mon quartier à partir de la silhouette dominatrice de Montmartre. Fouillis de toits, de clochers, métro aérien, taches de verdure et barres d'immeubles. Comment imaginer des destins individuels dans pareil magma ? Les ridicules petites histoires de chacun. Après le dîner avec Ramsay, j'avais regagné la rue Cail dans un sentiment de colère contre moi-même. Flora Tristan préférait la révolte à la pitié et je m'en voulais de ma compassion pour Ramsay, si décevant dans sa posture résignée face à la dureté assumée et explicite de sa compagne. Comment supportait-il pareil traitement, pourquoi ne la quittait-il pas ? Et moi donc ? Sur mon canapé de méditation, j'avais retiré le tee-shirt et l'avais étendu en masque sur le visage, filtrant les lueurs orange des lampions tamouls de la rue. L'odeur fruitée de Flora rappelait les souvenirs de notre nuit partagée et levait une colère contre elle, qui s'était refusée à moi à deux reprises dans son appartement avant de s'échapper comme une traîtresse. Je me suis endormie sous le linceul du ressentiment. Le lendemain, j'ai remis mes vêtements habituels, j'ai attendu un appel de sa part, elle aurait eu droit à des remontrances et à des questions bien ciblées sur sa fuite, sans doute à l'annonce solennelle d'un ultimatum, la fixation de règles, l'exigence de transparence, mais rien n'est venu et je n'ai pris aucune initiative. Un court message de Ramsay, par contre, confirmait le rendez-vous tous les trois le lendemain chez Marc, sans commentaire, juste l'adresse et le code d'entrée.

Heureusement, Manu n'était pas à la maison ce jour-là. J'ai échappé à son œil implacable, à ses questions laser, qui m'auraient laissée à nu et pantelante, ridicule. Thomas est passé dans la matinée. Plus facile de faire semblant avec lui, comme mes parents il ne s'intéresse qu'à ce qu'il fait, je l'ai donc baladé sans problème. Au fond, peut-être Thomas est-il tel Ramsay, à se croire l'ange gardien de sa compagne. Et si c'était ça, les mecs, aujourd'hui ? Plus guère de leadership, mais une bite, un doux égoïsme et de bons sentiments à géométrie variable qui aident à gérer les situations. Il a fait des compliments sur la veste iranienne, a élargi sa bienveillance à Flora tout entière, se félicitant de cette nouvelle amie, carrément perchée, qui ouvrirait des fenêtres dans ma bulle. Le pauvre, s'il savait. En tout cas, il avait retenu l'idée de la descente dans les Landes et voulait absolument en être. Vaudeville garanti, avec deux triangles amoureux en suspension.

*

Un clignotant rouge signalait la montée de l'ascenseur. Je vis Marc sortir de la véranda pour se diriger vers la porte coulissante et l'y rejoignis.

— Marc, je crois bien que je pourrais vivre ici, confinée et sereine. Je retrouve les souvenirs d'enfance de mon île du bout du monde.

Il esquissa un curieux sourire et enfonça son regard dans le mien. Un regard de chasseur. Je me suis imaginé que ce devait être un sacré défilé de filles dans le monte-charge...

L'ouverture de la porte effaça le trouble qui était monté en moi. Flora avait une salopette rouge ajustée à la perfection et le cou enveloppé d'une écharpe en turbulences de gris ; Ramsay était en jean, tee-shirt blanc et blouson de cuir. Un beau couple, ça oui. Sans un mot, Flora mit au sol le panier d'osier qu'elle portait, rempli de boîtes de reines, puis se redressa, posa ses lèvres sur les miennes et s'y attarda. Il y avait là assurément un message adressé aux deux autres, mais ils ne laissèrent rien paraître. Ramsay embrassa Marc, affichage d'une complicité, plaisir viril d'être ensemble, ces postures souvent surjouées entre mecs qui m'insupportent au plus haut point. Flora prit ma main et m'emmena vers le bout de la terrasse, laissant les garçons gagner la véranda. Elle était tout excitée.

Adossée au garde-fou surplombant un vide que j'avais jusque-là laissé à distance, elle m'attira à elle, ventre contre ventre, les bras noués dans le creux de mes reins, sous le boléro persan. J'avais l'impression qu'une douzaine de regards nous fusillaient dans mon dos depuis la véranda.

— Détends-toi, Agathe, tu es raide comme une poutre ! Tu sais, je n'ai cessé de penser à nos retrouvailles depuis qu'on s'est quittées si vite l'autre soir. On s'isolera tout à l'heure, ils en ont pour un moment à refaire le monde. Tu verras, il y a des chambres sympas dans la casemate de Marc. C'est un peu le défilé, ici...

L'évocation de défilés galants, intuition qui m'avait traversée un peu auparavant, me fit sourire et changer d'attitude. Je m'étais préparée à une scène d'explication, à dérouler des reproches. Mais le chêne devenait roseau, s'assouplissait, le ressentiment s'enfouissait. Une minute de plus à sentir son souffle mêlé au mien et je l'embarquerais vers une des fameuses chambres. Mais Flora sut à nouveau me surprendre. Elle retira ses bras, posa de nouveau ses lèvres sur les miennes, puis me détacha d'elle. Sourire au zénith.

— On voulait t'annoncer la nouvelle ici et maintenant. Voilà, j'ai téléphoné à mon père hier, Manu est venu me voir ce matin à Belleville, il a parlé ensuite à ton Thomas, eh bien, tout est réglé : nous partons dimanche dans les Landes. Oui, tous les six. J'envoie les quatre garçons avec le break de Marc, qui sera des nôtres... Il ne t'a rien annoncé, j'espère, ils voulaient tous que ce soit moi qui te révèle la surprise. Et nous deux, ma précieuse, ce sera en Blablacar. Après les fiançailles à l'aller, ce sera le voyage de noces au retour !

Elle partit dans un grand rire, solaire, excessif. Était-elle sérieuse ? Se moquait-elle de moi, de mes peurs ? Ou, au contraire, masquait-elle ses sentiments pour moi derrière le paravent commode de la provoc ? J'eus la réponse la plus ridicule qui soit, car formulée avec un sérieux premier degré :

— Tu ne crois pas que c'est un peu tôt pour me présenter à ta famille ?

Son rire enfla en bourrasque.

Heureusement, je sentis une présence derrière moi. Ramsay s'était rapproché. Avait-il capté l'étreinte entre Flora et moi ? En tout cas, j'étais la seule des trois à avoir l'air un peu mal à l'aise.

— Ouf, on rigole par ici… Là-bas, c'est moins gai. Les amis de Marc refont le monde. Ça vient de partout. Aujourd'hui, par exemple, il y a la directrice d'un hôpital parisien, très engagée pendant l'épidémie, et un officier supérieur qui enseigne à l'École de guerre.

Ramsay rapportait avec précision et bienveillance des infos qu'il aurait pu tourner en dérision : une bande de Français mécontents voulant changer le monde au Café des Abeilles, tu parles. Il ne manquait qu'Éliane, l'Experte de Blablacar, qui critiquait tout avec son coffre rempli de vins non déclarés. Mais Ramsay parlait avec précision et respect, ce qui eut l'air d'agacer Flora :

— Moi, ce qui m'importe, c'est de changer d'air. Leurs grandes histoires, petites plutôt, m'indisposent. Ils sont dans une spirale bien déprimante.

Je trouvais que l'interruption de Flora manquait de bienveillance pour Ramsay, qui ne faisait que me briefer avec courtoisie sur le lieu où l'on m'avait invitée. Je vins en appui :

— Continue, Ramsay ! La joyeuse bande réunie ici me ramène à mon sujet de thèse tu sais, je suis tout oreilles…

Mes yeux captèrent la mine renfrognée de Flora, c'était d'une futilité gamine.

— Depuis trois ans, reprit Ramsay, la France a changé. Les Gilets jaunes, les grèves pour les retraites, l'épidémie… la France a changé. C'est une contestation générale qui se lève. Marc professe que le jeu politique est condamné et que l'establishment est inaudible. Il dit qu'il faut inventer une révolution inédite, rassembleuse, comme les populations des pays du bloc de l'Est l'ont réussie en 1989. Le mouvement s'étend, se structure.

Flora boudait toujours. Elle le fit taire en posant une main sur sa bouche. Il la saisit et en baisa les doigts. Elle ne le laissa pas poursuivre.

— Ramsay, si tu veux y retourner, ne te gêne pas pour nous. Je croyais que tu avais invité Agathe pour lui parler de nos ruches et non pour la transformer en pasionaria. Fais-nous ta visite guidée, sinon j'embarque la demoiselle.

*

Ramsay avait enfilé la combinaison de l'apiculteur et, fumoir dans la main gauche, s'affairait aux ruches, une bonne trentaine, dans un bric-à-brac de juxtapositions et d'empilements. Il nous avait demandé de rester à distance jusqu'à ce qu'il nous fasse signe. La blanche silhouette à la tête protégée par un casque-chapeau grillagé sur l'avant, une sorte de burqa version immaculée, s'affairait à nettoyer des cadres alvéolés sortis d'une ruche ouverte. Des abeilles allaient et venaient, en suspension légère autour de lui, régulièrement adoucies par la fumée sèche. Puis il quitta la zone centrale des ruches et fit un geste dans notre direction. Nous approchâmes. J'essayais de voir son visage derrière la toile grillagée, sans succès. Un mouvement de sa main m'invita à me pencher vers la ruche. Bois blond, odeur de cire, douce intimité du foyer, quelque chose comme un chalet suisse. Des abeilles, peu nombreuses, s'activaient sur les rayons, va-et-vient de petites créatures affairées, tout à leur mission. C'était la première fois que je voyais l'intérieur d'une ruche.

— Où est la reine ? On peut la voir ?

Ramsay posa le lève-cadre, enleva ses gants et dégagea sa tête. Son visage acéré apparut, les yeux gris perle paraissaient immenses, veinés de vert émeraude, les cheveux très noirs, la silhouette d'un Greco, mais un Greco souriant. Quand il reprit la parole, je lui découvris une pointe d'accent latino.

— C'est au soleil du matin que le spectacle est le plus intéressant. On voit les sorties hésitantes de la ruche. Le mystérieux radar des abeilles capte les repères qui indiquent le chemin vers les innombrables fleurs de Paris. Elles bénéficient des petits soins de l'armée des horticulteurs et pépiniéristes municipaux, mais aussi des jardiniers en herbe sur leurs balcons et terrasses. Tu sais, Agathe, elles sont plus heureuses ici que dans certaines campagnes brûlées de soleil et stérilisées par la monoculture empoisonnée. Tiens, regarde, la voilà, la reine.

Il me tendit un cadre et je vis émerger du grouillement enchevêtré une abeille deux fois plus grande que ses sœurs, et moins agitée, un point jaune dans le dos.

Flora était un peu en retrait, comme si elle voulait signifier que cette leçon digne de *L'Apiculture pour les Nuls* était sans grand intérêt. Mais Ramsay continua.

— C'est Marc, dès les années quatre-vingt, qui a été le pionnier de l'implantation urbaine des abeilles. Dans la foulée des expérimentateurs installés au jardin du Luxembourg depuis le milieu du XIXᵉ siècle, il a donné aux abeilles de nouveaux univers à explorer, en commençant par les toits de l'Opéra de Paris.

Réflexe pavlovien lorsque l'on évoque le milieu du XIXᵉ siècle, j'eus une pensée pour Flora Tristan, car nombre des cercles utopistes qu'elle a fréquentés avaient pris le nom de « Ruche », pour s'inspirer de l'égalité et de la solidarité qui y règnent. C'est d'ailleurs après un désaccord stratégique avec la rédaction du journal *La Ruche populaire* qu'elle entreprit son tour de France, pour aller au contact direct du monde ouvrier. La reine quittait la ruche...

Maya interrompit ma méditation :

— N'oublie pas, Ramsay, de dire que c'est mon père, ton patron, qui a donné à Marc l'idée de lancer le Miel des Cathédrales et de l'étendre à tout un réseau d'édifices religieux en France. Sans lui, sans le succès que connaît ce produit, plus les livres, les conférences et formations, les prestations à l'étranger, Marc ne jouerait pas au dandy révolutionnaire sur sa terrasse pseudo-californienne.

Ramsay ne releva pas. L'ange gardien avait même l'air de s'amuser.

— Allez, ma reine des abeilles, je vais t'agacer en racontant la petite histoire qui plaisait tant lorsque, avant l'incendie, je faisais visiter les ruches de Notre-Dame.

Théâtral dans sa combinaison débraillée-chic, capuche de protection rejetée dans le dos, il poursuivit :

— Savez-vous, mesdames et messieurs, quelle fut la dernière boisson du Christ, avant d'expirer sur la Croix ? Eh oui, mademoiselle, du vinaigre, c'est exact, bravo ! Le vinaigre qui imprégnait l'éponge qu'un soldat lui a tendue au bout d'une perche, apitoyé par son cri : « J'ai soif... » Eh bien, que mettait-on à l'époque dans le vinaigre, pour le conserver et le parfumer ? Vous avez deviné : du miel ! Les bioarchéologues l'attestent grâce aux amphores sorties des navires romains coulés au fond de la Méditerranée. Du reste, la pratique continue aujourd'hui, bien des gens assaisonnent leurs salades avec du vinaigre au miel. Y a-t-il des Alsaciens parmi vous ? Non ? D'habitude, j'en ai toujours une paire, eh bien ils vous auraient confirmé ça... C'est donc apaisé par une boisson au miel que le Christ a rejoint le Père.

Je surpris Flora à sourire. Son père pouvait être fier, il avait formé un communicant en or pour sa petite entreprise. Quand un produit acquiert du sens, que ce soit une Ferrari, une paire de Nike ou le Miel des Cathédrales, il est sans prix.

*

— Vous êtes donc une étudiante de Hureaux, mademoiselle ? C'est un ami que j'apprécie beaucoup, il vient parfois à nos séances de travail. Je me présente, colonel Grandidier, École de guerre. Bienvenue parmi nous, vous augmentez notre contingent féminin. On ne sauvera pas le pays sans sa plus intéressante moitié ! Marc a bien fait de vous inviter.

Je ferais une mauvaise morphopsychologue, car jamais je n'aurais imaginé que ce petit bonhomme rondouillard, jovial et presque débraillé était le colonel évoqué par Ramsay, un comploteur passe-muraille, genre Manu, au fond. Ce doit être ça, les vrais pros. Non, je ne suis pas très perspicace, comme tout à l'heure, devant le miroir de l'ascenseur, pareillement étonnée face à la rousse qui se caressait les seins. *Je* est un autre, c'est sûr, alors prétendre comprendre les autres... Avec Ramsay et Flora, je sentais que les découvrir serait passionnant, vertigineux, mais risqué aussi car, pour la première fois de ma vie, je m'exposais, je m'engageais.

La réunion était terminée. Les participants bavardaient à deux ou trois, un verre à la main. Le fond de la véranda présentait une enfilade d'astucieux petits caissons de rangement à roulettes en bois exotique sombre, de l'artisanat indien, qui s'assemblaient et se déboitaient comme un jeu de gros cubes pour enfants. Tout pouvait rouler pour former, selon les besoins, un espace bar, un coin bureau pour des séances de travail en petit comité. Et peut-être d'autres mises en scène et d'autres scénarios certaines nuits, avec l'apiculteur-comploteur-séducteur en maître de cérémonie.

Marc s'était approché et il reprit en écho la question du colonel.

— Oui, chère Agathe, parlez-nous de votre travail avec l'ami Hureaux. Je serais étonné que votre thèse sur Flora Tristan ne passionne pas nos petits camarades.

La manière de ces deux-là de m'entreprendre, m'embrigader, me considérer comme une groupie était horripilante. Ils s'imaginaient quoi ?

— D'abord, cher colonel, ce n'est pas Marc qui m'a invitée, mais Ramsay. Il s'agissait de découvrir les ruches, de rencontrer celui qu'on nomme le parrain des abeilles de Paris, l'associé du père de mon amie Maya, et en fait je débarque dans un sacrément drôle de rucher. Ce serait plutôt à moi de poser des questions, vous ne croyez pas ? Oui, pardon d'être directe : à quoi jouez-vous tous ici ?

Mon insolence mondaine fit son effet, à en juger par la tête de Marc, qui afficha une moue d'approbation. Un-zéro, j'avais gagné le premier point. Les hommes sont ainsi faits qu'ils aiment qu'on leur tienne tête, surtout les séducteurs bien rodés. Je m'étonnais de cette assurance et de cet à-propos, si rares chez moi. L'après-midi de guérilla chez Flora à Belleville, frustrante partie où, par passivité, par soumission, je n'avais marqué aucun point, pouvait-il porter fruits aussi rapides ? J'eus le sentiment immédiat que ma place dans cet étrange monde qui s'ouvrait à moi, ma survie peut-être même, dépendraient de ma capacité à lui résister, à me faire désirer. Par Flora au premier chef.

Elle s'était approchée, avec Ramsay et d'autres membres du groupe. Ma petite sortie avait eu son public. C'est étonnant de constater combien, dans le monde du verbe et des idées, c'est l'effet qui compte le plus, selon l'art millénaire de la guerre du maître chinois

Sun Tzu : surprendre pour vaincre, ne pas se faire imposer le champ de bataille. Flora avait-elle compris que j'étais son élève inspirée, et que la tenue noire de guerrière mystique qu'elle m'avait choisie contribuait à cette aura inattendue, en tout cas ses yeux myosotis souriaient, ils venaient de rallumer les milliers d'éclats qui avaient enflammé notre nuit rue Cail.

— Oh, c'est tout simple, vous savez...

Marc avait adopté un ton doux, empathique, en mode mineur, comme pour mieux faire ressortir l'agressivité de mon intervention. Il laissa un moment l'effet de contraste s'installer, avant de reprendre :

— C'est vrai, je vous avais promis des présentations, les voici. Aujourd'hui il y a Pierre, colonel ; Frédéric, libraire ; Damien, formateur d'artisans ; Sabine, médecin-chef à la Pitié-Salpêtrière ; notre benjamin, Samuel, pépiniériste et blogueur littéraire ; Géraldine, avocate ; là-bas, en train de discuter, c'est Arthur, prof de philo, avec Jean-Marc et Stan, qui ont créé une boîte de design ; et puis, qui téléphone, Lionel, syndicaliste à Bercy ; enfin Ramsay, que je ne vous présente pas, et votre serviteur, apiculteurs. Nous pratiquons la plus vieille et la plus noble activité de notre civilisation : le débat et l'engagement citoyen, la réflexion et l'action, l'agora au cœur de la cité.

Flora n'avait pas été mentionnée. Pendant l'énumération, je l'avais observée se détacher du cercle, se diriger vers la grande table où elle commençait à débarrasser verres et tasses. J'eus envie de la suivre, de planter là le groupe que j'avais rudement interpellé. Mon Dieu, qu'est-ce que je faisais dans ce mauvais remake des réunions militantes que Flora Tristan, enthousiaste et désespérée, enchaînait il y a bientôt deux siècles pour réveiller le peuple, bousculer la société au nom d'une utopie insubmersible, la justice sur terre ? Je touchais du doigt les métastases de cette illusion qui, vague après vague, traverse les siècles et se reforme à chaque génération. J'étais projetée au cœur de mon sujet de thèse, et pourtant je n'avais qu'un désir, crier mon refus, ma répulsion même. Qu'est-ce qui, dans l'aventure de Flora Tristan, tout à la fois m'attirait et me faisait fuir les formes de sa résurgence ? Le vertige de l'échec sans doute. Si Flora n'était pas morte, jeune, avant que son projet prenne véritablement forme, si son journal n'avait pas livré le récit délirant et pathétique d'une illusion, la Femme-Messie qui va sauver l'humanité, je ne serais pas allée vers elle, consacrant mon projet de vie à sa quête romantique. C'est sa Crucifixion qui me fascinait, pas son improbable Résurrection.

Une autre voix en mode douceur suspendit ma rêverie. C'était la médecin-chef, Sabine, la soixantaine énergique.

— Agathe, je suis heureuse de faire votre connaissance. Maya m'a déjà parlé de vous, et j'aimerais échanger avec vous en privé, c'est important, on trouvera le temps. Mais là, il y a un autre ordre du jour. Je suis dans ce groupe pour apporter les analyses et les visions de mes pairs sur l'hôpital, la vieillesse, la prévention, la santé, la société en général, et les inscrire dans des réflexions plus larges. Nous voulons formuler des exigences nouvelles, tranquillement et avec détermination. Être citoyens.

Le colonel s'était invité dans la boucle :

— Ici, ce n'est pas un cercle d'intellos, de militants. C'est un laboratoire : mettre en partage les réflexions tirées de nos vécus professionnels et associatifs et les transformer en leviers d'action inédits.

Mon Dieu, pourvu qu'ils ne fassent pas un tour de piste complet. Ils avaient de bonnes têtes responsables, une joie de vivre bienveillante et solidaire, on aurait pu réaliser avec eux une photo de groupe pour la pub d'une mutuelle de cadres. Mais je n'entendais rien à leurs propos. Flora, je t'en prie, viens m'extraire d'ici!

Mon visage dut rester impassible, car le colonel continua sans percevoir mon désarroi:

— Dans l'armée, comme dans la police, on sent poindre une dérive inquiétante, devenir la garde prétorienne d'un régime aux abois, créateur de révoltes qu'il n'arrive plus à contenir. Dans les cabinets ministériels, vous rencontrez des gens qui paniquent: un million de citoyens paisibles marchant sur l'Élysée, on réagit comment? De Gaulle filant en hélicoptère rase-mottes un petit matin de mai 68, même un énarque moyen connaît cette page d'histoire. La police refusera de tirer et l'armée ne suivra pas.

Allez, un troisième. Après, c'est sûr, ce sera l'incident. Ouf, c'est le jeune philosophe, bonne bouille frisée, lumineux et frais. Ah, j'aurais aimé être dans sa classe. Mais au lycée, c'était le prof d'histoire qui m'avait conquise. À quoi tiennent les orientations, les destins... Mon sourire était revenu.

— La société est liquide. Malgré les instruments de manipulation et de contrôle, plus puissants et brutaux que jamais, la désagrégation d'un système est possible. Rappelons-nous la chute des Murs: en quelques mois, tout un savant château de cartes de contrôle social était par terre, quasiment sans violence, sans guerre civile, sans étiquettes ou idéologies brandies. Aujourd'hui, en France, il s'agit d'œuvrer à faire basculer des détenteurs de pouvoir, qu'ils comprennent que c'est aussi leur intérêt, oui, leur intérêt personnel, d'être opérateurs d'une bascule générale où ils retrouveront une place, différente certes, mais qualifiée, dans une autre organisation de la société, dans d'autres pratiques politiques et sociales.

Le prof se rendit-il compte que je commençais à saturer? Toujours est-il que son discours général se transforma en adresse directe:

— Marc vient de nous apprendre que tu bosses sur Flora Tristan. Le peu que je sais de son aventure est éclairant, notamment sur la vanité d'une révolution qui n'agrégerait pas des éléments partie prenante du système contesté. Alors, si tu veux bien, Agathe, interrompons notre tournée des présentations, on aura d'autres occasions, et emmène-nous chez Flora Tristan...

*

Flora dormait à côté de moi. Il m'avait fallu quelques secondes pour comprendre que je m'étais réveillée dans la maison perchée sur le toit de Paris. Silence et lumière. La rumeur de la ville ne montait pas si haut et une large fenêtre aspirait l'or de l'été indien. Flora me faisait face, le visage emmêlé dans l'indocilité de ses cheveux, le souffle de sa bouche agitait une mèche, métronome de nos respirations accordées. Mon avant-bras reposait sur sa hanche. J'étais à une portée de langue de son ventre, de ses seins. Ne pas bouger, retenir l'instant, goûter le surnaturel. Laisser l'écho des étreintes réveiller ma peau, agiter quelques petits muscles insoupçonnés dans le dos, le long des cuisses.

La chambre était sobre et fonctionnelle, selon les standards d'un hôtel de chaîne. Porte close, aucun bruit. À l'arrière-plan de Flora, suspendue à une applique murale, sa salopette rouge de pompiste américain stylé dominait le panier d'osier large et plat posé sur une chaise. L'image du Chaperon rouge fit irruption et je me retins de ne pas éclater de rire. J'eus alors l'idée d'un jeu de rôles. Nous sommes deux dans la chambre et il y a trois personnages : Chaperon rouge, Mère-Grand et Loup. Qui est qui ? Imaginons que Loup/Flora digère et dort, après avoir dévoré Mère-Grand/Ramsay, avant de se jeter dès le réveil sur Chaperon rouge/moi pour le croquer. Scénario tentant, mais pas convaincant, car il ne reflétait pas les changements de nos statuts intervenus à la fin de la réunion.

J'avais fait bonne impression aux comploteurs. L'invitation d'Arthur, le jeune philosophe, à leur parler de Flora Tristan m'avait, pour la première fois, placée en situation de la défendre devant un vrai public. Jusque-là, à part expliquer à mes parents pour quel travail futile et surtout improductif ils devaient continuer à m'entretenir et justifier à Thomas mes longues recherches en archives, mes absences durant des semaines sur le terrain, eh bien je n'avais éveillé autour de moi aucune curiosité et empathie pour mon héroïne. Mais là, savoir que mon bienveillant directeur de thèse, le professeur Hureaux, était un ami de cette drôle de bande m'avait sans doute libérée. Je leur ai recraché la note de synthèse que j'avais remise au professeur, assortie de détails pittoresques : ses plongées dans les bas-fonds de la misère sociale, la tentative d'assassinat par son mari, les démêlés avec la police, sa postérité biologique, grand-mère de Paul Gauguin, qui n'en voulait rien savoir.

Arthur avait été particulièrement réactif :

— Ton regard sur Flora Tristan vient légitimer nombre de nos réflexions sur les erreurs à ne pas commettre pour réussir des changements radicaux dans le pays. Fuir les illusions romantiques du peuple en marche, créer les conditions d'accompagnement en amont et en périphérie d'un mouvement de masse, pour que manipulations, récupérations, répression ne viennent pas éteindre la mèche, comme avec les Gilets jaunes. Bref, Agathe, chemine avec nous, et tu découvriras que nous sommes nombreux en France. Rien de clandestin, rassure-toi, simplement de la discrétion et beaucoup de travail, car il faut aller vite, les temps sont mûrs. Hureaux est des nôtres, je serai d'ailleurs à son colloque sur l'esprit de résistance. Ah, mais voilà Marc qui nous rejoint : tu verras, il sera un bon guide pour toi, comme il l'a été pour moi. Tu peux avoir totale confiance, sous ses airs de vieux beau dragueur, ce qu'il est d'ailleurs, tu as dû le remarquer, c'est du solide, des convictions.

Le parrain des abeilles de Paris était toujours là où il fallait au bon moment. Il avait capté qu'Arthur m'avait ferrée et voulait sans doute se réserver de terminer la prise. Le philosophe se retira et Marc prit mon bras pour m'attirer à l'écart.

— Je suis content d'aller dans les Landes avec toi, tes amis et notre... si mignon petit couple. Le père de Maya est essentiel dans notre dispositif, il semble perdu dans sa campagne, mais ses contacts sont impressionnants. Un sacré recruteur, mieux qu'un Témoin de Jéhovah... Je ne suis pas mauvais non plus dans le rôle, ici à Paris, tu en as eu une idée, mais lui c'est le champion.

« Mignon petit couple. » Il avait lancé la formule avec un air moqueur, pas dupe bien sûr de mon intimité toute neuve avec Flora, affichée avec ostentation dès sa sortie de l'ascenseur. Où voulait-il en venir ? Quelle zizanie voulait-il créer ? Et était-ce pour accentuer le trouble qu'il s'était mis à me tutoyer ? Mais l'éclat moqueur sur son visage laissa soudain la place à l'ombre d'une gravité inattendue.

— J'ai connu Ramsay par le père de Maya. Il me l'a envoyé pour développer le Miel des Cathédrales. C'est une aventure géniale mais aussi, crois-moi, une redoutable machine à contacts pour notre projet politique. Les abeilles, tout le monde adore, attendri par leurs symboles, ému par les pollutions qui les déciment. Cela ouvre toutes les portes, municipalités, administrations, églises bien sûr, universités, médias. Bref, on a du mal à suivre et Ramsay m'est plus que précieux, c'est un garçon en or. Mais il a deux gros problèmes, les drogues dures d'abord et, plus sérieux encore, Maya. Oui, Maya !

Marc ne lâchait pas mon bras, il me guidait sur la vaste terrasse comme dans une valse lente, quelques pas par-ci, d'autres par-là, m'éloignant du groupe et nous approchant des ruches. Il ne me regardait pas, l'œil fixé sur le ballet agité des abeilles. L'incohérence apparente de leur vol m'intriguait. Ces insectes réputés si ordonnés et productifs n'avaient pas l'air mieux lotis que les pauvres humains égarés dans leurs dérisoires atermoiements.

— On ne se connaît pas, et tu vas peut-être me trouver indiscret, déplacé. Sache que tu entres dans une drôle de tribu. Il y a du sauvage en nous, tu vas le découvrir, le subir peut-être. Maya t'a élue et t'amène parmi nous, c'est son choix, j'espère que c'est le tien aussi.

Il flottait comme une menace dans son discours. Le sourire et les mots qui suivirent accentuèrent ma méfiance :

— Tout se joue ici à la confiance, c'est la solidarité d'une meute. Comme Maya, je fais ce pari sur toi.

Marc réfléchissait en parlant, me jaugeait. Moi aussi d'ailleurs. Pouvais-je être en totale confiance, comme m'y invitait d'ailleurs Arthur, avec cet homme insaisissable, capable, c'était tellement évident, d'exercer un pouvoir sur les autres ? Et en quoi pouvais-je bien les intéresser ? Je choisis de la jouer distante :

— Vous savez, Marc, euh... tu sais, au risque de te décevoir, je ne suis vraiment pas passionnée par les ruches et votre business. Et puis la tribu, la meute, ce n'est pas mon genre, j'aime la solitude, la rêverie, la recherche...

— Et aussi une belle rencontre de temps en temps, n'est-ce pas ? lâcha-t-il en riant.

J'ai aimé son rire, spontané, enfantin, sans posture, sans sous-entendu. Alors, je ne sais pas pourquoi, un pacte se scella dans l'instant : il m'apparut clair que je pouvais lui faire confiance, briser le cliché du prédateur manipulateur. Après ses prudents cercles d'approche, je pris l'initiative du direct :

— Marc, j'ai capté quelque chose de très paradoxal depuis trois jours : autant Flora m'apparaît construite et forte, indestructible même, autant elle semble fragile et en danger à ses proches. Alors, vas-y, mets-moi au parfum. Vous avez besoin de moi, c'est ça ?

— Bravo, Agathe, tu as l'instinct des grandes chasseuses solitaires : tu cibles vite et bien ! Je vais donc te cracher le morceau, ce sera du précieux temps de gagné pour toi, peut-être même des déceptions évitées. Tu en feras ce que tu veux...

Marc prit son temps, il commença par inspecter du regard alentour, on nous observait de loin, mais personne à proximité d'oreille. Je me disais qu'aucun ici n'était dupe. Tout cela sentait la mise en scène : Marc avait une mission. Je m'attendais à de grandes confidences. Je ne fus pas déçue.

— Maya est la fille unique de mon meilleur ami, Tristan. Il l'a élevée comme une reine, une reine aux pieds nus, mais une reine. Et une reine des abeilles, c'est-à-dire sans mâles autour d'elle, sauf son père. La mère est partie poursuivre sous d'autres cieux la liberté sexuelle et les amours de passage que tous deux avaient expérimentées dans les communautés hippies des années soixante-dix. Sa carrière est impeccable, elle a réussi à créer une marque repérée dans des milieux très pointus. Talent et succès. Seul sur le domaine des Landes, Tristan s'est lancé à fond dans les innovations agricoles, puis l'apiculture sélective. Pour Maya, il a voulu tracer un chemin de vie qui préparerait la relève. Elle en avait les capacités et la volonté. Mais après un drame familial elle a fugué, a retrouvé sa mère un temps puis est revenue chez son père. Apparemment apaisée. En fait, non.

Marc avait lâché mon bras, il s'était assis sur une ruche vide laissée à l'écart et regardait ses chaussures. Le soleil dans son dos, noire silhouette voûtée comme les chimères de Notre-Dame scrutant sans illusions la terre des humains. Je m'accroupis pour être à sa hauteur.

— Elle est devenue *escort*, prostituée occasionnelle, amazone. Peu importe le terme, elle vend son corps à des hommes qu'elle a ciblés, généralement en marge de ses activités d'hôtesse de salons professionnels, cher et une seule fois. Ne fait pourtant pas ça pour l'argent. Comme une protection sans doute, elle s'est mis dans la tête ce délire de reine des abeilles loin des mâles. Car elle ne s'attache à aucun homme, on ne lui a connu aucune liaison masculine. Avec les femmes, c'est moins clair.

Il tourna enfin ses yeux vers moi, épuisé. Il m'avait craché un sacré morceau, essoufflé comme un phtisique expectorant ses poumons. Je ne pus m'empêcher de lui lancer :

— Mais il y a Ramsay, quand même !

Marc continuait à me fixer. Il eut un drôle de rire réflexe, un peu fou, celui du joueur qui a tout perdu au casino.

— Ramsay... Mais ce n'est pas un couple ! Maya ne l'a jamais touché. Il est arrivé dans les Landes comme un bagnard. Tristan l'a reconstruit, l'a libéré. Maya était là, attentive et distante, si belle, si seule. Ramsay est tombé amoureux, raide dingue. Rien n'y a fait, et encore moins les encouragements de Tristan à sa fille. Un père marieur... depuis Molière on sait que ça ne marche jamais ! Mais une étonnante complicité s'est installée, trouble et maléfique, car Maya a compris que pour fixer Ramsay dans leur petit monde, à défaut de sexe et de couple, il fallait l'alimenter en héroïne. C'est elle qui finance les achats et gère l'approvisionnement. Le pauvre Ramsay pourrait être poursuivi comme proxénète, et Maya comme dealeuse... C'est de la folie. Tristan sait tout ça, mais il ne dit rien, il laisse faire, il croit toujours en l'heureuse issue. Il n'a que le mot « Providence » à la bouche...

Nous étions seuls sur la terrasse. Les comploteurs étaient tous partis, sans salutations, avec tact et discrétion. Flora et Ramsay étaient invisibles. Marc avait parlé de moins en moins fort, les dernières phrases étaient un chuchotement de moribond. J'eus l'impression d'être dans un mauvais rêve. Il fallait m'en extraire, me confronter au réel. Et vite !

— Je vais aller les voir ! Marc, je ne sais pas si je dois te dire merci, te secouer ou partir en courant sans un mot, abandonner cette nef de fous ? Oui, je vais les retrouver à l'intérieur. Tu ne m'as pas balancé tout ça pour que je reste comme une spectatrice de série télé, émue mais immobile dans son fauteuil ?

Marc avait perdu toute superbe, il faisait pitié.

— Non, ne fais pas ça ! Il est capable de se jeter de la terrasse. Ce que j'espérais en t'alertant, c'est que tu veilles sur Ramsay, que tu essaies de le sortir de sa double dépendance, à l'héro et à Maya. Tu as sa confiance à elle, c'est précieux, alors prends ton temps et agis avec doigté. Ne sois pas surprise, en vérité tu es la seule à pouvoir assurer ce sauvetage. C'est pour cela que j'organise cette descente dans les Landes, nous six au grand complet. Un voyage vérité !

— C'est la meilleure, voilà que tu réagis comme son père, laisser faire, attendre prudemment, sans prendre de risque. Et tout ça à cause de votre business à protéger et de vos ridicules petits complots. Si, je vais aller leur parler, il faut crever l'abcès et tu ne m'en empêcheras pas !

Marc ne bougeait plus, appuyé à la balustrade et fixant un point sur l'horizon, telle une chimère en périlleux surplomb sur l'abîme de la vie. Les abeilles continuaient leurs zigzags aux portes des ruches. Une paix douce et chaude descendait du ciel de Paris et pacifiait mon cœur. D'un pas lent, sans me retourner, concentrée sur ma respiration, je traversai la véranda et franchis la porte de la maison.

Flora et Ramsay étaient à la cuisine, attablés devant une théière. La fenêtre donnait sur le côté de la terrasse où Marc m'avait dirigée. Ils avaient pu tout observer. En me voyant solennelle et intimidée, ils eurent le même sourire complice et bienveillant, la même grâce intérieure. Allons donc, ces deux-là, ce ne serait pas un couple ? Après la triste Chimère de Notre-Dame, j'avais affaire à l'Ange au Sourire de la cathédrale de Reims, celui qui sur le seuil encourage le passant en quête de lumière.

Ramsay parla le premier :

— Agathe, nous imaginons ce que ce cher Marc a pu te dire. Eh bien, tout cela est sans doute vrai, mais Maya et moi nous n'avons rien à te commenter. Oui, nous, car je parle pour elle aussi, nos connivences sont fortes. Je vais maintenant vous laisser et rentrer à Belleville. Tu es précieuse pour Maya, protège-la, aime-la.

J'étais éberluée, et tellement sur les nerfs que j'aurais pu exploser en fou rire. Marc qui me demande de protéger Ramsay, celui-ci qui me demande de protéger Flora, des secrets de confessionnal en veux-tu en voilà, et puis quoi encore ? Sainte Agathe, priez pour moi ! La malheureuse martyre sicilienne a perdu ses deux seins, arrachés dans d'horribles tortures, pour avoir trop aimé son prochain. Il valait mieux rester à distance, installer de prudents gestes barrières.

En fait de distance, dès que Ramsay eut quitté les lieux avec l'élégance d'un gentilhomme, Flora s'approcha de moi. Elle aimait mes lèvres, ma langue, et, de ses mains, ébouriffer ma rousseur, puis caresser mes seins. J'eus un sourire pour sainte Agathe. Rire et colère, tendresse et reproches, et si c'était cela, la passion ? Bienheureux Ramsay, protégé de ces vertiges ! Pensant à lui, je pris la liberté d'enfreindre l'injonction de l'autre jour : « Pas de questions, jamais ! » Je me sentais forte et assurée comme jamais, après avoir dominé toute la séquence sur la terrasse, séduisant les comploteurs, au clair avec le « mignon petit couple ». Tellement au clair que je repoussai légèrement Flora, pour lui parler yeux dans les yeux, mes mains ceignant ses reins :

— Flora, je laisse de côté tout ce que m'a confié Marc. Je ne m'en tiens qu'à ce que nous avons vécu le premier jour toutes les deux, puis à l'après-midi secoué à Belleville en présence de Ramsay. Je veux te dire ceci :

n'imagine pas que nous pourrons continuer à nous voir sans une sérieuse mise au point. L'équilibrisme, c'est dangereux, même s'il y a des spécialistes, toi peut-être, mais pas moi assurément. Ta dureté avec Ramsay, je l'ai observée, et elle n'a rien à voir avec ce qui se noue entre toi et moi, c'est plus ancien, plus profond. Ses propos consensuels tout à l'heure, porte-parole de vous deux, je n'y crois pas. On va se mettre au clair, d'accord ? Si tu ne me réponds pas, là, maintenant, yeux dans les yeux, dimanche je n'irai pas dans les Landes. C'est bien clair ?

Ce qui était clair, sur le moment, c'était le bleu de ses yeux, ce myosotis pailleté d'or qui m'emmenait dans les prairies du paradis. Elle reprenait l'avantage, et en abusa.

— Eh, ma chère, on ne t'a pas appris qu'il ne faut jamais répondre à un chantage ?

Elle n'ajouta rien, mais m'entraîna dans une des chambres de la curieuse maison qu'elle semblait bien connaître. Elle suspendit sa salopette à la lampe murale, puis me déshabilla avec une douceur insoupçonnée. Son corps s'exprimait avec grâce et méthode, m'invitant à explorer toutes les disciplines de la chair, sa grammaire et sa poésie, son arithmétique et sa chimie. Pas de brusquerie, pas de temps mort. Ma jouissance fut infinie, accordée à la sienne. J'avais le sentiment d'avoir découvert mon corps.

Elle s'endormit contre moi. Une *escort* dans mes bras ! C'était irréel. J'étais en joie, cela me fit rire, je pensais à Thomas et à mes parents. Et je m'assoupis à mon tour.

À mon réveil, et en attendant le sien, le jeu de rôles sur la triangulation du Petit Chaperon rouge connut une seconde version, plus adaptée à la nouvelle donne.

Le Loup, c'est Flora, évidemment. Elle dévore la pauvre Mère-Grand, Ramsay bien sûr, dans le rôle de victime qui lui va si bien. C'est là qu'intervient le quatrième mousquetaire du conte, oublié dans la version précédente : le Chasseur ! Voici Marc, dans le rôle du redresseur de torts, qui tue le Loup et sort Mère-Grand vivante de son ventre, ouf ! Et c'est alors qu'apparaît le Chaperon rouge/moi, rôle inchangé, qui avait raté le début du film, et qui, bon prince, embrasse le Loup/Flora sur la bouche et le ressuscite.

Flora ouvrit les yeux lorsque je posai mes lèvres sur les siennes.

Il faudra que je relise Françoise Dolto.

La Sentinelle avait la main en pare-soleil et regardait par-delà la morne étendue de maïs qui prolongeait la prairie. La ligne bleue des Pyrénées était son horizon, tout en pointes et en creux, un bleu dense peint en trompe-l'œil entre le vert infini des champs et l'azur uniforme du ciel. Au sud des Landes, proche de l'Adour, c'est un pays d'étangs, propice à la rêverie et aux légendes tristes. Au loin, les fermes d'élevage de canards diffusaient une clameur assourdie qui jamais ne cessait. La haute Sentinelle, ses membres étirés en un élan oblique au risque du déséquilibre, étincelait au soleil, curieuse sculpture de résine, émaux, verre et métal assemblés au croisement du baroque et de l'art brut. Chantal Maubert créait semblables Sentinelles depuis une quinzaine d'années, qu'elle vendait au compte-gouttes à d'excentriques propriétaires de grandes demeures, généralement britanniques.

La mère de Tristan, grand-mère de Flora, avait hérité de la vaste propriété qui plombait sa famille depuis plusieurs générations. Cette vieille lignée de Gascogne avait été de toutes les guerres de France, des croisades à l'Algérie, poussières de gloire et d'humiliations.

Chantal avait épousé un ingénieur pétrolier, Charles Maubert, cent pour cent roturier, lui, mais cavalier de grande classe. Il allait d'un chantier à l'autre dans le monde, assurant des rentrées régulières, aussitôt investies dans le domaine. Sa mort tragique dans un attentat en Indonésie en 1974 avait, peut-on le dire ainsi, évité une expropriation grâce au stratosphérique montant de l'assurance-vie versée par la compagnie pétrolière. Né là, Tristan avait tout entrepris à son tour pour conserver l'essentiel du domaine, oubliant de mener des études, astucieux et tenace, jonglant avec les successions et partages, ferraillant contre les saisies d'huissiers et un remembrement tordu, jusqu'à un redressement spectaculaire que symbolisait le succès du Miel des Cathédrales. Peu de terres, mais un puzzle de constructions disparates jetées comme une poignée de dés autour d'une bâtisse pataude à deux étages que personne n'aurait songé à appeler château, rafistolée avec les moyens du bord, volets roulants en plastique, toits mi-tuiles du pays, mi-tôle bon marché.

Sophie nous y avait menées, Flora et moi, après deux bonnes heures de route depuis Bordeaux. Elle nous avait récupérées la veille, descendues de la voiture Blablacar devant le marché des Capucins, là même où elle m'avait quittée une semaine plus tôt jour pour jour. Une semaine ? Une année-lumière plutôt. Je ne lui avais rien dit du chahut apparu dans ma vie, me réjouissant de lui en faire surprise. C'est donc Flora qui sortit la première de la voiture, elle portait sa tenue de l'aller, le manteau lilas à brandebourgs dorés. Notre chauffeur et son compagnon suivirent, allant vers le coffre, tandis que je restais à l'arrière, me fondant dans la banquette tout en observant Sophie découvrir la réapparition de la voyageuse aux abeilles. Elle avait la tête du laboureur voyant un petit bonhomme vert s'extraire de la soucoupe volante atterrie sur son champ.

Comme convenu entre nous pour la mise en scène de l'arrivée, Flora ne la ménagea pas, prenant cette voix autoritaire et narquoise qui me navrait :

— Bonsoir, vous campez là ou quoi ? Chaque fois que je passe par ici je vous croise...

Retrouvailles en joie majuscule. Sophie rajouta un couvert à sa table déjà apprêtée et servit le vin acheté en vrac chez le marchand recommandé par Éliane. Tout fut prétexte à fous rires au fil du rapport décousu des événements parisiens de la semaine. Un rapport incomplet, omettant les zones d'ombre, les abîmes. Ce serait pour plus tard, quand nous serions deux, Sophie et moi. J'avais besoin de son regard sur ce qui m'arrivait. Mais un incident surgit au moment du coucher. Sophie proposa de laisser sa chambre à Flora et de partager avec moi le convertible du séjour, on la sentait excitée à l'idée d'un temps de bavardage et de confidences sans témoin. Mais Flora fut radicale :

— Merci pour la proposition, mais je dormirai avec Agathe.

Je fus lâche et ne réagis point, affairée au coin cuisine. Comme un enfant qu'on aurait giflé, Sophie fila vers sa chambre en lançant un « Eh bien alors, bonne nuit » qui avait la noirceur d'un sort jeté.

Flora déplia le convertible et se coucha, comme si de rien n'était. Je pris beaucoup de temps à la salle de bains avant de la rejoindre, sans un mot, m'enveloppant du drap et me tournant vers l'extérieur du canapé-lit, ridicule mise en scène d'une bouderie d'amants désunis. Flora s'endormit vite. Son souffle régulier, lèvres entrouvertes, je l'aurais voulu dans ma nuque, chaud et humide. Mais sa goujaterie n'autorisait aucune faiblesse, surtout après ma lâcheté. Le remords prit le dessus, je me levai pour gagner la chambre de Sophie et son lit étroit de célibataire depuis peu.

— Je t'attendais… merci !

Comment restituer le bavardage d'une nuit ? Peu importent les mots, ils fuient, seuls subsistent la musique des envolées et les silences, la fusion des émotions, les corps en suspension, une chasteté joueuse.

Qu'ai-je pu donner à comprendre à mon amie sur la réincarnation surnaturelle de Flora Tristan, ma passion pour le corps de cette femme, la découverte des abeilles de Paris et la rencontre avec les comploteurs surréalistes que nous allions retrouver dans les Landes ? Elle avait posé mille questions, j'y avais répondu sans masque, ne cachant rien, ni les faits ni mes pensées, entre enthousiasme et doute. Mais à quoi riment pareils déballages sans fin entre amies ? Car, avant même que je commence à répondre à ses questions, j'avais capté que Sophie avait arrêté et figé son jugement. Il tenait en deux points : tu ne peux pas faire ça à Thomas (elle le connaissait peu, mais toujours le défendait) ; cette fille est malsaine, elle te détruira, fuis-la. Il en est ainsi des amies proches, leurs avis et conseils après une nouvelle rencontre amoureuse, qu'ils soient positifs ou négatifs, n'ont aucun effet sur la suite des événements.

La preuve, dès le petit matin, je retournai rejoindre Flora et eus d'infinies tendresses avec elle, avant que Sophie vienne partager notre café l'air de rien, petites hypocrisies entre copines. Un moment léger et gai, coloré par l'excitation de découvrir dans quelques heures le domaine de Flora et de son père. L'aventure de la vie est plus plaisante que le regard sur la vie. Encore une leçon de l'activiste Flora Tristan, je crois bien.

Dans la Twingo de Sophie, je laissai Flora s'installer à l'avant et l'entendis répondre aux interrogations de mon amie, qui ouvrit une fois encore la foire aux questions derrière le paravent bien dressé des non-dits. Quant à moi, étendue à l'arrière, je succombai à la torpeur de l'autoroute vers Mont-de-Marsan et m'endormis, effaçant la nuit blanche.

*

À la sortie du village, on entrait au domaine Maubert comme dans une zone artisanale un peu foutraque, ou un campement de gitans façon Kusturica, balisé par les statues de Sentinelles. La voiture de Sophie avançait au pas devant de tristes hangars en métal, certains ouverts sur plusieurs côtés, avec des tracteurs, du matériel agricole et quelques voitures, ensuite un long bâtiment bas qui pouvait être une écurie. Il y avait aussi une élégante orangerie, toute en verrières donnant sur un espace pépinière qui partait loin vers l'horizon, où on distinguait des lignes de ruches, un ensemble de mobil-homes cerclés de petites clôtures, et quelques maisonnettes. Seul signal de modernité en cet écomusée des Trente Glorieuses, un local de bureau-atelier aux larges baies vitrées, flambant neuf, coiffé d'un panneau « *Le Miel des Cathédrales* », graphisme sobre et logo percutant : deux abeilles enlacées dans une rosace-vitrail. Les abeilles tatouées sur l'épaule de Flora ! Il était midi, pas âme qui vive, on entendait des aboiements furieux sortir d'une des bâtisses. Sophie se gara devant la haute maison au cœur du domaine.

On nous avait vues arriver. Manu sortit le premier, se précipitant vers nous :

— Agathe, tout est extraordinaire ici ! Mais qu'est-ce qu'on fiche donc à Paris ? La vraie vie, c'est là ! En plus, quel potentiel romanesque, je vois déjà le scénar qu'on peut en tirer avec Tristan. Thomas est aux anges, Ramsay l'a emmené aux ruches avec les autres.

C'était la première fois que je voyais mon coloc en plein air, en mouvement et euphorique. La métamorphose du comptable. Derrière lui, deux femmes apparurent sur le perron-terrasse à balustrade en fer forgé et double volée de marches, seule survivance châtelaine du bâtiment. Une vieille, une jeune ; une Blanche, une Noire. Les brèves présentations croisées qui suivirent nous apprirent qu'il s'agissait de la grand-mère et d'une amie de Flora. La première avait les yeux myosotis et le charmant rire retenu de Flora en ses moments bienveillants ; la jeune Africaine était grande, fine et chauve, la classe d'un mannequin. Était-ce sa présence qui excitait à ce point notre Manu, lui rappelant ses émois d'expatrié en Afrique ? Flora avait été sommaire dans le qui-est-qui.

— Crescence est malgache. Elle a travaillé dans mon équipe, à l'agence. À Pâques, elle est venue passer une semaine ici et n'est jamais repartie. C'est elle qui s'occupe des gîtes.

Sophie était contente de faire la connaissance de Manu.

— Agathe me parle de vous davantage que de Thomas et de ses parents. Il faudra que vous me donniez le truc, car j'ai essayé la coloc chez moi, ça n'a jamais marché. Peut-être la dînette-bavardage du dimanche soir ?

Plus que la Malgache, à l'intimidante beauté, c'est la grand-mère qui m'intéressait, je l'imaginais porte d'entrée privilégiée vers le mystère de Flora. L'incident de la nuit chez Sophie avait allongé la liste de ses dérapages inadmissibles et de mes indulgences coupables. Seule l'intimité offrait tendresse et compassion, car dès que des tiers étaient présents, même des familiers de confiance comme Ramsay ou Sophie, Flora provoquait l'incident. Elle n'aimait pas les groupes. D'ailleurs, elle venait de nous laisser sur le perron, transportant dans la maison les sacs tirés de la voiture.

— Madame, dis-je à la grand-mère, je connais Flora – pardon, Maya – depuis une semaine. Cette semaine a littéralement chamboulé ma vie. Je viens ici avec bonheur, mais aussi un peu d'appréhension : je suis une sauvage, vous savez, une solitaire. C'est pourquoi j'ai demandé à ma meilleure amie, ma sœur de cœur, Sophie, de m'accompagner. Grand merci pour votre hospitalité. C'est toute une tribu qui a débarqué chez vous !

Ses yeux présentaient une différence avec ceux de Flora, leur bleu myosotis si pur était cerné d'un anneau noir très fin, accentuant l'effet, je pressentais un puissant caractère. Les rapports avec sa petite-fille fantasque ne devaient pas être simples.

— Bienvenue à toute la tribu ! Quoi de plus normal d'ailleurs dans un campement de gitans ? Vous savez, c'était pareil au temps de mes grands-parents. Ils me racontaient un domaine plein de vie, d'activités agricoles et artisanales. Tout le monde galérait, mon marquis de père a hérité de dettes et il ne mangeait guère mieux que les journaliers qui habitaient là, plus solidaires qu'on pourrait le croire, sur cette terre comme dans les tranchées de 14. Tout a changé avec l'agriculture industrielle. Tristan fait un boulot admirable, avec le soutien de ses amis parisiens, de notre cher Marc. Non non, c'est moi qui dois vous remercier ! Ah, voilà le groupe qui revient des ruches, on va déjeuner tous ensemble, Crescence a passé la matinée aux fourneaux.

Tristan et Marc pilotaient la petite troupe des garçons. On aurait dit deux frères, des jumeaux. Je découvrais l'élégant apiculteur sexagénaire entrevu en photo dans la chambre de Flora. Les deux cultivaient-ils la ressemblance ? Elle était troublante, physiquement et dans le comportement. Comme Marc, Tristan n'enlevait son chapeau noir que pour saluer ou embrasser les femmes, avec une pareille emphase de séducteur bien mise en scène. Il avait lui aussi de beaux cheveux blancs, soignés et taillés court. Son physique puissant, sa voix posée et forte le plaçaient au centre des groupes. Quand il s'adressait à quelqu'un, il le fixait dans les yeux sans ciller. On était ou conquis, ou agacé. Cela devait l'aider à opérer un tri rapide parmi les personnes rencontrées. Comme Marc, le père de Maya ne se compliquait pas la vie ; soit on l'aime, soit on n'existe pas. Pour sa fille, c'était plus compliqué, c'est quand on l'aime qu'on n'existe pas.

C'est vrai, Thomas avait l'air aux anges. Le militant écologiste amateur de concepts était passé aux travaux pratiques. Pour cela, l'apiculture est idéale. C'est la nature, fascinante et mystérieuse, mais c'est aussi la société, l'organisation, les rôles bien définis, l'habitat, une petite république hiérarchisée et couronnée. L'humanité n'est pas loin. Plus excitant que la botanique ou le tri des déchets ! Dès le trajet depuis Paris dans la voiture de Marc, Ramsay l'avait pris sous son aile, on sentait qu'ils n'allaient pas se quitter.

Bon, récapitulons. Marc et Tristan, le binôme en béton, miel et complots, on en saura sans doute bientôt plus là-dessus. Thomas et Ramsay, autre paire, génération suivante, bon potentiel opérationnel. Manu qui tourne autour de Crescence et se rêve en mission secrète en Afrique. Sophie et Chantal, les deux artistes, en roue libre par rapport aux enjeux et projets qui volent en escadrille sur nos têtes. Et puis Flora et moi. Arriverai-je à me positionner une fois pour toutes, à la comprendre, à l'aider peut-être ? C'était la mission que Marc, d'un côté, et Ramsay, de l'autre, m'avaient confiée. Flora Tristan s'éloignait de mes pensées depuis une semaine, la rédaction de ma thèse attendrait. Je passais de la théorie aux travaux pratiques, le cas Flora.

Dans la grande et haute salle commune qui occupait presque tout le rez-de-chaussée et s'ouvrait sur la terrasse, tout le monde se retrouva autour de la table, sauf Flora, mais je fus la seule à m'en étonner.

— Ne t'en fais pas, Agathe, me dit Crescence, Maya est dans sa caravane, vers les ruches, ou à son atelier de couture, dans l'orangerie que vous avez longée en arrivant. Elle partage le lieu avec Chantal. Tu sais, quand elle vient au domaine, on ne la voit presque jamais, elle a ses rythmes et elle mange à ses heures.

Je ne m'en faisais pas, mais comme souvent je me demandais ce que je faisais là. Les garçons, avec gravité et emphase, préparaient un monde nouveau, et les filles entretenaient l'ancien, occupées à la cuisine et au service, dans la plus grande jubilation, d'ailleurs. Même Sophie s'y était mise. Totalement risible, la scène de sexisme ordinaire. Je ne me voyais pas les laisser tous en plan et courir après Flora – elle est passée par ici, elle repassera par là –, ce jeu m'insupportait, même si je savais que, lorsque les yeux myosotis viendraient se planter dans les miens, avec promesse de fusion des corps, je déposerais les armes. Alors autant jouer le jeu, celui de l'étudiante en anthropologie politique passionnée par les cogitations sur la crise et les changements radicaux à imaginer. Je posai mon couvert au milieu des garçons. Personne ne s'en formalisa. Tristan, aussi attentionné maître de maison que son compère Marc, se leva pour me servir du vin :

— Du tariquet. Tu verras, il est *symmpa*...

Il avait une façon de donner de la consistance charnue aux sons en *m* qui m'enchanta.

Adepte résolue du rôle de solitaire et de la fonction d'observatrice, j'aime analyser un groupe en discussion, comprendre les effets de pouvoir, de conviction, la vanité d'un débat ou au contraire sa maturation, sa transformation en dynamique collective, en consensus. J'avais l'impression que quelque chose de cette nature était à l'œuvre, fort étonnamment, sachant la somme d'ego ici réunis. Bonne répartition de la parole et construction méthodique d'une perspective. Si j'avais pris des notes d'étudiante appliquée, elles auraient pu fixer le ton et la couleur de chacun.

Thomas surtout, et Ramsay aussi, déployèrent le discours sans surprise de tout jeune un peu au fait de l'actualité et réactif aux injustices, à la faillite des institutions, à la dictature financière, aux menaces sur la nature. Rien de bien nouveau donc, sauf que la pandémie était passée par là, avec ses ravages irrémédiables, et que le slogan « On a raison de se révolter » gagnait de plus en plus de monde, des étudiants aux agriculteurs et aux retraités, des travailleurs indépendants aux agents hospitaliers, à la marée des chômeurs et dans les cités en sécession.

Ce fut Manu qui m'étonna le plus. Sa rencontre avec Marc, nouée durant le trajet en voiture, puis avec Tristan dès l'arrivée au domaine, avait mis mon coloc dans une excitation qu'il n'arrivait pas à masquer, lui si maître de ses émotions d'ordinaire, et cela n'avait rien à voir avec sa découverte de Crescence, fausse piste. Il m'avait dit avant le déjeuner :

— Beaucoup de groupes travaillent actuellement en France à l'émergence et à la conjonction d'une révolte décisive, jusqu'au cœur du pouvoir, et pas que dans la rue. Dans les réseaux de petites entreprises et d'artisans, le monde médical, l'université et la culture, certains syndicats, l'armée et la police, bien sûr. Le père de Maya m'impressionne, il est connecté partout, ici au fin fond des Landes ! Nous avons d'ailleurs des contacts communs.

Les quatre compères, m'avait-il raconté, étaient arrivés la veille et avaient passé la soirée et une partie de la nuit à échanger avec Tristan. Là, autour de la table commune, le comptable improvisé chef d'état-major avait livré des informations sur des opérations en cours, quelques points d'appui dans divers milieux, esquissant un maillage étonnant, peu structuré et guère connecté, mais cohérent, assura-t-il.

Tristan fut plus clair, presque lyrique :

— L'apothéose de la Révolution française, c'est la fête de la Fédération, un an après la Bastille. Un peuple réuni, tout un peuple, il n'y a pas majorité et minorité, vainqueurs et vaincus, riches et pauvres, courtisans et traîtres, même le roi est là, et respecté. Le 14 juillet 1790 est le seul événement de l'histoire de France où l'envie de bâtir une société meilleure a étreint tout un peuple. L'historien Marc Bloch ne s'y est pas trompé. Une révolution sans violences, sans exclusions, sans arrière-pensées. Voilà l'objectif, tout le reste est illusion. On a vu de cela au début des Gilets jaunes, avant des erreurs, la répression, l'échec. Il a manqué les relais au cœur du système et la bascule des médias du pouvoir.

Son compère Marc prolongea l'analyse, on les sentait bien rodés :

— Tu as raison, c'est une sorte de Pentecôte qu'il convient d'envisager, c'est-à-dire le Feu qui irradie les énergies, un saisissement immédiat du corps social, surpris lui-même de se mettre en mouvement comme mû par un appel supérieur. Manu a bien détaillé le maillage en cours, mais il se dissoudra s'il ne s'agrège pas à un mouvement totalement inattendu, survenu par inadvertance presque. La conjonction de l'organisé et du spontané emportera tout, en quelques mois. Rappelons-nous la chute des Murs !

Manu réagit comme un élève dont l'argumentation n'aurait pas convaincu le prof :

— J'en suis bien conscient, Marc. D'autant plus que je sais que la plupart des initiatives à l'œuvre dans des milieux différents ne sont pas connectées, s'ignorent et seraient même parfois en concurrence ou en blocage idéologique. Ne rêvons pas à une convergence planifiée des oppositions, c'est l'élément inattendu qui créera la dynamique.

J'imaginais Flora Tristan parmi eux. Elle aussi avait eu de nombreuses connexions dans le corps social, et pas seulement parmi les exclus et les opprimés. Elle avait des relais parmi les journalistes et écrivains, mais surtout elle était forte d'une aura magnétique, d'un culot absolu, d'une démesure messianique. La Femme-Messie ! Nos amis semblaient loin d'avoir le profil. Mon cher Thomas prit la parole, il avait dû lire dans mes pensées :

— Marc a parlé de Pentecôte. Mais le Ciel n'a pas le même rapport au temps que nous. Sans doute convient-il d'imaginer et de provoquer des événements déclencheurs qui favoriseraient la Pentecôte des citoyens. Des initiatives spectaculaires, des leaders nouveaux, un discours qui parle aux tripes, au cœur et à la raison.

Tout le monde semblait d'accord. Un Café du Commerce dans ses beaux jours. Je les trouvais émouvants. Tant d'énergie pour alimenter les bégaiements de l'histoire. Je me levai pour retrouver les filles à la cuisine. Sophie et Crescence m'accueillirent sur un ton moqueur :

— Ça va, Agathe, ils t'ont tolérée ?

— Tu sais que tu as tenu presque deux heures, bravo ! Quand j'ai apporté le café, j'ai vu que tu avais l'air bien à l'écoute. Je t'ai admirée, quelle résistance !

Au tour de Chantal, qui commença en riant :

— Eh bien, moi, cela fait cinquante ans que je tiens ! Figurez-vous que cette foire aux illusions dure ici depuis un demi-siècle, oui. Vous auriez vu la communauté qui s'est installée au milieu des années soixante-dix, révolution et amours libres, plantations illicites, festivals de musique, et puis des chèvres bien sûr, au pays du canard roi ! La communauté s'est disloquée. Tristan, avec Fabienne, sa compagne devenue sa femme, continuaient à rêver mais bossaient dur, testant des projets d'activités autonomes. Des écolos pur jus, tendance *An 01*, apiculture pour lui, tissage et stylisme pour elle. Maya est née en 1981, l'année de l'élection de Mitterrand. Plus rien n'a été pareil ensuite. Mais c'est une autre histoire.

Elle marqua une pause. Ses yeux se fixèrent sur moi, lames d'acier bleu myosotis, j'étais déjà aux ordres.

— Agathe, je voudrais vous en parler. Accompagnez-moi vers la pépinière et l'orangerie, Maya y sera peut-être.

*

Chantal Maubert était étrangère en son royaume. Au domaine, tout venait d'elle et de sa famille : la terre, l'histoire et même la légitimité de l'aventure apicole de son fils, mais tout lui échappait. Dès les premiers pas dans l'allée, alors que je lui posais quelques banales questions de courtoisie sur la propriété et sur sa famille, je perçus une mise à distance, un agacement presque. Elle éluda, répondit laconiquement, préoccupée de maintenir le rythme alerte de notre marche vers la pépinière, rien à voir avec une guide heureuse de donner à découvrir un lieu qui lui est cher. Nous avions quitté rapidement la cuisine et laissé nos deux compagnes à l'achèvement des tâches ancillaires. J'avais eu peur que Sophie se formalise de cette nouvelle éviction, après celle de la veille au soir à Bordeaux. Mais je la sentis contente de rester avec Crescence, sans nul doute poursuivrait-elle son enquête sur cette Maya que d'instinct elle rejetait et dont elle voulait m'éloigner.

Au fond, j'étais dans la même attente d'informations que Sophie et reconnaissante à Chantal de son laconisme sans fard. Qu'en avais-je à faire de l'histoire du lieu, des activités officielles et officieuses de Tristan Maubert, alors que mes interrogations portaient uniquement sur Flora et sur ma curieuse relation à elle ? Notre jeu de rôles, à la grand-mère et moi, cessa dès les abords de la pépinière. Chantal désigna une petite bâtisse qui, à l'ombre d'une ligne de tilleuls hors d'âge, avait échappé à mes premiers regards sur le domaine.

— Voyez, Agathe, il y a un banc là-bas, on y sera bien.

C'était une chapelle, peu profonde mais haute, dans le format et le style néogothique des édicules que l'on voit dans les cimetières, bâtis par des familles de notables fiers de leur dérisoire immortalité. Surmontée d'une flèche en pierre très ouvragée et coiffée d'une croix rouillée, elle sortait de la banalité par le puissant badigeon blanc qui la couvrait et surtout grâce à la statue de Sentinelle placée à l'avant de la double porte close. Perpendiculaire à l'installation, le banc cadrait la vue sur la partie la moins tzigane du domaine, la bâtisse centrale et l'orangerie, les arbres et les lignes de ruches, les Pyrénées au loin. Gommées, les installations chaotiques ; oublié, le désordre général. Je compris que c'était là le refuge méditatif de l'artiste. Je l'interrogeai sur la statue et eus enfin l'impression que nous étions connectées.

— Je me suis mise à la sculpture quand j'ai découvert que je n'étais plus utile au domaine et qu'il fallait laisser Tristan opérer seul. C'est comme ça dans nos familles, on cultive davantage le devoir de transmission que l'attention à la joie de vivre. Mon père, formé chez les jésuites puis à Saint-Cyr, parlait du devoir d'état qui incombe à chacun sur terre, selon son état, sa place dans la société. Notre devoir d'état à nous, héritiers d'un domaine lié à la même famille depuis des siècles, est de transmettre, point. Peu importe comment, peu importent les compromis et les peines, transmettre. Au fond, nous sommes des manants, nous demeurons, nous maintenons. Non pas des maîtres, mais des esclaves. Tristan se débrouille, à sa manière. Après ce sera Maya. Maya... avec Ramsay, qui sait ?

La statue était bizarrement placée, la Sentinelle ne regardait pas l'horizon, mais lui tournait le dos et, surtout, baissait le regard vers le sol, vers la porte de la chapelle. Une Sentinelle en mode mutinerie. Chantal eut l'air de remarquer mon étonnement et poursuivit :

— Cette statue est une commande de Tristan. Dès le départ de sa femme, il s'est tourné vers la religion, à sa manière, plus moine-chevalier, croisé bâtisseur, que théologien ou mystique. À la fin des années quatre-vingt-dix, il a eu comme guide le recteur de la basilique de Lourdes, un personnage pittoresque, baroudeur, grande gueule et hypersensible. Il venait ici lorsqu'il en avait assez des hordes de pèlerins. Quand il a été nommé à Notre-Dame de Paris, Tristan est allé le voir et c'est ainsi qu'est né le projet du Miel des Cathédrales, en ouvrant la toiture de Notre-Dame à nos ruches mais aussi des portes innombrables dans l'Église de France. Avec Marc comme associé, puis l'arrivée de Ramsay, l'affaire a décollé.

C'était étonnant, chaque fois que je la lançais sur la statue, Sentinelle hors normes, elle revenait à cette famille bancale dont les ombres la hantaient. Je voulus continuer à titiller ce malaise :

— Chantal, que regarde-t-elle, votre Sentinelle ? J'ai l'impression qu'elle nous invite à entrer...

— Jacques, le recteur de Lourdes, a convaincu Tristan de redonner vie à la chapelle du XIXe siècle tombée en déshérence. C'était au moment de la remise à l'honneur des chemins de Saint-Jacques, notre village est sur la voie qui vient de Vézelay. Nous nous retrouvions chaque année à la chapelle pour l'anniversaire de Maya, des fleurs partout, beaucoup d'invités du village, les amis de Tristan, un grand pique-nique, des musiciens, c'était la Fête-Dieu et le 14 Juillet fusionnés ! Puis Maya a eu sa crise, et tout s'est arrêté. C'est alors que Tristan m'a commandé cette Sentinelle tournée vers l'abîme, comme un point d'interrogation. Maya était furieuse. J'ai hésité à terminer l'œuvre, mais Tristan a été intraitable. La statue est là, mais la chapelle définitivement close. Je viens souvent ici, je médite, je me détache. Vous savez, chaque artiste a en lui un soleil noir sans lequel il n'y aurait point d'œuvre. Le mien s'éveille ici.

Chantal se leva d'un élan rapide et m'invita à poursuivre la découverte du domaine.

Nous nous découvrîmes un point commun, elle et moi, l'apiculture ne nous intéressait guère. Nous contournâmes sans émoi particulier l'alignement hétéroclite de ruches par dizaines, par centaines peut-être, abritées sous des arbres ou accablées de soleil, comme stèles éparses dans une nécropole exhumée en plein désert.

— Mon mari est mort alors que Tristan était en plein délire de communauté hippie sur le domaine, avec Fabienne et leur bande de fils et filles de bonne famille rêvant à la révolution. La sexuelle surtout... La veille de l'attentat qui lui a ôté la vie, il m'avait téléphoné, désespéré, ayant l'impression de travailler pour rien; pour lui c'était pure utopie de maintenir le domaine contre toute évidence. Après son décès, quand j'ai découvert la sidérante assurance-vie versée par la compagnie pétrolière, je me suis interrogée sur l'hypothèse d'un suicide destiné à nous sauver de la faillite. Ce n'était pas le cas, mais cela vous dit dans quel état nous étions. Puis un vrai miracle eut lieu: le réveil de Tristan. Secoué par la mort tragique de son père et admirablement soutenu par Fabienne, il a dégagé les éléments parasites de la communauté, comme le Christ chassant les marchands du Temple, et c'est ainsi qu'a débuté l'inattendue relève avec les quelques amis solides qui étaient restés sur place. Puis, avec Fabienne enceinte, il assurait la transmission, son devoir d'état!

Un ouvrier de l'exploitation passa au volant d'un quatre-quatre tirant un plateau portant des ruches. Chantal interrompit le récit familial et expliqua que ce rucher revenait de transhumance, après avoir passé l'été dans les Pyrénées. Il produisait du miel de montagne, le plus coté, et aussi quelques variétés tendance, à partir de plantes rares, supposées vitalisantes.

— Les magazines adorent et les clientèles bobos des villes achètent, sans regarder au prix, commenta Chantal avec un soupçon de dédain.

Décidément, l'apiculture, ce n'était pas son truc.

Elle tendit soudain une main vers le ciel.

— Regardez, Agathe, des palombes ! Elles migrent vers le sud... Elles suivent la route de Saint-Jacques, exactement sur le même axe.

En formations serrées agitant l'air doré de l'automne, battant des ailes à grande vitesse, elles passaient du noir au blanc en une débauche énervée de pulsations binaires, noir-blanc-noir-blanc-noir-blanc. Comme des messages codés du destin.

On approchait de l'orangerie, mais Chantal ralentit le pas. Elle avait encore des choses à dire. J'étais dans mon rôle favori, celui d'écoutante, et n'avais même pas à orienter la conversation.

— Encore une drôle d'idée de Tristan, nous faire cohabiter, Maya et moi, dans le même bâtiment, pour nos deux ateliers. Vous avez compris, Agathe, qu'il y a un malaise entre elle et moi, on ne se comprend pas. Mais cet atelier, celui de Maya, a été celui de sa mère, styliste davantage que bergère. Une vraie artiste. On s'entendait bien, tellement bien que lorsque j'ai commencé à faire mes sculptures, c'est elle qui a proposé de me céder la moitié de l'orangerie qu'elle occupait en entier. Il faut dire que les hautes fenêtres et la lumière à profusion, c'est idéal pour mon travail. Après le départ de Fabienne, j'ai demandé à Tristan de vider son atelier, pour tourner la page, et de m'affecter le tout, mais il n'a eu de cesse de persuader Maya – âgée de dix ans ! – qu'elle avait du talent et aurait à poursuivre l'activité. C'était, enfant, sa salle de jeux, puis elle s'est amusée à jouer les rôles de styliste et de couturière comme maman. Mais voyez le résultat, elle bricole pour elle, n'arrive à rien et en est toujours à chercher sa voie.

Chercher sa voie ! Elle ne savait pas à qui elle parlait, la grand-mère, elle-même d'ailleurs pas au clair sur le sujet. J'aurais aimé la questionner sur deux points qui me taraudaient : le départ de la mère, mais surtout la « crise » vécue par la fille. On faisait du surplace aux abords de l'orangerie, comme si Chantal hésitait à avancer. La bâtisse était pur XVIIIe français, hautes fenêtres à croisillons, corniche en bordure de toit avec vases et statues de pierre en décor, bon état général, rappel d'une prospérité engloutie. Une silhouette blanche apparut derrière une croisée, éclat passager que nous captâmes toutes deux. Chantal ne réagit pas directement.

— Tristan a obtenu une subvention pour restaurer le bâtiment, inscrit aux monuments historiques, ouvert à la visite un jour par an. L'intérieur est cent pour cent dans son jus, les peintures murales avec anges musiciens et les stucs ont retrouvé leur superbe. Allez le découvrir par vous-même, en touriste, faites comme chez vous, moi je retourne du côté de la cuisine, je suis sûre que personne n'a rien mis en route pour ce soir. Or tout le monde dort ici, j'imagine. Comme toujours au domaine, vive l'impro ! Alors, à tout à l'heure, au dîner !

Le ton, d'abord futile, se termina bravache, mais je ne fus pas dupe : Chantal tournait les talons parce qu'elle avait vu sa petite-fille à l'atelier. Je restai un moment à l'arrêt, entre orangerie et pépinière, plus que perplexe. Où donc étais-je venue me fourrer avec la pauvre Sophie ? Mais la curiosité fut la plus forte.

N'était le côté Petit Trianon miniature, haut plafond et décor rococo magnifiquement restaurés, j'eus l'impression d'être retournée dans l'appartement-atelier de Belleville, avec les mêmes portants croulant sous les tenues, longues tables couvertes de tissus disparates, machines à coudre et mannequins modistes sur pied. Rien aux murs par contre, le décor Marie-Antoinette transplanté dans les Landes ne supportait aucune agression. À l'autre extrémité de la vaste salle, dépassant de paravents frontières, plusieurs visages de Sentinelles semblaient nous surveiller, comme des têtes de girafes émergeant de leur enclos. C'était l'espace atelier de Chantal, bien séparé de celui de Flora, comme les deux Berlin avant la chute du Mur. Et nul *check point*, leurs entrées étaient distinctes.

Flora était en mouvement, silhouette fluide et rapide, occupée à ranger, faire des tris, des tas. En partance ? Elle s'adressa à moi sans me regarder :

— Je n'ai pas aimé ta copine ce matin, dans la voiture. Les questions qu'elle m'a posées, pas finaude, pire qu'un flic. Elle est jalouse ? Vous vous racontez quoi les uns les autres dans mon dos ? Maya la schizo, Maya la mytho, la nympho aussi sans doute. Et je vois que ma grand-mère n'a pas perdu une minute avec toi. Ça va, Agathe, la machine à fantasmes fonctionne bien ?

J'avais compris qu'il était idiot de lui répondre frontalement dans ces cas-là. Ni de se formaliser. Je sentis plutôt la pitié monter en moi. Et me revinrent les demandes de Ramsay et de Marc : m'occuper d'elle, essayer de la cadrer, d'extraire le malheur en elle. Il devait bien y avoir une clé quelque part. Était-ce mon destin ? En attendant, jouer l'attentionnée en mode léger, surtout pas la compassion.

— Flora, tu n'as pas encore composé ma tenue pour la campagne. Là, tu me verrais comment ? Tablier, sabots et chapeau de paille ? Dis-moi, je suis impatiente...

Elle vint vers moi, mes mains saisirent les siennes, elle n'opposa nulle résistance, c'était la première fois que je réussissais à la dompter. Elle sourit et je me laissai aspirer par les yeux myosotis. La dompteuse domptée. La douceur était revenue.

— Tu es forte, Agathe, et aimante. Les deux qualités vont rarement ensemble. Thomas a de la chance de t'avoir, il ne le sait sans doute pas. Ton cri dans la voiture d'Éliane me déchire encore chaque nuit. Je n'arrive pas à crier comme ça. La colère qui est en moi, dont souffrent tous mes proches, à commencer par Ramsay, ce n'est pas un cri, elle ne libère rien, c'est la lave froide d'un volcan éteint. Allonge-toi là, je vais te parler.

Entre deux portants, un sofa tapissé de velours vieil or, archétype du confort bourgeois kitsch, devait accueillir ses siestes et séances de concentration au travail. Telle Mme Récamier, si radicalement différente de Flora Tristan, sauf pour l'intelligence incisive qui en imposait à tous les hommes, à commencer par Chateaubriand, je pris la pose que son portrait par Gérard a rendue célèbre, appuyée de profil au dossier, les bras relâchés, prête à m'abandonner, ou au contraire à fuir d'un bond. C'était tout moi, ça. Flora me considéra avec tendresse, jeta un œil circulaire et dut penser que tout était en place.

— Tu es forte et aimante, Agathe, parce que tu observes la vie, parce que tu ne la vis pas, protégée par l'écran de ton carnet de notes. Flora Tristan et moi, c'est du pareil au même pour toi, n'est-ce pas ? Deux sujets d'étude, points communs et similitudes, détails pittoresques, références. Je suis certaine que tu n'as pas dû être victime de beaucoup d'accidents de la vie. Alors, au premier vrai choc, attention, ta force pourrait se briser comme du verre.

J'avais l'impression d'une mise en jambes, qu'elle me testait. Après l'inattendu compliment, elle lançait une de ses habituelles critiques, en forme de procès d'intention. Mais, là, le ton n'y était pas. Elle allait se révéler :

— J'ai été étonnée par tes réactions à chacune de mes provocations. Tu n'as pas fui, tu ne t'es pas révoltée non plus, et encore moins n'es tombée dans la bassesse des amants lâches, acceptant tout de leur bourreau, résignés à l'esclavage amoureux. Je t'ai sentie quitter le lit cette nuit, pour rejoindre Sophie. Panache. Et panache aussi de revenir au matin, libre et joueuse. Tu m'as offert là une leçon d'humanité.

J'étais sur le divan du psy, mais c'est elle qui se confiait, à rôles inversés. Elle était appuyée à un des établis, à demi assise face à moi, mains plaquées sur les cuisses, et regardait au sol, le visage noyé dans l'exubérante chevelure. Elle s'était changée depuis le déjeuner. J'avais remarqué qu'elle portait un curieux pendentif rustique, un petit coffret en bois blond, contrastant avec la tunique et le pantalon, d'un blanc immaculé, fluide, asexué. Une tenue d'ashram chic, pour Occidentaux friqués. Je ne suis jamais dupe des ruses vestimentaires, cela aussi Flora avait dû le sentir chez moi, et peut-être l'apprécier. Comment avait-elle dit ? Libre et joueuse, oui, c'est ça. Mais sans accidents de la vie, et alors, c'est grave ?

— Qu'est-ce que je fais ici, dans l'atelier de ma mère, ma mère qui m'a fuie, qui un jour n'a plus supporté cette prison, entre son mari devenu bigot, sa belle-mère radotant le triste devoir des héritiers, l'écrasante lignée des ancêtres et cette chapelle qui concentre le drame effroyable d'une famille ?

... Ici, à la campagne, c'est pire qu'en ville, tu ne peux pas imaginer, le sexe est partout, dans les fantasmes, les projections, et le réel. Le jeu favori : qui couche avec qui ? Pas coincées, les provinces, tu peux me croire, avec rencontres libertines et rendez-vous échangistes dans chaque canton. Mon père raconte ça dans ses polars qu'il colore de rose local, ça plaît, mais lui est très prudent. Il a appris ceci des curés et de leur mise en garde dès le séminaire : « Jamais dans le diocèse ! », et il profite de ses déplacements pour épanouir sa libido, quoique, je n'en sais rien au fond. Alors les gens jasent, entre ceux qui penchent pour un inceste père-fille, ou à une liaison lesbienne Maya-Crescence, qui n'empêche d'ailleurs pas un ticket entre elle et mon père, la Black ça excite, et bien sûr un amour sado-maso avec Ramsay-le-drogué. Et la fille toujours pas mariée, toujours pas d'enfant à quarante ans. Et sa vie à Paris... Ah oui, il y a ce Marc là-bas, l'alter ego de son père, le vieux beau, on les connaît ceux-là, obsédés par la chair fraîche. On n'en sort pas. Je comprends ma mère. Fuir.

... Mais moi je suis restée. Tu te demandes bien pourquoi, n'est-ce pas ? J'ai une réparation à accomplir. Une blessure à vif me déchire. Elle est invisible, seuls de rares proches la connaissent et espèrent assister à ma guérison. Les autres voient mon désarroi, la violence de mon caractère, certains savent l'incompréhensible prostitution, pourtant choisie, raisonnée même, et s'en scandalisent. Tous ceux-là veulent m'aider, me guider, de manière intéressée parfois, croyant efficace pour espérer coucher avec moi de me donner des conseils de vie ou simplement des contacts pour mes travaux de styliste, c'est ridicule. Mais les pires conseilleurs, au fond, sont ceux qui veulent mon bien de manière désintéressée, voyeurs frustrés du malheur d'autrui, l'abjection maximale.

... Comme Crescence, comme toi aussi, lumière de ma semaine, Ramsay a compris cela. Vous êtes bien les seuls. Il ne cherche pas à m'aider, c'est au contraire moi qui l'aide, je l'aide à ne pas retomber malade d'amour, il a déjà failli y rester une fois, et je l'aide à sortir de la dépendance à l'héro, pas à pas. Il a peur d'être face à lui-même. Je voudrais l'emmener là où il a vécu, où sa compagne enceinte l'a quitté avant de disparaître, où vit sa mère. Regarde ce bijou, c'est une boîte à reine des abeilles taillée par un apiculteur crétois qui la lui a offerte lors d'une prospection commerciale, là-bas, avec Marc. Un motif très ancien le décore, les deux abeilles enlacées autour d'un rayon de miel. Je me le suis fait tatouer.

Le bijou avait les dimensions d'une petite boîte d'allumettes, bois clair creusé dans la masse, couvercle articulé. Sur la face, en fine pyrogravure soulignée par un marquage sombre, apparaissaient deux abeilles enlacées autour d'un rayon de miel figurant l'astre nourricier. Le tatouage de Flora et le logo du Miel des Cathédrales venaient donc de là.

Le soleil couchant d'automne fit irruption, il enflamma l'atelier et composa avec les tissus épars une mosaïque de Jugement dernier, le vitrail du Salut, écho au symbole sacré des deux abeilles. Les arbres du parc faisaient cortège à la Création, approchez enfants et animaux, chantez louanges, honorez la vie, aimez !

Au premier plan, face à moi, l'archange blanc s'était tu. Je n'avais pas bougé. Deux sprinteuses après la ligne d'arrivée, prostrées, rompues, corps vidés, nerfs à vif. Une supplique montait en moi, éterniser l'instant.

Mais l'éternité est fragile, un rien la dissout.

— Et alors, vous dormez ou quoi?

Je sursautai. Crescence avait parlé doucement. Elle avait émergé entre Flora et moi, je ne l'avais pas entendue approcher. Elle posa une main sur l'épaule de son amie. La délicatesse du geste révélait une intimité, une proximité hors du commun, émouvante.

— Hé, Maya! Ton soupirant est là, oui oui, le député Baron. Il te réclame partout. Mais ils ont tous la tête ailleurs, c'est trop marrant. Un vrai conseil de guerre au salon. Déchaînés! Faut les entendre: la France craquelle, bouge, se soulève et... elle a besoin de Maya! C'est ce que clame ton Baron. Je plaisante à peine, crois-moi. En tout cas, Tristan a réussi à embrigader le sémillant veuf dans l'aventure en promettant ta présence. Un père proxénète, même pour la bonne cause, ça manquait encore au tableau!

Crescence avait une qualité mal distribuée au domaine: l'humour. Pas méchant, mais taquin, ramenant au réel sans faire la leçon, masquant des vérités peut-être irritantes sous le vernis de métaphores piquantes. Elle poursuivit sa revue des troupes:

— Baron a ramené plusieurs petits notables du coin, des francs-mac' ici, chez les aristos cathos. Pour le Sud-Ouest, ce sera un sacré signal. Tous, ils sont vent debout contre les ventes de terres agricoles aux Chinois. On a même le patron de la brigade de gendarmerie, certes en civil et voiture banalisée, mais quand même. C'est lui qui avait flanqué la trouille à Ramsay pour l'envoi de came par la poste, affaire classée, pourtant gros bazar, darknet et compagnie. Un gendarme dans la grande aventure, ça devient sérieux, leur truc de dingues, on dirait. Tu m'écoutes, dis?

Flora se redressa, sortant de son hypnose. Se rappelait-elle sa longue confession? Avait-elle entendu les propos de son amie ? Elle se tourna vers Crescence, j'avais disparu de son écran.

— Ta main me touche, me réveille... merci, Crescence. Je viens de prendre une décision. Je n'attends plus, je ne remets plus, je t'obéis. C'est cette nuit que nous irons à la chapelle, je crois que le moment est venu. Préviens Ramsay, il doit être là. Et dis à Agathe et son amie de nous accompagner, j'y tiens, je veux les avoir à mon côté, j'en aurai besoin. Et maintenant laisse-moi, va rejoindre les autres, fais mariner Baron et annonce ma venue si ça t'amuse, mais je ne bougerai pas. J'attendrai la nuit ici.

Elle le caresse en gestes lents et tendres, une main sur le front, l'autre soutenant le petit corps serré dans la couverture. D'abord murmure, le chant emplit l'espace, mélopées surnaturelles, joyeuses et fluides, rythmant le pas dansant sur les dalles. Des percussions, des cordes pincées, des cuivres mettent en mouvement les ombres fuyantes au mur de la chapelle, que les bougies métamorphosent en cortège de carnaval. La noire prêtresse en majesté, absorbée par sa mission de bienveillance, vestale aux pieds nus, veille sur la plus misérable des créatures. Nous formons cercle autour d'elle, nos souffles se mêlent, en dissonance avec le chant, comme un vent malin triturant la nuit. L'effroi se mêle à la grâce. Un éclat de lumière vient creuser deux ombres sur le petit visage, révélant des yeux, immenses et vides, abîmes insondables qui me foudroient, tandis que la déchirure d'un rictus ouvre la bouche de l'Enfer. Un hurlement monte en moi, ce cri qui jamais n'a atteint mes lèvres.

Comme pour m'en empêcher, Crescence lève les bras, tendant le petit corps en offrande vers le ciel. Soudain la couverture glisse, libérant une cascade de tintements légers, entrechocs furtifs s'en allant sonner puis s'éteindre sur la dalle obscure. Des os miniatures ! Sans s'émouvoir,

Crescence ramène le paquet contre sa poitrine et le baise, lui parlant avec douceur, rajustant délicatement le tissu indocile, avant de l'approcher de moi, forçant l'ouverture de mes mains.

— Âme morte, voici Maya, ta sœur jumelle !

Gauche et bouleversée, j'accueille l'écrin de tissu décomposé d'où émerge un crâne d'enfant, de nouveau-né. Oh, il n'est pas plus gros que le poing, on dirait un coquillage des îles façonné par le travail de la marée, brossé par le sable, coloré par les aurores bienveillantes. Ma main glisse vers le crâne et l'en coiffe, il est doux et frais, le rictus des mâchoires sans dents s'est transformé en sourire espiègle. Une paix inattendue me gagne. Et une grande lucidité. Tout s'ordonne autour du chant de Crescence, ce n'est pas la mort qui paraît à ce rendez-vous à la fois espéré et craint, mais la vie, la joie, l'espoir. Après tant d'années d'errance malheureuse, voici qu'advient le temps de la réconciliation. Par la grâce de la célébrante, la mort est devenue verbe.

— Âme morte, te voilà enfin honorée. En effectuant le retournement de ton corps selon le rituel de mon peuple, dans cette cérémonie que tu attendais, nous te connectons désormais aux vivants, pour les écouter, leur parler, habiter leurs rêves, les aider. La chaîne des vivants et des morts ne doit pas être interrompue. Tu as patienté quarante ans. Voici Maya, ta sœur, elle qui a survécu à votre naissance jumelle, elle qui souffre de ne pas t'avoir honoré. Toi, son frère, tu es resté un enfant-eau, tu n'as pas connu la terre, le roc, le feu. Baigne Maya de ton eau de sagesse et de clairvoyance.

Un vertigineux sentiment me gagne : c'est moi l'âme morte qui sors du tombeau, ressuscitée, purifiée par cette apparition descendue dans mes mains. Je veux prendre mes compagnons à témoin. Agathe et Sophie, agrippées l'une à l'autre par les épaules, me fixent, bouche ouverte, paralysées, hypnotisées. Ramsay pleure, secoué de spasmes silencieux.

Il tient encore la barre à mine qui a soulevé la dalle et ouvert le cercueil. Je me dirige vers lui. L'outil tombe dans un fracas de Jugement dernier. Sa main droite vient recouvrir la mienne, double imposition sur le petit crâne extrait du néant. Il saisit ma taille de son autre bras, m'unissant à lui pour ce qui ressemble à une cérémonie de serment commun sur une relique sacrée. Lavé de larmes, son visage est transfiguré.

Crescence s'affaire désormais à l'étroit autel de la chapelle. Elle ne chante plus, mais le lecteur de CD qu'elle a apporté poursuit la diffusion de l'accompagnement instrumental malgache qui a assuré la base rythmique de son chant. Sous le regard effaré d'Agathe et Sophie, elle a ramassé les ossements au sol et les dispose pieusement sur l'épais coupon de soie sauvage qu'elle m'a demandé de choisir avant de nous rendre à la chapelle.

Précieuse Crescence ! Maintenant, c'est à moi de parler, âme morte sortie du long tunnel du désespoir. Je tiens toujours, avec Ramsay, le crâne de mon frère, prêtresse soudainement emplie de sa légitimité.

Mes amis, mes seuls amis, vous êtes tous là. Mais oui, toi aussi Sophie, amie sage et forte. Écoutez ceci.

Je porte en moi la mort de mon frère jumeau. Un cauchemar me hante sans répit. Je suis enfermée dans une cellule, soudain la porte s'ouvre, on m'extrait du réduit vers un long couloir de prison, on met une dague dans mes mains, on ouvre la porte de la cellule voisine, quelqu'un dort sous une couverture, je cours vers lui, plante la lame dans sa gorge et m'enfuis dans le couloir désert, poursuivie par un hurlement sans fin, soudain apparaît un large portail, ouvert sur l'insoutenable paix d'un parc enchanteur. Hagarde, essoufflée, je vois la dague ensanglantée dans ma main, impossible de la jeter, ma main est devenue dague, est devenue dard mortel. Comme la plus impitoyable des reines dans la ruche. Trente ans que cela dure.

J'avais dix ans lorsque j'ai appris la terrible histoire de mon frère. C'est ma grand-mère qui me l'a révélée, peu après le départ de ma mère. Je lui en voudrai toute ma vie. Pourquoi la farouche gardienne des secrets de famille, la taiseuse inébranlable, a-t-elle ouvert la trappe ? Avais-je besoin de ce fardeau ? Elle a raconté à sa manière la communauté créée ici par mes parents, le grand désordre qui y régnait, les gens pas comme il faut qui y défilaient. Ils voulaient tout faire par eux-mêmes, culture, élevage, l'école des enfants, la santé. Quand ma mère a dû accoucher, il y avait là un médecin sans frontières retour d'une ONG en Afghanistan et sa copine, une jeune interne. Ils se sont dit : pas besoin d'aller à la maternité, même pour des jumeaux, dans toutes les civilisations on accouche à la maison. Lorsque le moment est venu et que tout s'est mal présenté, le médecin des causes extrêmes a dû se résigner à un choix difficile, comme dans un camp de réfugiés démuni de tout, il n'a rien pu faire pour le premier des jumeaux, le garçon, mais il m'a sauvée, moi.

Voilà ce que m'a confessé la grand-mère. Je l'ai interrogée : « Il s'appelait comment, mon frère ? Il est où maintenant ? » La pauvre, terriblement embarrassée. Car, l'accouchement ayant été un fiasco, la communauté a décidé, démocratiquement paraît-il, d'évacuer le cadavre, sans état civil donc, sans nom. J'ai été déclarée seule en mairie. L'omerta s'est installée, implacable, tous complices. Des années plus tard, mon père m'a confié avoir, avec ma mère, placé le corps dans une petite caisse, enfouie sous une dalle de la chapelle familiale. Mon père est devenu très religieux et rustique, ma mère athée et mondaine, plus rien n'allait entre eux, elle est partie. La chapelle a été blanchie, lavée de tout péché, le curé de Lourdes venait pour des cérémonies, la Sentinelle aux remords a été plantée devant la porte définitivement close. Mais la paix de mon âme n'es pas revenue.

Et puis Crescence est apparue, voici un an. Notre amitié est née au premier regard lorsqu'elle a intégré mon équipe d'hôtesses chez Media Events. Tout était gravement cabossé en elle. L'avoir emmenée au domaine des Landes a changé sa vie, elle est restée, mais a changé la mienne aussi. Quand je lui ai confié le secret de cette chapelle et de mon frère jumeau mort-né, elle m'a parlé du culte des morts à Madagascar. Elle est de culture chrétienne mais, comme la plupart des Malgaches, sa famille pratique les rites animistes, notamment la cérémonie du retournement des morts. J'ai hésité, attendu. Tout à l'heure, en te parlant, Agathe, j'ai été illuminée par la certitude que le moment était venu. Mais explique-leur Crescence si tu veux bien…

— Au moins un an après la mort du défunt, et parfois bien plus d'années encore, la famille exhume la dépouille de la tombe au cours d'une grande fête avec chants, danses, nourriture, alcool. C'est joyeux, les morts dialoguent avec les vivants. On porte en cortège le corps, qui souvent perce les restes du linceul, on lui parle, on est attentif à ses réactions, puis on défait le linceul originel, précieuse relique qui sera gardée par la famille. Le défunt, souvent très dégradé, est alors transbordé dans une autre enveloppe et il retourne en terre dans les chants et la joie. Ainsi seulement il trouve la paix, et pourra distribuer ses bontés aux vivants de la famille, assurer la sécurité des vies et la paix des cœurs. C'est le « famadihana », une pratique de sagesse, la tradition malgache. Quand on pense à notre monde qui cache les vieux et gomme les défunts ! (Elle s'interrompt un instant.) J'étais sûre que Charles attendait cela.

Charles ! Crescence a sorti ce nom, celui de mon grand-père. Devant nos visages médusés, elle s'explique :

— Dans la caisse que Ramsay a ouverte tout à l'heure, à côté du corps enveloppé, vous avez vu qu'il y avait un journal plié, bien conservé, en anglais. Il y est raconté

l'attentat en Indonésie, avec la photo de Charles Maubert. On ne demandera pas à Tristan, votre père à tous les deux, ce qu'il en pense, car je suis sûre que c'est l'idée qu'il avait en tête en plaçant ce journal, relier son héritier mort à son père assassiné. Le fameux devoir d'état de votre famille ! Alors, pour moi, Maya, c'est clair : ton frère, cette âme morte que nous éveillons au monde des vivants, s'appelle Charles. Et j'en serai la marraine, si tu veux bien ! Nous célébrerons ça, j'ai apporté du rhum de Mada.

Crescence reprend la précieuse tête que Ramsay et moi avons portée pendant toutes les confessions. Elle la présente à Agathe et Sophie qui, à leur tour, lui imposent les mains, l'une sur l'autre. Puis elle se dirige vers l'autel. La tête rejoint les autres restes de la dépouille sur le nouveau linceul. Elle emballe avec délicatesse le petit corps écartelé, noue un ruban et place le paquet sacré dans la caisse, le journal plié à son côté.

Ramsay ajuste la caisse, s'agenouille pour la glisser dans la cavité. Et la dalle se referme.

La musique s'est tue depuis longtemps. Agathe et Sophie n'ont toujours pas bougé ni prononcé un mot. Crescence déchire en morceaux le linceul originel, cachemire décomposé et taché, dérisoire et glorieux, qu'elle nous distribue en une communion fiévreuse. Puis, tous les cinq réunis en cercle, les bras sur les épaules, têtes au contact, nous formons mêlée, nous faisons ruche, autour de la dalle du tombeau. Crescence s'est remise à chanter, sans le disque. Nous murmurons l'accompagnement. Charles est avec nous, il parle à chacun, il commence son destin d'artisan de paix. Mort, voici ta victoire.

La joie laisse sans voix, elle se goûte avec lenteur, elle aime l'étirement du temps.

Nous sortons de la chapelle. Sur le banc, une silhouette. La grand-mère est assise là, elle a sans doute tout compris, sinon tout suivi. Elle se lève. Crescence avance vers elle et, sans un mot, lui remet un des morceaux du linceul. Je la prends dans mes bras, longue étreinte silencieuse. Dans la famille, on ne communique pas les émotions. Dans le silence du domaine recueilli, un tintement s'élève, Crescence a extrait les verres du panier et verse le rhum.

Soudain, l'air de la nuit se met à vibrer de toutes parts. Un tremblement de ciel ! Des ondes puissantes brassent la voûte sans étoiles que la pleine lune transforme en écran géant. Comme une chaîne de petits nuages défilant en accéléré, des vagues noires se découpent au-dessus de la silhouette des arbres du parc. La migration des grues !

Ma grand-mère prend la parole, intervention surréaliste après la cérémonie de retournement d'un mort. Autre réflexe de civilité à l'ancienne, dévier les sujets clivants, enfouir les traumatismes.

— La météo est idéale pour leur vol cette nuit avec un vent de nord-est, pas de nuages, ciel clair. Plusieurs centaines de milliers de grues cendrées survolent deux fois par an le Sud-Ouest.

Je prends Ramsay par la main et l'emmène vers ma caravane. J'ai retrouvé un frère, le temps est venu de trouver un homme.

Deux jours plus tard, rue Cail, retour des Landes.

— Alors, Manu, tu te moques moins de nous maintenant !

Il n'y avait pas de méchanceté dans la voix de Thomas, à peine une tonalité d'humour, d'ailleurs mon compagnon en était à peu près dépourvu. Il exprimait simplement la satisfaction d'une convergence inattendue. Manu en prit acte aussi :

— Oui, il faut frapper les esprits, vous savez faire.

Il se rappelait le récit du sabotage de l'assemblée générale d'EDF. Mais tous deux étaient conscients que, pour l'opération envisagée dans les Landes, d'une tout autre ampleur, il faudrait l'inscrire dans un contexte plus large, plus mobilisateur. Ne pas se contenter d'un acte isolé, même spectaculaire, sans potentiel de rebond.

J'observai les deux hommes à la table de la cuisine. Ils avaient à peine une douzaine d'années d'écart, mais on avait l'impression de deux générations, de deux mondes. Deux caractères en tout cas, l'idéaliste et naïf hédoniste d'un côté, le calculateur et stratège austère de l'autre. Mais les deux s'étaient trouvés : la séquence choc dans la chapelle des Landes – merci Crescence ! – avait mis tous les voyants au vert.

Pas seulement pour eux deux. Thomas avait passé la nuit ici, avec moi, une vraie nuit, sexe et tendresse, bavardages et silences complices, cela faisait longtemps. Le trajet du retour, hier, sans Maya et Ramsay, restés au domaine avec Sophie, avait été l'occasion d'une révision générale de nos malentendus. Nous avions passé les sept heures d'autoroute à échanger tous les deux à l'arrière de la voiture de Marc. Thomas comprenait désormais le sens de mon travail de thèse, m'interrogeait avec finesse sur les échecs de Flora Tristan, cherchant des lumières pour les enjeux d'aujourd'hui. Je le découvrais profond et pudique, respectueux. Nous étions déconnectés de la conversation à l'avant de la voiture. Manu et Marc prolongeaient les deux jours de fiévreuses réunions dans les Landes et soupesaient les détails de l'opération envisagée. Un duo de choc, deux puissants chevaux de bataille piaffant et frémissant à l'odeur de la poudre.

— Agathe, reprit Manu en se tournant vers moi, c'est proprement incroyable ce qui s'est passé en moins de deux semaines, la cascade d'enchaînements depuis ta providentielle rencontre avec Maya et... votre coup de foudre réciproque.

Dans d'autres circonstances, j'aurais pu penser qu'il lançait une pique, provoquait pour titiller un malaise, une contradiction, il adorait cela. Mais, ce matin, il n'était pas dans ce registre. D'ailleurs, Thomas n'avait pas réagi à l'allusion à ma relation avec Flora, ou plutôt si, il m'adressa un clin d'œil amusé. Manu, encore une fois, prenait acte, avec pragmatisme. La connexion d'énergies si diverses, dans le contexte de frémissement général des révoltes, allait dans son sens, celui de la réconciliation des deux France, l'urbaine et la périphérique.

— Mais t'en penses quoi, lui dis-je, toi le spécialiste des polars, des scénarios sophistiqués ? Cousu de fil blanc, c'est ça ?

— C'est comme le nez de Cléopâtre, petite cause grands effets. En étudiant l'histoire, on oublie trop souvent l'infime déclic initial, on préfère s'attacher aux grandes fresques, à l'épopée. Les auteurs de polars ne font pas cette erreur, dommage qu'ils ne s'occupent pas davantage de politique, on s'ennuierait moins, et les dégâts ne seraient pas pires.

— Tu crois, intervint Thomas, que le gars qui a eu l'idée d'affubler de gilets jaunes les manifestants des ronds-points était auteur de polars ? En tout cas, sans cette trouvaille, le mouvement aurait vite fait pschitt.

— Mais cela ne suffit pas, bon Dieu ! s'énerva Manu. Sans maîtrise du contexte, sans contrôle au moins partiel de l'environnement, quel que soit le déclic, hasard ou génie, une aventure collective, tout comme un polar, ne mène à rien.

— En tout cas, éluda Thomas, la situation est vraiment piquante : l'étincelle originelle de l'opération que nous allons lancer est apparue pendant une discussion sur un polar. Pour une fois, c'est le polar qui va accoucher du réel, et pas l'inverse !

Voilà ce qui s'était passé.

Au lendemain de la cérémonie à la chapelle, dès l'aurore, tout le domaine avait été en émoi. L'exhumation des restes de l'enfant mort-né, la liturgie de Crescence, la grand-mère et son fragment du linceul, les infos circulaient, se croisaient, enflaient. Au bureau et à l'atelier du Miel des Cathédrales, les équipes commentaient les événements ahurissants de la nuit. Mais ce qui parut à tous le plus sidérant était Ramsay passant la nuit avec Maya. Tristan ne pouvait le croire, et pourtant on les avait vus, mais surtout les intéressés ne s'en cachaient pas. Tout l'avenir du domaine pouvait être reconsidéré. La grand-mère ne lâchait plus Crescence, en vénération devant cette Vierge noire qui avait défié les tabous, éventré les secrets de famille et surtout ouvert les horizons.

L'allégresse générale avait dopé les comploteurs landais. Leur réunion de la veille avec le député et ses amis avait certes été féconde, assuraient-ils, mais trop technique, trop juridique, frileuse pour tout dire. Les petits notables voulaient bien bouger, mais leurs postes, leurs intérêts, quand même, n'est-ce pas... Et voilà qu'un vent de folie soufflait sur le domaine. Les garçons – Tristan, Marc, Manu, Thomas, Ramsay – s'étaient détendus, avaient pris du recul, lâché prise.

Au déjeuner, Manu avait abordé Tristan sur ses projets de polars. Après tout, c'était le but initial du voyage. Tristan avait livré quelques généralités sur son travail, juste bonnes à intéresser un journaliste pressé. Puis, poussé dans ses retranchements par Manu, il avait évoqué la thématique sur laquelle il travaillait :

— Destruction des abeilles par la modernité ; quelle riposte possible ; abeilles et terrorisme... Voilà, je documente ces questions, je réfléchis à un récit, à des événements et aux personnages. C'est encore flou, mais je sens un sujet à bon potentiel.

J'avais remarqué que tout le groupe était devenu attentif, au-delà de Manu et de ses attentes de directeur de collection. Mon coloc savait être vif et direct et il synthétisa l'intuition qui prenait forme autour de la table du déjeuner :

— Penses-tu, Tristan, qu'avec des abeilles, et là je ne te parle pas de roman, on pourrait monter une opération spectaculaire, non violente, consensuelle ? Alerter sur les atteintes à la biodiversité, dénoncer les lobbys, les politiques complices et muets, et cetera?

— Oui... pourquoi pas...

C'est alors que Ramsay, l'artisan apiculteur rêveur, peu porté sur l'actualité et les débats théoriques, tout juste sorti de sa première nuit avec Maya, lui que personne n'attendait dans ce débat et resté silencieux jusque-là, avait pris la parole:

— Lundi prochain, à Paris, je ferai la régie son et lumière d'une convention et d'une conférence de presse du géant chimique Inquisit. Cette multinationale produit notamment nombre d'insecticides qui déciment les abeilles. Ah oui, et Maya sera dans l'équipe des hôtesses.

À quoi bon narrer la suite des échanges? L'opération était lancée. Le polar allait accoucher du réel.

Alors, revenons rue Cail où, sur ces entrefaites, Ludo avait débarqué à l'appel de Thomas. Il bossait dans le quartier et c'était sa pause déjeuner. Manu, comme souvent, nous étonna. Quasiment sans préambule, il se mit à raconter à Ludo, qu'il connaissait à peine, les événements des trois dernières journées:

— Tu vois, le plus saisissant, c'était l'atmosphère, la convergence des énergies. Autant de personnes d'horizons si différents, je n'avais jamais vu ça. Mobilisées par la situation du pays, prêtes à prendre des risques.

Blablabla, me disais-je... Des généralités, et rien, pas un mot, sur l'opération prévue, sur le projet élaboré dans les grandes lignes voici quarante-huit heures. Mais les regards furtifs que Manu nous lança pendant son récit, à Thomas et moi, faisaient passer un message: motus, prudence, même avec les amis. Je sentis Thomas mal à l'aise. D'autant que, quelques minutes plus tôt, avant l'arrivée de Ludo, mon coloc l'avait complimenté pour l'opération EDF menée et réussie par sa petite bande d'écolos activistes.

Thomas crut bon d'ajouter à Ludo, en fixant Manu dans les yeux, deux petits coqs se jaugeant, se marquant :

— Demain, en fin d'après-midi, nous aurons une réunion de travail sur un projet d'opération spectaculaire que nous avons collectivement élaboré dans les Landes. C'est encore flou, mais le délai est ultra court, on sera à J moins trois. Tu serais précieux, Ludo, pour tes relais. Sois des nôtres, si tu veux bien, et si Manu n'y voit pas d'inconvénient, bien sûr, c'est lui l'initiateur et le responsable du projet...

Même au cœur de projets périlleux, le naturel bravache et autocentré des humains instille son poison et vient compromettre de l'intérieur le meilleur scénario, décimer les équipes les plus aguerries. Combien de réseaux de résistants sont tombés pour cette raison ? Flora Tristan n'a cessé d'affronter des querelles d'ego, souvent excitées par le sien propre, qui était démesuré, dans ses tentatives d'unification des mouvements ouvriers.

J'eus l'impression de revivre la même scène que la semaine dernière, avec les mêmes protagonistes autour de cette même table. Cela m'inquiéta, je songeai à Maya et Ramsay, qui allaient être au centre de la délicate opération prévue, risquée pour eux. C'était à moi de faire descendre l'imperceptible tension entre les mecs et de cimenter la confiance :

— Oui, Ludo, Thomas a raison, on aura besoin de toi pour relayer l'info tous azimuts, notamment dans les réseaux scientifiques et militants. Viens demain, mais motus absolu ! On compte sur toi, la sécurité de nos amis est en jeu.

Manu et Thomas se regardèrent et approuvèrent de la tête mon intervention. La paix des braves était revenue. Puisse-t-elle tenir au moins jusqu'à lundi.

*

Le soleil venait de glisser derrière l'horizon des toits de Paris, les ruches étaient en sommeil et la véranda chez Marc entrait dans une semi-pénombre, doux moment d'intimité avec le cycle du cosmos avant que la lumière électrique vienne rappeler la prétention humaine à dompter la respiration cosmique du monde. Autour de la table, une douzaine de personnes, prêtes à entendre le propos introductif de Manu. Pour celles qui ne se connaissaient pas, Marc fit des présentations sommaires, pressées, qui voulaient dire, ai-je pensé : on ne se connaît pas tous mais on se fait confiance, parce que vous êtes tous de mes amis. Je fus surprise de découvrir mon directeur de thèse, le professeur Hureaux. Certes, Marc m'avait dit qu'ils se connaissaient, mais de là à le voir débarquer dans l'improbable aventure née dans le délire d'un déjeuner au domaine des Landes, il y avait de quoi se persuader que la vie n'est qu'un songe. Manu déroula son propos, qui révélait que certains dans le groupe avaient déjà bien gambergé sur le projet.

Un vrai cas d'école : cible magnifique, terrain idéal et moment providentiel. Ils en étaient tous persuadés, aucun doute là-dessus, car chaque détail glané au cours des préparatifs confirmait l'absolue pertinence de l'opération. Ils avaient même donné un nom, Opération Essaim, à ce qui allait être un spectaculaire *happening* apicole et une tribune mondiale aux révoltes nouvelles. L'événement permettrait en effet de dénoncer avec fracas une glauque collusion politico-industrielle et, plus généralement, l'aggravation de pratiques confirmant que, malgré les discours officiels, l'ancien monde perdurait, injuste et mortifère. Au carrefour de la politique et de l'écologie, le populaire symbole des abeilles en danger serait consensuel et mobilisateur.

La cible avait aussi un nom, les laboratoires Inquisit, leader mondial des insecticides, un géant anglo-néerlandais de la chimie depuis peu propriété d'un tentaculaire consortium d'industriels et d'investisseurs chinois intervenant dans toute la filière agricole, depuis les semences et machines jusqu'à la transformation, l'agroalimentaire et le transport. Un ancien ministre français de la Santé et l'ancien commissaire européen à l'Agriculture – un Polonais –, étaient à la manœuvre, conseillant et animant le lobby qui, à Bruxelles, bloquait les tentatives européennes pour réglementer le funeste laisser-faire des pratiques agricoles. L'entreprise sortait d'une tourmente médiatique, plusieurs de ses produits vedettes étant accusés de nuire à la biodiversité, de faire disparaître des espèces animales sensibles et de menacer la santé publique. Elle lançait des initiatives d'influence et de communication pour une contre-offensive qui mettait dans l'embarras et plongeait dans un silence complice gouvernements, haute administration et finance, révélant ces connexions et compromissions que les populations ne voulaient plus accepter. L'Opération Essaim avait choisi de la cibler directement.

— Voilà le contexte général. Et nous intervenons à un moment charnière.

L'intervention de Manu était sobre et claire, l'auditoire silencieux et attentif. Les questions, les commentaires viendraient sans doute après. Je les dévisageai l'un après l'autre, avec une empathie interrogative. Quelle était leur motivation dans pareille aventure ?

Prétendre changer le monde, ou simplement rompre l'ennui, exister, avec sans doute une dose d'ambition personnelle, d'orgueil même, et puis le vertige du risque, du pari ? Mon scepticisme d'observatrice rétive à tout engagement peinait à les comprendre, à commencer par ceux que je croyais connaître autour de la table, Thomas et Ludo, Marc, le professeur, et puis Manu et ses ombres, ses mondes intérieurs flottant entre fiction et réalité, pas du tout le profil d'un chef de meute, d'un gourou. Peut-être était-il manipulé et instrumentalisé, qui sait, trompant tous ceux qui semblaient, ici, lui faire confiance et l'écoutaient sans broncher. J'avais souvenir de son surprenant *coming out* devant Thomas et Ludo, révélant des missions à l'étranger pour des services gouvernementaux. Était-il rangé des voitures, ou encore en mission ? Cela n'avait pas l'air d'éveiller les soupçons de mes amis.

Mon déroutant coloc poursuivit sa présentation :

— Inquisit met d'énormes moyens dans cette entreprise de séduction. Le point d'orgue de la reconquête mondiale, ce sera lundi, ici, à Paris. Ils ont choisi un lieu symbolique, en face de Notre-Dame, la péniche *Reine-Margot*, privatisée à quai pour l'occasion. Ces malins en profiteront pour annoncer leur participation au tour de table financier de la restauration de la cathédrale blessée. Au programme, un séminaire interne le matin avec le staff général et les scientifiques de renom qui travaillent avec eux, vous savez, ces fameux experts que les médias adorent, sans jamais se poser la question de qui les finance. Le philosophe Alain Lhomond fera la conclusion, comme à son habitude faussement rebelle et toujours du côté des puissants du moment. Buffet sur place. Et puis, l'après-midi, toujours sur la péniche, conférence de presse, on s'attend à des annonces chocs, entre autocritiques convenues, déploiement de la nouvelle stratégie et remise du gros chèque pour Notre-Dame. L'agence Media Events, pour laquelle bossent Ramsay et Maya, est en charge de l'événement et de la communication. Gros budget. Inquisit met le paquet. Il y aura un monde fou, plusieurs centaines de personnes, presse française et internationale, influenceurs, et cetera. Puis cocktail final. Nous interviendrons à midi, au moment du buffet, juste avant que la presse arrive.

Le colonel de l'École de guerre était présent. Il n'avait cessé d'opiner de la tête, semblant apprécier autant les contours de l'opération que la synthèse, sans fioritures, sans lyrisme, que Manu déroulait méthodiquement. Ce fut le premier à prendre la parole :

— Pardonnez au théoricien que je suis d'intervenir alors que nous ne connaissons pas encore les détails opérationnels du projet. L'art de la guerre, selon le maître Sun Tzu, c'est transformer la force de l'adversaire en faiblesse. Ainsi décrite, l'Opération Essaim offre la possibilité de détourner et de récupérer à son profit toute la campagne qu'Inquisit organise. C'est comme au judo, saisir l'énergie déployée par l'adversaire pour le mettre au sol. Là, nous ferons un hold-up sur la tribune mondiale d'Inquisit. Bravo, c'est bien pensé !

« Nous », il avait dit nous... Et personne ne broncha autour de la table, tous semblant tacitement accepter l'enrôlement dans l'opération. Mais moi, non, pas question, je n'en étais pas, n'en serai pas, dans un sentiment confus de scepticisme, en raison de ma méfiance face aux projets collectifs, mais aussi en pensant à Maya, ma Flora, réquisitionnée dans l'aventure, peut-être malgré elle. Sans doute par amour, ce sentiment inédit qui l'avait submergée à la chapelle.

J'avais longuement parlé avec elle au téléphone dans la matinée. En fait, je l'avais surtout écoutée, intarissable et exaltée, dans les ondes de choc de la secousse de la cérémonie nocturne. Elle se sentait délivrée d'un fardeau, libérée d'un péché, celui d'avoir tué son frère, d'être responsable de sa mort, mais aussi de tenir tous ses proches pour les complices couards de sa culpabilité, de penser que toute union homme-femme était violence, pulsion d'emprise mortifère. En lui présentant son frère, en le nommant, en restituant l'humanité qui lui avait été interdite, Crescence avait pulvérisé le glacier qui enserrait son cœur. Tels étaient les mots de Flora au téléphone, alors que mon âme balançait entre la joie, une joie incommensurable, que seul un miracle peut provoquer, et l'inquiétude, légère puis panique, face à l'ivresse du vertige qui saisissait mon amie. Son abandon tout entier à Ramsay était la forme prise par sa radicale libération. Je la sentais sans regrets ni remords, oublié le passé, le comportement si dur et injuste envers Ramsay. Toutes les ombres funestes de quarante ans de vie avaient été comme aspirées par Charles lors de sa réinhumation dans le caveau, concrétisant la promesse de Crescence : un défunt honoré est prodigue en bienfaits. Flora n'était que présent et avenir. Son élan vers Ramsay avait l'émerveillement d'une renaissance et la puissance d'un désir d'absolu. Plus rien d'autre ne comptait, Flora était devenue sourde. Elle me confia son exaltation à faire équipe avec Ramsay pour l'opération qui se préparait et dont elle connaissait tous les détails. Ce serait, assurait-elle, l'acte fondateur de leur amour fulgurant, le faire-part à la Terre entière de leur union. Elle riait à mes appels à la retenue. J'ai raccroché dans le plus grand désarroi. Une heure plus tard, elle m'envoyait un texto émouvant de complicité et de tendresse. J'ai ensuite téléphoné à

Sophie, toujours au domaine. Elle partageait l'euphorie de Flora, allant jusqu'à envisager de l'accompagner à Paris. Mes doutes sur le projet suscitèrent son sarcasme : « Eh, tu ne serais pas un peu jalouse par hasard ? Maya te délaisse au profit de Ramsay... » Ne faites pas de vos amies des confidentes, vous en payez toujours le prix à un moment.

J'avais décroché du topo de Manu, qui terminait la présentation des détails terrifiants de l'opération prévue lundi. Il annonça la venue de Tristan, Ramsay et Maya dimanche soir chez lui, avec le matériel. Ils dormiraient sur place, ce serait plus pratique pour les préparatifs tôt lundi matin. Thomas prit la parole. Il donna consistance aux propos flous tenus par Flora le matin au téléphone :

— Très bien, Manu, c'est précis et complet. J'ajouterais juste un nouvel élément. Ramsay m'a appelé tout à l'heure. Quand il fera l'équipement lumière et son de la salle de conférences sur la péniche, dès dimanche soir, il installera une caméra pirate commandée à distance. Ludo sera aux manettes, on va caler les détails. Les images pourront être balancées en direct sur les réseaux et les sites d'info en ligne.

— Mais pour la presse, la com, les réseaux, on fera comment ? Ce n'est pas mon truc, vous le savez bien, le coupa Manu.

Ludo intervint, montrant sa grande complicité avec Thomas :

— Nous travaillerons ce week-end, avec des amis de notre groupe, à l'établissement de listes de contacts et relais. Nous avons commencé à centraliser les infos sur Inquisit et ses actionnaires, leurs connexions avec les politiques, les dossiers d'alerte sanitaire, des experts disposés à témoigner. C'est fou, les données éparses à disposition, dans les ONG, des labos d'université, chez les activistes du Net. Il y a de quoi allumer un sacré feu d'artifice !

Je me tassai sur ma chaise. Avec quasi douze convives à table, j'étais dans le rôle d'un Judas, incrédule et prêt à trahir la cause. Tout cela me paraissait absurde et vain. Un fait-divers médiatique, vite mangé par le suivant. Flora Tristan, dans son combat politique et social, croyait à l'argumentation de fond, à la conviction du verbe. Son éthique lui aurait fait mépriser pareilles opérations. Elle avait connu l'épisode de la « machine infernale » du conspirateur Fieschi contre le roi Louis-Philippe en 1835. Beaucoup de bruit, des morts innocents, et puis la répression et un système plus verrouillé et impitoyable que jamais. Elle croyait plutôt en la dynamique des idées et en l'humanité bienveillante, prête à entendre, à être convaincue et à forcer l'histoire. Elle avait même la démesure de s'en croire le guide, le Messie, et en est morte.

C'est à ce moment-là que mon directeur de thèse prit la parole :

— Je suis sensible à la dimension incarnée de cette opération. Même si, dites-vous, l'opération est pacifique et sans risque majeur, elle va exposer le jeune couple à des tracas policiers et au harcèlement des médias. C'est cette incarnation, par des gens ordinaires, enrégimentés nulle part, sans organisation en appui, qui lancera une dynamique inédite. J'ai donné cette semaine au *Figaro* une interview sur la démocratie éruptive. Les émotions, les peurs, les révoltes naissent d'un claquement de doigts imprévu, et ensuite la gestion des crises échappe à toute rationalité. Lundi nous lancerons une paire de dés, il faudra assurer derrière, transformer le fait-divers en épopée collective dont les visages de Ramsay et de Maya seront les icônes.

Encore un « nous »... Ils étaient tous en phase. Le colonel demanda la parole.

— Il y a de la rage dans le corps social. Et pas qu'une rage de destruction, de nihilisme. Il y a le désespoir de se sentir impuissants, manipulés, transformés en consommateurs, en chômeurs et précaires, le travail dévalorisé, les jeunes sans avenir, les vieux au rebut, et tous sommés d'aller aux urnes de temps à autre, pour changer les figurants du moment qui promettent chaque fois le changement, le « plus comme avant ». Je trouve formidable que le geste de révolte pacifique que nous préparons vienne de la terre, des abeilles, de la nature menacée, porté par deux jeunes gens ordinaires se dressant contre une multinationale toute-puissante.

Une sorte de tour de table s'installa, chacun y allant de son intervention, comme un solennel acte d'allégeance. Les chevaliers de la Table ronde... À qui le tour ? Marc parla des réseaux de Tristan, puis ce fut la directrice d'hôpital, le joli prof de philo, qui fit l'éloge de la colère, l'assistante parlementaire d'une députée non inscrite et un copain de Marc, grossiste en légumes à Rungis et élu à la chambre de commerce de Paris.

Il ne resta plus que moi. Mon directeur de thèse me regarda avec bienveillance, comme un encouragement à m'exprimer. L'amie de Maya, pour conclure, en mode sensible et personnel, ce serait sympa, non ? L'idée de dénoncer cette vaste farce me traversa la tête. Le professeur Hureaux dut s'en rendre compte, car il s'empressa de me lancer une paire de questions au champ prudemment limité :

— Vous avez eu des nouvelles de Maya et Ramsay ? Ils sont fin prêts ?

J'étais piégée, je n'allais quand même pas envoyer promener mon cher professeur.

— J'ai eu Maya ce matin, elle est en grande forme, comme une athlète avant l'épreuve. Aucun doute ni états d'âme. Partager l'aventure avec Ramsay la met en joie. Elle a confiance en toute l'équipe. Moi, je me dis juste une chose : cela va être dur après le choc de l'événement, elle aura besoin de nous. Je serai sur le quai lundi.

Honte à moi, je n'avais pas osé livrer le fond de ma pensée. Je prétextai une grande fatigue et les laissai tous aux délices d'une préparation collective que tout militant adore. Manu et Marc, à leur affaire toute la soirée, les véritables chefs d'orchestre de l'Opération Essaim, me raccompagnèrent au lift comme s'ils n'avaient rien perçu de mon malaise, tu parles. Thomas resta avec eux. En venant à la réunion, lui aussi, comme Sophie, m'avait chambrée sur la supposée crise de jalousie qui, depuis l'échange téléphonique avec Maya, me rendait critique du projet et terriblement ombrageuse. Notre nuit de retrouvailles était déjà oubliée.

La traversée de Paris à pied en solitaire ne fut pas une thérapie, bien au contraire. La vie qui se déployait partout, les bars animés, les visages heureux, même les SDF allongés dans l'ombre de porches désaffectés, tout me disait l'absurdité de l'opération, et plus largement de toute révolte. Que reste-t-il du destin de Flora Tristan ? Une œuvre littéraire, magnifique, le panache d'une femme en révolte, mais aussi un échec politique cinglant, qui traversera les siècles comme une mise en garde, parmi bien d'autres, face aux désirs romantiques de changer le monde.

Après une bonne heure de marche renfrognée, la rue Cail m'apparut sombre et triste. Malgré l'heure guère tardive, les lampions étaient tous éteints. Je n'eus pas à me forcer pour y voir un signe.

Une vibration, comme une alerte. La reine s'éveille entre mes seins. Le bijou crétois irradie en basses fréquences. Ce matin, Ramsay a placé une reine dans la partie boîtier. « Tu sauras quand tu auras à la libérer », m'a-t-il dit. D'étranges tressaillements me saisissent, je les laisse s'éveiller, se porter à incandescence, frottant doucement mes genoux l'un contre l'autre, en écho aux vibrations du bijou. J'aime le crissement électrique du polyester des collants. L'intérieur des cuisses et le haut des bras deviennent « chair de semoule », comme on disait à l'école maternelle, picotements froids de l'épiderme et délicieux courants de chaleur. Une liane de feu se déroule le long des jambes et monte vers le ventre et la poitrine, exaltant la curieuse pile qui tressaille entre mes seins. L'onde réveille les plaisirs de la nuit, les extases de la semaine avec Ramsay.

Le lunch tire à sa fin, les participants du séminaire – c'est mon gibier ! – se jettent sur les plateaux de mignardises que je dispose sur les mange-debout. Les fronts brillent, les doigts collent, des cravates se maculent. C'est fou comme les hommes aiment le sucré ! Surtout dans les hautes sphères. La raison en est tellement évidente : l'immaturité croissante des élites de l'argent et du pouvoir. Le souffle chaud de Paris traverse les hublots. Notre-Dame étincelle au loin, dans son écrin de grues et d'échafaudages, les bateaux labourent la Seine et mettent en mouvement le Reine-Margot accosté en amont près du jardin des Plantes. Un goûter d'enfants sages soudain prêts à tout, qu'un simple imprévu pourrait déchaîner.

Je voudrais que mon récit soit fiction, délire. Je voudrais avoir écouté Agathe, lui avoir obéi. Mais le défilé d'images reprend. Je suis en poste à la machine à café lorsque je vois Ramsay entrer dans la salle de conférences. Il court. Ses longues enjambées glissantes lui donnent l'allure ridicule d'un skieur de fond qui s'entraînerait sur de la moquette. Il file à l'arrière d'une table du buffet. Personne ne fait attention à lui. Il soulève la nappe. Il tire les deux hautes glacières en plastique, apportées hier des Landes. Un fin câble cadenassé les enserre. Ramsay a une petite clé en main. Il déverrouille les deux ceintures d'acier. Chacune de ses mains tient la poignée d'une glacière. Il se prépare à les ouvrir ensemble. C'est le scénario prévu. Il a une pose curieuse, pas vraiment accroupi, pas complètement redressé.

Il se tourne vers moi. Sa beauté rêveuse me saisit comme jamais. Une icône de la Résurrection, lumineuse et puissante, surnaturelle. Cela dure quelques secondes, pas plus. Comme un flash qui saisit tout, mes sept mille yeux transmettent une certitude : je ne le reverrai plus.

Ramsay arrache et jette les deux couvercles dans le même mouvement. Il se dresse d'un bond puis se mêle en douceur à la foule indifférente à lui, la fendant en direction de la porte. Avant de la franchir, il s'arrête, tourne son corps et son regard vers moi, qui ne l'ai pas lâché des yeux. Il pose la main à plat sur la poitrine, comme un ultime salut, un message aussi, et disparaît tel un chat.

La porte claque et l'Enfer fait irruption dans la salle. Deux nuées grises s'échappent des glacières. Sans forme définie, *sans consistance, comme deux torchères de gaz enflammé sculptées par un vent déchaîné. Un souffle mortel venu des entrailles de la Terre, dans un sifflement modulé, un chuintement énervé, inquiétant. Les deux tsunamis se fondent en une seule vague déstructurée, se décomposant, se fractionnant, se remodelant. Une cohorte grouillante d'éléments combatifs et solidaires. Le fléau de Dieu s'abat sur le* Reine-Margot.

— Des abeilles !

Un cri de terreur parcourt l'assemblée des mangeurs. Le terrifiant nuage gris se fragmente. Par grappes entières, par milliers, les abeilles fondent sur les mains, les bouches, les assiettes. Une bombe explosant dans la salle ne créerait pas autant de panique. Mais le drame n'est pas fini, il n'a même pas débuté. Comme dans un châtiment antique, où il y a d'abord la peur, puis seulement la souffrance. La rage d'un dieu exterminateur, un délire de justicier sans pitié. Les mains qui inventent les pesticides Inquisit, les bouches qui argumentent les bonnes raisons de les utiliser, les têtes qui pensent, calculent, projettent, les narines qui refusent de sentir la triste odeur des champs vidés de leurs papillons, abeilles, lucioles, rongeurs, petit gibier, toutes sont assaillies par l'armée furieuse des abeilles vengeresses. Comme de monstrueuses excroissances de chairs irradiées, les mains poisseuses de sucreries se couvrent de pustules vivantes, les visages disparaissent sous des masques de petits corps grouillants et d'ailes en folie. La salle n'est que cris et gesticulations. Les bras battent l'espace, essayant de chasser les vagues d'assaillantes, certains agitant des plateaux ou des cartables comme armes de défense dérisoires. Huis clos d'effroi. Dans ce troupeau indistinct de damnés, il n'y a plus ni patrons ni cadres, ni collègues ni amis. L'argent, la famille, les projets et les rêves, plus rien ne compte, sauf la certitude que la vengeance s'est invitée.

Affolées et en colère, libérées d'un enfermement cruel, les abeilles tournent en tous sens, fondent sur les silhouettes agitées. Les cris de terreur se mêlent. Ils ne durent pas longtemps, car les bouches chaudes et sucrées sont la cible préférée des abeilles. Beaucoup se jettent au sol, face contre terre. En quelques dizaines de secondes, le séminaire d'Inquisit est devenu champ de bataille, jeu de massacre.

Aucune abeille ne s'est attaquée à moi. Je n'ai pas peur, mes sœurs m'ont reconnue, je suis une des leurs, à ma place. Ramsay a inventé et mis en scène tout ce drame pour me mettre au centre de l'opération, lui le vengeur, moi la sauveuse. Il m'a donné ce rôle. Et m'a confié le talisman.

J'avance au milieu de la pièce, indifférente aux impétueux tourbillons d'abeilles. Refaisant le geste que Ramsay m'a adressé en quittant la salle, je place la main droite à plat sur la boîte à amulettes. Le bourdonnement s'amplifie à l'intérieur du bijou, les vibrations s'accélèrent et irradient ma main et mon buste. Un souffle de paix m'envahit. D'un mouvement du pouce, j'ouvre le couvercle du talisman puis écarte la main de la boîte et étends lentement les bras, à l'horizontale, en croix. La reine paraît. Tout doux, mes belles ! N'ayez pas peur. Venez à moi, je suis votre reine… Un murmure indistinct sort de mes lèvres. Le souffle, le rythme du cœur, la voix intérieure s'accordent aux pulsations qui partent de ma poitrine.

C'est alors qu'advient un prodige merveilleux.

De premiers groupes d'abeilles stoppent leur course éperdue et se fixent devant moi en vol stationnaire. Pattes pendantes, tête tournée vers ma poitrine, elles sont en suspension, entrées dans une bulle de sérénité. Une danse lente succède aux raids frénétiques. Le nuage d'abeilles s'épaissit face à moi. Commandées par une autorité invisible, les sœurs se regroupent docilement, les féroces guerrières rangent les armes et se muent en ballerines *indolentes. Quelques-unes s'enhardissent et se posent sur mes bras, mon buste, mon visage. D'autres se joignent à elles, en masses de plus en plus compactes. Un délicieux fourmillement, une extrême douceur, aucune piqûre. Comme attiré par un aimant, l'essaim s'agglutine sur moi. La vestale devient buisson ardent, colonne de vie palpitante. Je me laisse submerger par la vague des petits corps sensuels. J'ai rendez-vous non pas avec la mort mais avec la vie. Transportez-moi, mes belles, mes douces. Mes sept mille yeux, comme chez chacune d'entre vous, voient plus loin que le désastre du jour. J'ai besoin d'odeurs et de saveurs qui n'existent pas chez les humains, je veux inventer le chant du soleil, boire la rosée du monde et fêter la vie. Je suis votre reine et votre sœur. Ne m'abandonnez pas.*

Toutes les abeilles sont sur moi ou volent au ralenti autour de moi. Une grande paix gagne la salle et les convives. La guerre est finie, le cauchemar terminé. Prudemment, certains congressistes se redressent, font quelques pas hésitants, frottant les parties touchées de leur corps. Personne ne parle. L'assemblée est fascinée par la scène qui s'offre à elle. Une sculpture vivante d'abeilles domptées… Quelques téléphones sortent des poches. Je ne bouge pas, je suis dans la ruche, dans le sarcophage sacré, les bandelettes d'une vie surnaturelle m'enserrent de leur étreinte, de l'apnée à la résurrection. J'avais initié Ramsay peu à peu au monde des abeilles, mon royaume secret. Mais, ce matin, c'est lui qui me fait franchir la ligne de démarcation et entrer dans l'autre dimension. Je suis abeille parmi les abeilles, engloutie au cœur mystérieux de l'essaim.

L'ouverture des fenêtres signe le dernier acte de la tragédie. Il me revient que j'ai une ultime mission à accomplir : libérer la reine. Du doigt, avec précaution, le reste du corps totalement immobile, statue impassible, je détache le fin tissu de gaze qui couvre l'intérieur de la boîte. La reine prend son envol. En une seconde, obéissant à un ordre muet et tout-puissant, l'ensemble du nuage se reconstitue. Les milliers d'abeilles posées sur moi ou dansant devant moi reforment leur terrifiant bataillon. Les hurlements recommencent dans l'assistance, tous se couchent au sol, la leçon a été vite apprise. Mais les abeilles ignorent les humains en déroute. Long étendard claquant au vent, la cohorte dorée s'étire en arabesque vers un des hublots ouverts et, derrière sa reine, s'échappe au-dessus de la Seine argentée. Des témoins audacieux se portent aux fenêtres pour voir filer le nuage de cauchemar. Il prend la direction de Notre-Dame sous l'éclatant soleil de midi. L'ensemble de la scène, depuis l'ouverture des glacières, n'a pas duré quatre minutes.

Je reste immobile, yeux fermés, bras en croix. J'ai l'impression d'être nue, dépouillée, le corps d'une martyre crucifiée pour expier les fautes du monde. Mais je sens aussi monter l'élan provocateur d'une prêtresse en majesté, l'amante des dieux, célébrant la liturgie sans âge des noces entre l'homme de paix et l'abeille de vie.

J'ouvre les yeux. Le personnel d'Inquisit et mes collègues de Media Events me regardent bizarrement, sauveuse et suspecte à la fois. On ne m'approche pas. Ils sont tous groggy et comparent leurs blessures, apparemment bénignes, échangent des commentaires, s'inquiètent des secours déjà alertés. Plusieurs sont assis par terre, prostrés. Certains pleurent comme des enfants. Un corps est resté au sol, inerte, celui du philosophe qui a assuré la conclusion du séminaire.

— Il est mort ! entend-on crier en écho démultiplié.

Les survivants s'écartent vite de lui.

Mes sœurs auraient-elles tué ? Les princesses de vie, les fécondeuses du monde, les pacifiques veilleuses du seul équilibre de la Terre qui vaille, le respect de l'œuvre du Créateur, peuvent-elles être des meurtrières ? Une agita-

tion à l'extérieur, des cris d'encouragement, les secours arrivent. J'ai toujours l'index pointé dans la boîte. Elle ne vibre plus, le couvercle est ouvert, l'intérieur vide. J'ai réussi la mission confiée par Ramsay. Elle était simple et éblouissante, comme un acte d'amour.

Hier, avant de quitter les ruchers du domaine, il a endormi un essaim et l'a scindé dans les deux glacières, munies de grilles d'aération. Il avait expliqué au groupe le principe des « bombes à abeilles » fabriquées, avec des paniers d'osier, par les Aztèques qui les jetaient sur les conquistadores assiégeant leurs cités. Les chroniques espagnoles les évoquent avec effroi. La reine a été séparée de son essaim, accentuant le désarroi et la violence des abeilles lorsque les glacières ont été ouvertes. Ramsay a placé la reine dans la boîte à amulettes, me laissant l'initiative de la conclusion glorieuse et pacifique de l'aventure. Mais il y a eu mort d'homme.

Où es-tu, Ramsay ? Un trou noir se forme soudain. Il m'aspire tout entière en une chute vertigineuse.

Lundi, onze heures trente du matin

— Oui, Ludo, c'est parfait, j'ai l'image... On voit bien la salle, les gens, très net. Non, ça ne chahute pas quand tu zoomes. Bon, je reste connectée. Et pour nos échanges, comme convenu, je conserve l'appareil d'Agathe.

Sophie s'était saisie de mon smartphone pour mieux suivre l'opération. Sur l'écran, la salle de conférences du *Reine-Margot* apparut profonde et large, sans commune mesure avec le bateau qui était sous nos yeux à une trentaine de mètres. Sans doute l'effet d'un grand-angle. On voyait l'assemblée sagement assise dans une relative pénombre face à une tribune plantée à contre-jour devant un écran allumé. Tout le staff mondial d'Inquisit était là, mais aussi ses lobbyistes, les représentants des actionnaires, les chercheurs travaillant pour eux, les experts courtisés. Sur la droite, un pupitre avec un orateur très éclairé. La caméra tourna sur elle-même et procéda à quelques effets de zoom. On distingua bien le conférencier, épaisse chevelure blanche, veste claire à col officier, pochette colorée.

— Sans doute le philosophe, dit Sophie. C'est lui qui termine la matinée et on est dans les temps. Encore deux heures...

Je détournai le regard. Le cortège des bateaux sur la Seine, Notre-Dame enserrée d'échafaudages à portée de main, la lumière d'été indien qu'un vent frais musclait, l'incessante rumeur du flot automobile sur le quai de la Tournelle dans notre dos, nous étions au cœur de Paris, un Paris grandiose et besogneux, mais je me croyais plutôt naufragée, échouée sur une côte inhospitalière. À côté de moi, sur le banc de l'étroit parc qui dominait en retrait le *Reine-Margot*, Sophie était une inconnue, parlant une langue étrangère. C'est clair, nous ne nous comprenions plus. Ma meilleure amie... Hier soir, elle m'avait rejointe rue Cail. Elle était arrivée des Landes avec Tristan, Ramsay et Flora, et tous les quatre avaient débarqué dans l'après-midi chez Marc, où les attendaient Manu, Ludo et Thomas pour une réunion d'état-major en tout petit comité, sous la véranda de la terrasse aux abeilles. Puis Ramsay était parti retrouver l'équipe technique de Media Events, qui préparait la salle de conférences du *Reine-Margot*. Ludo lui avait confié la caméra qui retransmettrait l'Opération Essaim en direct sur les réseaux sociaux. À son arrivée chez moi, Sophie avait voulu me rassurer, avec les mêmes arguments qu'au téléphone, expliquant que le *happening* était sans risque, bien préparé, que Maya et Ramsay seraient certes exposés aux médias ensuite, mais ils avaient rodé les arguments à développer devant la presse, pendant que les réseaux, en traînée virale, prendraient immédiatement le relais. Ils avaient juste à donner le déclic, un signal spectaculaire et cinglant, le reste suivrait, connecté aux craquements et révoltes du corps social, ce ne serait plus leur affaire. J'avais écouté cela sans réagir, rien à faire, je n'y croyais pas et l'instinct ne se raisonne pas. J'avais peur pour Flora. Elle m'avait confié son incapacité à laisser sortir le cri primal noué en elle, je la revoyais baisant le crâne de son frère, aux limites du délire, j'avais pris la mesure de sa radicalité mais aussi de sa fragilité, au bord du précipice.

J'ai installé Sophie dans ma chambre et, face aux lampions de la rue, me suis allongée sur le canapé du salon, refuge de mes ruminations sur Flora Tristan, cette autre reine des chimères. Puis, tout à l'heure, comme une automate, sans cerveau et sans émotion, j'ai suivi Sophie vers notre poste d'observation en surplomb du bateau.

Treize heures

— Regarde, Agathe, l'équipe du buffet arrive.

Sophie tendit le doigt vers l'estafette Media Events d'où sortit une petite brigade de serveurs en noir et blanc qui se dirigea vers la passerelle du *Reine-Margot*. Flora ne faisait pas partie de cette équipe, mais de celle chargée de l'accueil, en place depuis le petit matin. Elle avait dormi chez Marc avec Ramsay, je ne l'avais pas vue depuis notre départ du domaine mercredi, avec un seul échange téléphonique ensuite, sur le mode dialogue de sourds. Je me rappelais les suppliques de Marc et de Ramsay me demandant de veiller sur elle, d'empêcher des dérapages, et voilà que c'étaient eux qui la conduisaient avec enthousiasme vers le gouffre et moi qui restais impuissante au bord du chemin.

Mon téléphone sonna, Sophie l'avait en main et décrocha. Tristan annonçait qu'il venait nous rejoindre. Il sortait de chez Marc et nous raconterait les préparatifs de communication. Mon amie ne quittait pas des yeux son écran.

— Ça y est, la conférence est finie. Ils dégagent les chaises et vont installer le buffet.

Treize heures trente

Le *Reine-Margot*, de l'extérieur, semblait vide et désert. Sur le quai, en avant de la passerelle, quelques hôtesses s'installèrent sous l'auvent d'accueil, là où elles pointeraient les invités accrédités pour la conférence de presse. Une banderole était tendue sur toute la longueur du pont supérieur: *INQUISIT-Care and Growth*. Bienveillance et progrès, la novlangue des maîtres du monde. Oui, je comprenais les révoltes qui montaient, la lutte contre les injustices et l'exploitation, le refus du pillage éhonté de la planète. Mais là, un grand sentiment de résignation m'annihilait. En fait, j'avais peur.

— Salut, les filles ! Ils en sont où, à l'intérieur ?

Tristan venait d'arriver, silhouette énergique et massive sous le chapeau de cuir noir, voix autoritaire. C'est cet homme qui avait creusé sous la chapelle pour enfouir son fils mort-né. Je ne savais rien de sa réaction après la cérémonie nocturne, la seule chose qui semblait lui importer, c'était la fusion providentielle qu'elle avait provoquée entre Ramsay et sa fille, son héritière. Et aussi l'excitante perspective du test en réel de son idée d'un polar consacré à la terrifiante puissance dormante des abeilles. Transmettre et s'amuser, comme un aristocrate de cour d'avant la Révolution. Il se pencha sur le smartphone de Sophie. À bord, le service avait commencé, on voyait de petits attroupements aux tables du buffet, des groupes réunis autour de mange-debout, des déambulations un verre à la main.

La connexion Facebook était parfaite, le live expressif, Ludo avait fourni un excellent matériel. Sans doute commençait-il déjà, avec Thomas et leur bande, à alerter les réseaux, mettre en branle les relais. Il n'y avait pas le son, trop compliqué à installer, disait-il, mais la perception était excellente, largement suffisante pour rentrer dans l'événement. La caméra tourna par à-coups dans plusieurs directions, comme un chien cherchant sa piste. Elle pointa une silhouette à côté d'une haute machine à café. Flora. Je ne l'avais jamais vue en hôtesse, noir et blanc strict, cheveux tirés en arrière. Gros plan appuyé, comme une onde de soutien adressée par le cadreur – on est avec toi, Maya –, avec lent glissement et arrêt sur le bijou-talisman. L'œil de la caméra se dirigea ensuite vers une porte à l'arrière de la salle, une approche zoom resserra le champ et s'arrêta en plan fixe. Elle avait pris ses repères. Sur notre banc, plus personne ne parlait. Au stand d'accueil d'Inquisit, je vis arriver de premiers invités de l'après-midi, en avance, que les hôtesses firent patienter sur le quai.

Quatorze heures trente

Sur l'écran, on vit la porte s'ouvrir et Ramsay apparaître. La salopette noire des agents techniques de Media Events lui donnait l'allure d'une panthère. Il fila à grands pas vers une des tables vides à l'écart du buffet, s'accroupit et, relevant la nappe, extirpa deux petites malles. La caméra prit du champ : personne ne faisait attention à lui. Zoom rapproché sur Ramsay affairé aux malles, des sortes de grandes glacières en fait. Il saisit les poignées des couvercles et, d'un même élan, ouvrit les réceptacles et se redressa. La caméra élargit un court instant le champ pour le voir s'éloigner sans hâte, se perdre dans la foule indifférente, puis elle s'en revint zoomer au plus près des glacières.

Les abeilles surgirent comme une éruption volcanique. En cinq secondes elles furent toutes dehors, se dispersant dans la salle en épaisses volutes désordonnées, parmi les convives stupéfaits puis terrorisés. Le film que j'anticipais avec inquiétude, depuis le funeste déjeuner au domaine où ce plan s'était esquissé, se déroulait sous mes yeux, saccadé, désordonné, surréaliste, comme ces films burlesques en noir et blanc des années vingt, avec piano ragtime en fond sonore. « Celles-là ne piquent pas », avait assuré Ramsay, confirmé par Tristan et Maya. Et pourtant, on voyait les abeilles du *Reine-Margot* attaquer avec fureur. Tristan regardait la scène sans émotion, concentré, comme un entraîneur surveillant ses joueurs depuis le banc de touche. À côté de moi, Sophie, fascinée, avait son visage halluciné de la nuit à la chapelle, lorsque Crescence avait tendu vers le ciel le squelette de l'enfant.

Je me levai avec rage.

— Vous êtes tous fous !

Devant nous, le bateau était calme et silencieux. Les hôtesses faisaient attendre les premiers arrivés au pied de la passerelle. Tristan eut un geste vif pour me faire taire et m'éloigner.

— Jusque-là, tout se passe comme prévu. À Maya de jouer maintenant.

Il restait froid et concentré. Sophie était hypnotisée. Il y avait de quoi. La caméra avait cessé ses va-et-vient dans la foule, et se concentrait désormais sur Flora, bras à l'horizontale, portrait en pied de la plus stupéfiante des crucifixions. L'essaim explosé se rassemblait progressivement autour d'elle, puis sur elle. Statue immonde et surnaturelle. La répulsion le disputait à l'admiration. Aucune souffrance apparente, un abandon confiant à des forces mystérieuses et sauvages. Un zoom prolongé révéla le bijou ouvert, on ne distinguait pas l'intérieur mais on comprenait que là était le cœur du mystère.

Les explications de Ramsay avaient été claires, l'autre jour, à la table du domaine. Il utiliserait des abeilles d'une espèce sans dard commune en Amérique centrale, les mélipones, qu'il avait importées de Guadeloupe. Il les avait offertes à Flora pour son anniversaire à cause de leur surnom, les « abeilles mayas », et se faisait fort, grâce à la serre chauffée et aux arbres exotiques de la pépinière couverte, de les acclimater pour le seul plaisir de voir Maya évoluer parmi les inoffensives mayas. Tout était bon pour l'attendrir, l'émouvoir, la convaincre de la possibilité d'un amour. Mais les mayas ne s'acclimatent pas à nos latitudes, et l'hiver s'annonçait fatal pour elles. Ramsay proposa au groupe des candidats comploteurs de leur donner un destin glorieux, celui de martyres, « témoins » en grec, de la cause des abeilles. Un sacrifice kamikaze spectaculaire et sans dommage. Les images seraient saisissantes et permettraient une exploitation mondiale du fait-divers par les activistes, prêts à saisir tout événement à potentiel antisystème. La reine serait séparée vingt-quatre heures de son essaim, accentuant le désarroi et la violence des abeilles lors du déverrouillage des glacières. Son apparition lors de l'ouverture de la boîte à amulettes devrait regrouper et calmer le troupeau. C'est exactement ce qu'il se passait sous nos yeux. Tristan avait presque l'air heureux, satisfait en tout cas.

Quatorze heures quarante

Je vis alors une silhouette noire émerger sur le pont avant, hésiter un instant à l'entrée de la coursive qui longeait les fenêtres de la salle de conférences et menait vers le pont arrière du bateau et sa large passerelle. Mais, d'un bond de panthère, elle préféra sauter par-dessus bord et se reçut avec souplesse sur le quai, provoquant un mouvement de surprise chez un couple de promeneurs avec leur chien.

— Là, Ramsay !

Mes compagnons levèrent les yeux. Je tendis le bras et l'index. Ramsay courait le long du *Reine-Margot* comme un banal jogger de la pause méridienne. Il dépassa le stand d'accueil d'Inquisit dans l'indifférence générale et fila sous le pont de la Tournelle, direction Notre-Dame. Tristan s'étonna, une pointe d'inquiétude dans la voix :

— Mais pourquoi court-il déjà vers Notre-Dame ? On avait prévu d'y aller tous ensemble, en force tranquille, après l'opération... Enfin, bon, on le retrouvera là-bas tout à l'heure.

Le groupe semblait un peu désorienté. Mais cela ne dura pas. À nouveau, je pointai l'index sur l'écran :

— Regardez, ça s'agite sur le bateau !

Un chaos, plutôt. D'abord des apparitions affolées sur le pont arrière, puis les cris, les appels au secours. Les hôtesses sur le quai, interloquées, sans consignes, tournaient sur place. Un petit chef en costard sortit de la salle avec un talkie-walkie et exfiltra des groupes successifs de convives aux allures de miraculés, affairés à s'ébouriffer les cheveux et se passer les mains dans les cols ouverts. Beaucoup dévalèrent la passerelle, s'éloignant du bateau, certains vers nous, en sidération totale. Les journalistes qui commençaient à arriver sortirent leurs téléphones. Premiers instants de panique et réflexes désordonnés de secours, comme après un attentat. Mais l'image de paix surnaturelle sur l'écran contredisait l'hystérie générale. C'était exactement l'effet recherché par Manu et Marc, créer un choc visuel et psychologique, sans aucun dommage sauf une grosse frousse, pour exploiter l'événement. Marc commentait le déroulé des événements. Oui, tout se passait comme prévu.

— C'est bon, maintenant Maya va libérer la reine...

Un hurlement collectif sortit des entrailles du navire. Tous les regards se tournèrent vers le cœur mystérieux du drame, le chaudron d'un forfait encore sans explication. Une longue colonne d'abeilles s'échappa de la lourde baie vitrée qui venait de s'ouvrir. Elle monta en oblique vers le soleil, se stabilisa et partit à l'horizontale vers Notre-Dame, nébuleuse écharpe de grâce et d'effroi.

— Maya, mon Dieu !

Le cri de Sophie nous ramena, Tristan et moi, vers l'écran. Flora était à terre, recroquevillée sur le côté. Nous ne l'avions pas vue tomber. Un cercle s'était formé, quelques courageux penchés sur elle.

Tristan descendit en courant vers le bateau. Le petit chef au pied de la passerelle tenta de l'empêcher de monter à bord et hurla, se faisant entendre jusque sur notre banc :

— Restez là ! Il y a un mort, on attend les secours et la police.

Tristan le bouscula sans ménagement.

Au même instant, mon téléphone sonna. Sophie décrocha. C'était Manu. Sophie mit le haut-parleur, les propos étaient hachés, en voix automatique :

— Il y a un mort dans l'assistance... Le conférencier... Ramsay vient de nous téléphoner, il l'a vu s'affaisser, foudroyé... Il court vers Notre-Dame, il assure qu'il n'est pas poursuivi... Il est totalement bouleversé, effondré, des propos limite cohérents... Ensuite, vous l'avez vu, c'est Maya qui est tombée dans les pommes... D'après les images, ce n'est pas grave, elle a déjà repris connaissance... Passez-moi Tristan...

Mais Tristan n'était plus là, il avait dévalé le talus vers l'arène en folie. Manu reprit :

— Ne bougez pas de votre banc... Il faut décider pour la suite, on a quelques minutes... Les images circulent partout, je vous rappelle...

Sur la page Facebook, la retransmission fut interrompue. Méchant imprévu. Désastre annoncé. Plan foireux. Ah, ils étaient malins, nos comploteurs branquignols.

Les premières sirènes se firent entendre, SAMU et police, lorsque Tristan ressortit du bateau et se glissa parmi les congressistes qui sortaient cahin-caha. Le petit chef ne fit pas attention à lui. Tristan avait l'air soulagé.

— Fausse alerte ! Lhomond n'est pas mort ! Grosse frayeur, vertige, perte de connaissance. Les secouristes de l'équipe l'ont vite remis sur pied. Il joue déjà au héros. Sophie, appelle Ramsay tout de suite, il faut le rassurer. J'alerte Marc et l'équipe des jeunes, qu'ils démentent l'info sur la mort de Lhomond. Ça change la donne, ouf !

Tristan saisit son téléphone. Je le regardai, sidérée. Dans son compte-rendu, un nom avait été omis :

— Dis-moi, Tristan, tu n'aurais pas une petite info sur ta fille à nous donner... ?

— T'inquiète pas, Agathe, Maya est incroyable, radieuse comme jamais, c'est l'exploit de sa vie ! Il y a foule autour d'elle, ses collègues de Media Events sont en admiration, les invités de la boîte mi-figue, mi-raisin, diablement intrigués, et emmerdés, car elle commence à balancer des infos sur les objectifs de l'Opération Essaim. J'ai pu la féliciter, lui dire quelques mots. Pas d'inquiétude pour elle. Elle veut retrouver Ramsay au plus vite, pour notre conférence de presse devant la cathédrale, mais j'ai l'impression que ça ne va pas être possible pour elle. On ira à Notre-Dame sans l'attendre.

La police avait bloqué le quai, tendu des bandes de protection pour isoler le *Reine-Margot*. Ambulanciers et policiers l'avaient envahi, il y avait même des chiens. Plus personne ne pouvait sortir du bateau. Flora était la seule de notre groupe piégée à bord, et tout le monde s'en fichait.

Avec mon téléphone, Sophie essayait de joindre Ramsay, mais il ne décrochait pas. Tristan était en ligne avec ses comparses. Sans un mot, je me suis éclipsée. Jamais je n'aurais dû venir assister à cette mascarade pathétique, jamais je n'aurais dû descendre dans les

Landes, jamais je n'aurais dû m'attacher à cette Flora fantasque, aussi fascinante et désespérante que *l'autre*... Jamais je n'aurais dû sortir de ma bulle.

J'ai refait le parcours de Ramsay vers Notre-Dame, sur le quai bordant la Seine. Sur l'autre rive, le chantier de restauration déployait son échafaudage, corset de douleur et d'espoir. C'est là que l'ex-apiculteur de la cathédrale allait expliquer à la presse, entouré des militants ameutés par Ludo et son groupe, les raisons de l'Opération Essaim et inviter à élargir le front des refus. Manu se faisait fort ensuite de politiser l'affaire, de cibler les gouvernants, de passer très vite à une autre échelle.

L'île de la Cité était une nef, l'arche de Noé. L'incendie de Notre-Dame l'avait sanctuarisée et le pacifique essaim des abeilles mayas s'y était dirigé, choisissant le square Jean-XXIII ou le marché aux fleurs derrière l'Hôtel-Dieu comme refuge précaire, avant la froide nuit parisienne qui serait son tombeau.

Ma main farfouilla un moment dans le sac, à la recherche du portable. Mais, zut, Sophie se l'était approprié pour sa liaison avec le groupe. Un moment d'hésitation. Tant pis, je décidai de continuer sans lui, après tout on allait bientôt tous se retrouver à Notre-Dame.

À la limite du chantier bien fermé de la cathédrale, il y avait un attroupement, sans doute les activistes et journalistes mobilisés par Ludo et Thomas. On voyait des caméras, mais un grand silence écrasait le groupe. Des gyrophares d'ambulances hachaient la scène. Mauvais pressentiment. Je fendis la foule. Thomas était là, près de quelques pompiers casqués. Il avança vers moi.

— C'est Ramsay. Il est tombé de l'échafaudage. Il est... mort. On ne peut pas approcher. Et Maya... elle est où ? Et les autres, ils viennent ?

Ma bouche s'ouvrit pour un cri, mais aucun son ne sortit. Fureur et détresse, un abîme nous happait, celui que j'avais anticipé et craint. Péché d'orgueil, victime innocente. Sans un mot, pour la seconde fois en un quart d'heure, je décidai de déserter. Leur désarroi, leurs regrets, je n'en aurais rien eu à faire. Une âme pure nous avait quittés, nous en serions orphelins à jamais. Et comptables aussi, car Ramsay avait pris à sa charge la responsabilité collective d'une mort. D'une mort qui n'avait pas eu lieu ! Dans sa course éperdue depuis le bateau, il n'avait pu apprendre la résurrection de Lhomond et avait voulu, c'est clair, expier par son sacrifice les péchés d'orgueil de notre groupe. Au-delà de l'absurde, au-delà de l'injuste, il y a le tragique, en son absolue souveraineté. Il impose le silence et la prière. J'entendis Thomas m'appeler, me demander de rester, suppliant, misérable. Mais tout s'effaçait autour de moi, il fallait fuir, trouver au plus vite mon divan-refuge de la rue Cail, surtout ne pas penser.

La vie est un rêve. Paris n'existe plus. Sur le pont Notre-Dame, je ralentis mon pas pour que son rythme, les claquements sur le bitume, s'accorde à mon souffle, un souffle sorti des entrailles, sifflant comme l'ouragan sur l'atoll. Une île accueille et adoucit mon pas. Le soleil joue avec des arbres et une haute tour. C'est le parc Saint-Jacques. Oh, elles sont là, les filles du soleil ! Après avoir entouré et béni Ramsay durant sa chute, leurs ailes sacrées chantant la promesse de l'ultime paix, elles sont venues ici pour leur dernière salutation au soleil. Joyeux et libre, l'essaim condamné s'étire au sommet de la tour et enlace les statues du taureau, de l'aigle, du lion et de l'ange, symboles des Évangélistes, fixant les points cardinaux comme Crescence dans la chapelle. L'évangile de la Création transforme en louange le massacre des innocents.

Son visage était un hurlement silencieux, sans expression, celui d'un insecte blessé. La ressemblance avec le fils était troublante, dans l'étirement des formes, front, menton, pommettes, dans les ombres et lumières qui balayaient la face tels les assauts du vent sur le sable, dans le regard de feu, bouche torrentielle de l'âme. Douceur, dignité et résignation, c'était la Vierge au pied de la Croix. Ainsi nous apparut Cécile Cornevaux, la mère de Ramsay, en cette veille des obsèques de son fils. Le taxi venait de nous déposer chez elle, une bonne demi-heure de route après la gare de Château-Arnoux, s'enfonçant dans une zone reculée des Alpes-de-Haute-Provence, près de Digne-les-Bains. Petit village escarpé, jolie maison de pierre, terrasse ouverte sur la vallée, déploiement de rustique chic auquel ne manque aucun détail.

Flora ignora la tasse de thé qui venait de lui être présentée. Elle devança toute question, et démarra un monologue par séquences qui me rappela notre première rencontre dans la voiture, à Bordeaux.

— Vous savez, Cécile, la première chose que j'ai tenu à faire lorsque l'on m'a laissée un peu tranquille, mercredi, c'est d'aller au labo pour un test de grossesse. Il était négatif. Je m'étais accrochée à cet espoir. J'ai alors eu le sentiment que Ramsay était mort, vraiment mort.

Je l'observai. Quelque chose avait changé chez elle, révélé par l'infime froncement des sourcils, presque permanent, comme dans un petit orchestre la basse continue qui soutient et cadre les envolées des solistes. Il révélait une maîtrise de soi, un autocontrôle que j'avais remarqués dès son retour rue Cail, lundi au milieu de la nuit, après les interrogatoires de police.

— Il aura fallu son décès pour que je fasse votre connaissance. Vous a-t-il dit que je bataillais pour que l'on vienne vous voir ? Mais il ne voulait rien entendre.

Flora s'en était bien sortie avec les flics et le procureur. La nunuche amoureuse, de surcroît fraîchement veuve, entre guillemets, embarquée dans une aventure décidée par son compagnon tout seul, l'apiculteur de Notre-Dame révolté par l'opération de com de l'industriel, d'où son idée du délirant lâcher d'abeilles sans dard, qui créerait un court moment de panique, et elle dans le rôle de la pacificatrice avec la reine dans sa boîte, zéro blessé, pas de dégâts, tout ça pour sensibiliser à la juste cause des abeilles, quant au reste, l'opération politique, cela ne la concernait en rien, pas son truc. Les rats, ils avaient été vicieux. Ils ne lui avaient pas annoncé tout de suite que Ramsay s'était suicidé. Comment avait-elle réussi alors à ne pas craquer, à leur tenir tête, ferme et profil bas ?

— Ramsay a été parfait dans son rôle, impérial, je ne l'avais jamais vu aussi beau. Il s'était caché comme prévu dans le débarras de la salle du bateau. Il devait me rejoindre après le départ des abeilles, une fois un certain calme revenu, pour démarrer ensemble l'opération médiatique.

— Mais pourquoi tout a dérapé ? lança Cécile. Ramsay savait bien que les abeilles étaient inoffensives.

— Il n'a pas supporté d'entendre les cris : « Il est mort ! » Que s'est-il passé dans sa tête ? Toujours est-il qu'il s'est exfiltré du bateau et a filé vers Notre-Dame, seul. Ce n'était pas de la lâcheté, ce n'était pas une fuite honteuse. Il a voulu effacer le crime en disparaissant comme ses abeilles de la cathédrale immolées par le feu, et s'est jeté dans le vide. Comme une malheureuse abeille tombée à la porte de la ruche.

Quelle force en elle ! Son drame était entièrement intériorisé, elle ne faisait pas état de sa dévastation, pourtant bien réelle. J'en étais chaque jour le témoin, lorsqu'elle écoutait, réécoutait jusqu'au vertige, haut-parleur activé, le dernier message de Ramsay, laissé sur son répondeur, tout essoufflé, alors qu'il courait le long de la Seine. Maintenant, elle et la mère, comme glace et feu mêlés, se soutenaient par leur dignité héroïque, se jaugeaient aussi, au prisme de leurs souvenirs avec le disparu, de leurs regrets, de leur échec à toutes les deux : n'avoir pu le garder vivant.

— Vous viendrez dans les Landes, Cécile. Vous verrez la chapelle de la propriété. Voici deux semaines, même pas, c'est là que j'ai retrouvé mon frère jumeau, mort-né il y a quarante ans. Ramsay était avec moi, Agathe aussi, elle vous racontera. Je suis sortie de mon tunnel, j'étais libre. Nous nous sommes donnés l'un à l'autre. Il attendait ce moment depuis son arrivée il y a deux ans, moi je n'attendais rien. Une fulgurante évidence.

L'apiculteur de Notre-Dame et la Reine des abeilles ! Ce qui aurait pu être une romance à l'eau de rose avait tourné au drame. Mais le drame et la romance faisaient le tour du monde. L'Opération Essaim, propulsée par la sidérante performance de Flora, dopée par le suicide de Ramsay dans la cathédrale iconique, dépassait en ampleur tout ce que les comploteurs avaient imaginé. Au scandale politico-industriel sur fond d'atteinte à la planète, révélé par la campagne activiste qui avait démarré en fanfare, se greffait un inattendu fait-divers glamour, hollywoodien, il y en aurait pour tous les goûts. Manu et Marc étaient à la manœuvre. On ne pleure pas un martyr, on exhibe ses reliques, on le glorifie pour la cause.

Flora sourit soudain, c'était inattendu.

— Demain, aux obsèques, je serai tout en blanc. Ramsay est vivant en moi, il sera vivant pour tous ceux qui entendront son message. Nous allons célébrer la vie, Cécile ! Et une mission nous attend. Si ma chère Agathe est d'accord, car elle n'est pas en phase avec ce qui se passe, figurez-vous...

Elle posa sa main, plus lourde que du bronze, et si froide, sur mon bras. Dès son retour rue Cail, après l'interrogatoire, elle m'avait confié regretter que Ramsay ne l'ait pas entraînée dans sa perte. Elle avait à peine ouvert le rideau de sa solitude pour lui faire place qu'il avait disparu, lui laissant un sacré fardeau sur le dos. Elle aurait, disait-elle, à le porter jusqu'à son dernier souffle.

Sans répondre, je sortis du sac et tendis à Cécile le numéro de *Paris-Match*. En une, pleine page : « LA REINE DES ABEILLES PARLE ». La photo, sans doute prise par un des cadres d'Inquisit, avait été colorisée, bidouillée, astucieusement recadrée pour bien faire apparaître les monstrueuses boursouflures d'abeilles grouillant sur le visage extatique de Flora, bras en croix. On distinguait même le bijou ouvert. Le magazine avait ajouté une vue de Notre-Dame et les photos d'identité professionnelles, tirées des archives de Media Events.

Sous le cliché de Flora: «Abeille parmi les abeilles», et sous celui de Ramsay: «Itinéraire d'un activiste». Bonnie and Clyde revisités...

Je n'étais pas que la spectatrice accablée de l'emballement général, car moi aussi j'avais une mission. Lundi soir, Flora était arrivée rue Cail avec Sophie, qui l'avait récupérée devant les locaux de la PJ, face à Notre-Dame. J'eus droit aux premières infos. Marc et Tristan avaient été entendus eux aussi, comme collègues de Ramsay. Lors des préparatifs, ils avaient convenu de s'en tenir à une ligne simple: une opération montée par quatre apiculteurs exaltés. Cela semblait avoir fonctionné, car les amis comploteurs des uns et des autres, sans organisation identifiée, sans support, n'étaient pas encore visés. Une perquisition eut lieu à Belleville, les téléphones des quatre furent autopsiés. Celui de Ramsay n'avait pas été trouvé, peut-être jeté dans la Seine. Et Sophie m'avait rendu le mien. Beaucoup d'appels en absence, messagerie vocale surchargée, réseaux sociaux en ébullition, mais un seul SMS. Ramsay, quatorze heures cinquante-six: «Le responsable, c'est moi, c'était mon idée, je dois payer seul. Protège Maya. Ça va être dur, ne la lâche pas. Elle t'aime. Adieu!» Il s'était tué à quinze heures cinq. Oui, c'était clair, c'était un suicide. Je ne cessais de penser à ces neuf minutes de désarroi, de doute peut-être, c'est long neuf minutes, et puis le grand saut.

Ramsay m'avait confié une mission: protéger Maya. Si cela n'avait tenu qu'à moi, protéger Maya, cela aurait été la sortir de là, la planquer quelque part et attendre que tout se calme, que les allumés passent à autre chose. Mais je n'ai pas eu ce courage. Tout aurait été différent ensuite.

Les tasses n'avaient pas bougé, le thé avait refroidi. La ressemblance entre Cécile Cornevaux et son fils était troublante. N'étaient les cheveux blancs mi-longs et de fines lunettes, l'absent était devant nous, discret et concentré, élégant rêveur attiré par les signes infimes de la nature, l'apparition d'un nuage, le vol d'un oiseau, l'inclinaison soudaine d'une fleur. Elle profita du changement d'attitude de Flora, le sourire qui signifiait la fin de son intervention, pour se lever et se tourner vers la ligne de crête.

— Le soleil va commencer à baisser, il disparaît tôt dans la vallée. Si vous voulez, montons sur le versant, nous freinerons son départ. En marchant, nous continuerons à faire connaissance, j'en ai besoin. Ramsay est un inconnu pour moi depuis si longtemps. Tu as partagé sa vie, Maya, tu sauras me réconcilier avec mon fils.

Tiens donc, une promenade-confidence, comme avec la grand-mère au domaine. Je n'ai jamais connu ça dans ma famille, ni avec Thomas. On est du genre taiseux, ou alors cash. Ce n'est donc pas juste un truc de romancier ou de cinéaste pour habiller une scène ?

Passé le bois de chênes, le sentier caillouteux qui montait du village vers le plateau, étroit et incertain, se fractionnait en chemins de traverse, impasses ou leurres pour gabelous. C'est par là que les éleveurs de moutons passent depuis des générations, une fois l'an, pour vendre ou acheter leurs bêtes à la foire du village. Les pierres roulaient sous la semelle et une fine poussière enveloppait pieds et chevilles de guêtres légères.

Des paquets de lumière et de chaleur tombaient du ciel, se formaient en rouleaux serrés au contact de la montagne et dévalaient vers nous. Cet après-midi-là, malgré la saison tardive, le soleil marquait au fer rouge la terre et les hommes. C'est lui le maître absolu. Quand tout aura disparu sur Terre, les fleurs et les enfants, les océans et les poèmes, quand le nom du dernier homme aura été effacé de la mémoire du cosmos, il restera solitaire, supérieur et indifférent. Le soleil ne verse pas de larmes.

Cécile raconta tout, précise et pudique. Un monologue succéda à un autre. Comme d'habitude j'écoutais, j'observais, l'œil sur Flora surtout, ses cheveux en liberté, le léger manteau de daim, et j'essayais d'anticiper, d'imaginer la suite des jours à venir. Cécile ne confia rien de son enfance, du départ pour l'Argentine, de la rencontre avec son compagnon argentin. Elle commença le récit par son retour en France en 1978 avec son fils, leur rapatriement peu après la naissance, alors que la dictature se renforçait en Argentine, son compagnon enlevé et disparu comme tant d'autres opposants. Elle avait demandé un poste d'institutrice dans un village à l'écart, loin des violentes émotions collectives. Repartir de zéro, sans famille ni amis alentour, faire son trou, inventer peut-être une nouvelle vie à défaut de changer le monde, préparer José fils à un monde sans pitié. À la chute de la dictature, en 1983, quand les archives s'étaient ouvertes, l'effroyable élimination de José père avait été confirmée et Cécile avait décidé d'appeler son fils Ramsay. Toute sa carrière s'est déroulée dans la même salle de classe, donnant sur la place du village aux deux terrasses de cafés où converge la population de la vallée. Elle a été élue maire, accompagnant l'évolution de cette ruralité mélangée, les derniers bergers, les transformateurs de lavande, la mutation des maisons du vieux village en résidences secondaires pour Marseillais ou Grenoblois, l'installation des néoruraux. Dans l'effervescence des responsabilités communales, elle n'a pas vu le décrochage et le naufrage de son fils dès son internat au lycée de Sisteron. Fugues, petits trafics ordinaires, disparitions périodiques à l'étranger pendant des mois, les gendarmes lui apprenaient ses retours dans des squats de la région, jobs précaires, assistantes sociales, tentatives de sevrage, rechutes bien sûr. Cela a duré une douzaine d'années.

— Les gens médisaient. «Vous vous rendez compte, notre maire n'a que le vivre-ensemble à la bouche, la solidarité et la coopération, mais avec son propre fils, c'est un lamentable échec, alors...» C'est terrible un village, vous savez, derrière le côté convivial et prospère du nôtre, tant de misère morale, de solitudes méfiantes, de violences parfois, des suicides aussi. J'ai craqué. Je ne me suis pas représentée, j'accompagnais Olivier, mon compagnon, dans ses missions à l'étranger.

Nous étions arrivées sur le plateau. Dans le soleil qui déclinait, allongeant les ombres et contrastant les couleurs, la vallée semblait un mignon terrain de jeu pour enfants de géants. Il ne manquait rien, le bourg dans son jus, l'église romane et sa tour sarrasine, des hameaux dispersés au milieu des prés et des bois, quelques exploitations agricoles, des troupeaux de moutons, un prieuré dans la montagne avec son chemin de croix, une rutilante caserne de pompiers et l'école environnée d'équipements sportifs rigolos. Un monde de paix et d'autosubsistance, une utopie vivante? Pas aussi simple, assurait Cécile.

— Un jour, poursuivit-elle en scrutant attentivement le paysage, il y a huit ans, le fils prodigue est revenu au village. Il était accompagné d'une jeune femme, une Espagnole, Victoria. Elle l'avait exfiltré d'une invraisemblable communauté de marginaux installés dans des grottes au sud de l'Espagne. Ils ont investi les combles aménagés d'une ferme en lisière de la commune. Je l'aimais bien, cette fille, mais elle m'a mise à distance, me jugeant responsable de la descente aux enfers de mon fils, car trop occupée par mon mandat.

Elle raconta que Ramsay retomba dans sa dépendance à l'héroïne après avoir, dès son arrivée, renoué avec ses anciens contacts, les dealers ruraux. Un an plus tard, Victoria tomba enceinte, voulut garder l'enfant, mais pas Ramsay. Il y eut une violente crise entre eux et elle quitta le village en autocar. Plus aucune nouvelle depuis, malgré les recherches. Ramsay poursuivit sa dégringolade pendant deux, trois ans. Il fut arrêté pour trafic et, seule alternative à la prison, Cécile se mit à la recherche d'un boulot de réinsertion.

— On le rencontrera sûrement tout à l'heure, c'est Jean-Martin, l'apiculteur du village, un de mes anciens adjoints au maire, qui a tout débloqué. Spécialiste des transhumances de ruches, il connaissait de réputation le domaine des Landes, a téléphoné à Tristan et a monté le dossier. Il a réussi ce que tout le monde avait raté jusque-là.

— Ramsay est mort, Cécile, on a tous échoué ! Ne distribuez pas les bonnes et les mauvaises notes.

Flora passa son bras sur mes épaules. Je la sentis désireuse de briser la mélancolie qui nous gagnait, et perçus même un début d'agacement chez elle, alors que, telles trois Sentinelles de sa grand-mère, nous observions en silence le village en miniature se teinter d'ombre. Une forte pression de sa main fut injonction à m'exprimer. Cécile eut l'air surprise de découvrir le son de ma voix.

— Allons voir l'apiculteur, Cécile. Et puis je pense que nos amis de Paris et des Landes ont dû arriver. C'est l'heure de la mauresque, n'est-ce pas ? En descendant, vous nous parlerez des recherches pour retrouver Victoria. Enfin, quand même, au XXIe siècle, il n'y a pas de disparition parfaite ! J'aime les recherches, je vous aiderai si vous voulez.

— Oui, descendons. Merci, Agathe. J'avoue que je n'ai pas été tenace dans les recherches. Ramsay me l'interdisait, et j'avais gardé une certaine rancœur contre Victoria, qui s'était montrée si injuste à mon égard. Et puis ça suffit maintenant, tutoie-moi !

Cécile brisait l'armure. La souveraine énergie de Flora et ma question directe avaient mis un terme au douloureux retour en arrière. Elle raconta ses tentatives pour retrouver Victoria comme un jeu de piste sur plusieurs années. Victoria était née en 1991. La trace de sa mère fut facile à trouver, elles portaient le même nom, mais elle était décédée dans un accident de voiture. Ce fut plus difficile pour le père naturel, un opposant politique nicaraguayen installé à Madrid après l'échec de la révolution sandiniste en 1990, retourné dans son pays en 2006 lorsque les anciens révolutionnaires avaient repris démocratiquement le pouvoir. Quelques années plus tard, il avait été nommé directeur d'une administration centrale, poste qu'il occupait toujours, accompagnant la dérive autoritaire et les violences d'un pouvoir qui avait basculé de la démocratie sociale à la corruption et la répression. Cécile avait eu des échanges téléphoniques avec lui, il ne s'était jamais occupé de sa fille, il avait lancé des recherches au Nicaragua, en Espagne... aucune trace. Il semblait sincère, prêt à rattraper ses lacunes de père plus soucieux de manœuvres politiques que de son enfant. Mais rien n'avait été trouvé.

— C'est pour cette raison, je pense, commenta Cécile, que Victoria ne m'aimait pas. Ma passion pour la chose publique, même à une tout autre échelle, lui rappelait son père absent. Curieux destin parallèle pour ces deux jeunes gens, Ramsay et Victoria, enfants d'opposants latino-américains restés inconnus. Voilà, vous savez tout, c'est-à-dire rien...

J'eus l'impression que cette impasse avait l'air de l'arranger. Sans Ramsay et Victoria, sa vie bien codifiée dans un village somme toute passionnant semblait composer une comédie humaine à sa dimension, suffisante pour nourrir une philosophie lucide et sans illusion, un bonheur prévisible et le confort du quotidien. Il y avait chez cette ancienne prof admirable quelque chose de mes parents, en moins égoïste quand même. Rien à voir avec l'éthique déjantée du domaine des Landes, obsédé par son devoir d'état et ses transmissions.

Crescence fut la première silhouette connue qui émergea des terrasses contiguës des deux bistros du village. J'agitai le bras et elle se dirigea vers nous, noire et déliée, fendant la foule sur la place. Tous les commerces étaient ouverts. Les locaux venaient aux informations, au spectacle aussi, à la veille d'obsèques qui auraient un retentissement national. Et puis on devinait les curieux, un peu gauches, les militants, analysant les lieux et évaluant les gens, et aussi les amis d'amis, joyeux comme à une fête de rue. La Kangoo des gendarmes était en observation.

— Il est merveilleux, ce village, dit Crescence. Authentique, un authentique d'aujourd'hui, mélangé et vivant, pas un joli décor lisse tué par le tourisme. Je ne comprends pas que Ramsay ait toujours refusé de nous y emmener. On est attablés avec Jean-Martin, l'apiculteur qui l'avait envoyé chez Tristan. Lui non plus, il ne comprend pas ça, ni tout le reste d'ailleurs... Madame, je vous exprime toute ma compassion, Ramsay était devenu un frère pour moi, on passait l'essentiel de nos journées aux ruches, une belle personne, profonde et sensible. Maya et lui ont sauvé ma vie. Oh, c'est fou comme il vous ressemblait...

Cécile l'étreignit longuement. En une minute, Crescence avait apporté la chaleur du cœur, absente jusque-là chez Cécile, si triste, sur sa réserve, comme en justification face à la compagne de son fils ; absente aussi chez Flora, presque indifférente, et chez moi, en retrait comme d'habitude.

Quelques applaudissements s'élevèrent d'une des terrasses. En approchant, des inconnus nous saluèrent : « Bravo, la Reine des abeilles ! », « Courage, on est avec vous », « C'est terrible ce qui vous arrive, mais vous avez eu raison », « J'ai connu Ramsay tout jeune, il avait un idéal, il a été jusqu'au bout ». Malgré la fraîcheur du soir qui tombait sur les épaules, le public continuait à affluer et les serveurs n'arrêtaient pas de disposer des chaises supplémentaires, grignotant les espaces libres de la place.

Cécile passait de table en table avec Flora. Nul besoin de la présenter, star bienveillante mais distante, acceptant avec le sourire et sans un mot les condoléances et les encouragements, ses yeux myosotis fixés avec intensité dans le regard de chaque interlocuteur. Catherine Deneuve n'aurait pas fait plus d'effet.

En cherchant les membres de notre groupe, dispersés à plusieurs tables, je repérai Manu en conversation animée avec des inconnus. Il avait le regard fixé au loin. Sur Flora en fait. Il l'observait avec attention, tel un éleveur jaugeant une jeune pouliche au paddock. Il surprit mon regard, un instant gêné, puis il m'adressa un clin d'œil.

Il apparut évident, en voyant toute l'équipe dans des discussions ici et là, jusque sous les arbres de la place, très entourés, qu'ils avaient donné des rendez-vous qui n'étaient pas que partage de condoléances. Thomas me le confirma, s'extrayant d'un des groupes pour m'embrasser et me serrer contre lui :

— Agathe, je n'en reviens pas de tout ce qui arrive. La préfecture a fait interdire le rassemblement convoqué ici demain par les réseaux sociaux. La mère de Ramsay a appelé au calme, à la dignité. Du coup, il y a pas mal de militants du coin ce soir, des écolos, des citoyens engagés, quelques élus, et puis d'anciens Gilets jaunes, ils reprennent du service, ils ont sorti la tenue, regarde ! Demain, un peu partout en France, il y aura des rassemblements à l'heure des obsèques.

Son pote Ludo n'était pas loin, bien sûr, et il compléta :

— Salut Agathe ! Ta copine est trop forte. Les interviews qu'elle donne bousculent tout. Elle ne dit rien de sophistiqué, c'est simple et percutant. Elle a invité l'établissement en charge de la restauration de Notre-Dame à refuser le chèque d'Inquisit. Ce qu'il a fait le soir même, c'est incroyable. Un million d'euros ! On est descendus en voiture avec une journaliste du *Monde* qui vient couvrir les obsèques. Elle prépare un grand reportage sur Ramsay et Maya et sur l'onde de choc de l'affaire. Les médias voient que ça bouge partout, à l'étranger aussi, car l'implantation mondiale d'Inquisit suscite une mobilisation à la même échelle, tous concernés. Figure-toi que le parlement de Nouvelle-Zélande l'invite pour une audition...

Et cetera, et cetera. Ludo et Thomas continuèrent à détailler les emballements médiatiques, les frémissements dans l'opinion. Mais je n'écoutais plus. De table en table, je voyais Flora récolter sympathie et admiration. Comme Manu, je l'observais. La cérémonie dans la chapelle l'avait métamorphosée et la mort de Ramsay la propulsait dans une autre dimension. J'étais intriguée comme au premier jour, lorsqu'elle m'était apparue au marché de Bordeaux, puis assise à mon côté dans la voiture d'Éliane, sa boîte d'abeilles sur les genoux, regardant tourner les éoliennes dans le soleil du soir. J'étais interpellée comme à Belleville, quand elle nous avait abandonnés, Ramsay et moi, pour un de ces douteux rendez-vous qui signaient, selon Crescence qui a partagé un temps sa vie, son refus d'être mise dans une case. Intriguée, interpellée, oui, comme tous ceux aussi qui avaient croisé le chemin de Flora Tristan, la Femme-Messie, phare et énigme sur le chemin des interrogations existentielles, sens de la vie, place dans la société, engagements, espérances. Je voyais l'épaisse chevelure noire domptée, le fluide manteau clair aux agrafes dorées ajusté sur l'ensemble veste-pantalon blanc, le bijou sacré, objet de toutes les curiosités, qu'elle manipulait de temps à autre en démonstration. Beauté et liberté en mouvement, lumière intérieure, charisme. J'avais goûté les élans de son corps, ses abandons et ses refus. Mais, comme au réveil fiévreux d'un songe érotique, je me pris soudain à douter : avais-je rêvé cette fusion, était-elle exhumée du passé ou bien fantasmée ? J'étais néanmoins sûre de ceci : jamais plus je ne communierais avec son corps, ce corps devenu intouchable après son union avec Ramsay, et sacré après la mort de celui-ci.

Cécile fit passer le message à toute l'équipe, rendez-vous chez elle pour un dîner-casse-croûte, et s'éclipsa. J'aurais bien aimé l'accompagner, prendre des distances avec l'agitation, me concentrer sur la mémoire d'un mort qu'aucune conversation n'honorera mieux qu'une muette intimité partagée à quelques-uns. Je saturais du brouhaha de la place et craignais la perspective du dîner à vingt ou plus. Jamais à l'aise dans le monde. Pleure, ô mon île perdue, ô ma solitude rêveuse. *Protège Maya. Ça va être dur, ne la lâche pas. Elle t'aime.* Les mots de Ramsay, l'injonction de celui que nous inhumerons demain, sonnaient comme un appel à rester avec Flora, à l'observer pour l'heure, à l'accompagner ensuite, mais surtout pas à devenir sa coach, canalisant et orientant ses énergies, non, plutôt être un garde-fou, veilleuse parmi les vivants, comme son frère devenu veilleur parmi les morts.

Retour donc dans le chaudron. Une équipe de télé débarqua, pressée, rodée, matériel vite déployé. Ludo était leur contact, il devait leur organiser une petite mise en scène. Zut, la maman était partie, tant pis, il y avait assez de figurants, les santons sud-alpins du village feraient l'affaire. Ils essayèrent même d'imposer une partie de pétanque. Mais les premiers réglages avec Flora changèrent la donne.

— Elle accroche la lumière, dit le cameraman.

Elle scotcha surtout le journaliste.

— Vous comptez passer combien de secondes, ou de minutes ? lui demanda Flora.

— On verra, je vous pose des questions, je ferai le montage.

— Non non, je préfère maîtriser moi-même mon propos. Je vous fais une minute.

— Bon, si vous voulez... On verra ensuite.

— Vous préférez que je laisse le bijou fermé, ou que je l'ouvre ? Non, attendez, je l'ouvrirai en parlant, ce sera mieux je pense, n'est-ce pas ? Pour le maquillage, c'est bon, Agathe ? Pas de désastre ? Sinon tu m'apportes mon sac...

La débutante se révélait aussi professionnelle qu'un politique aguerri, attentif au risque d'être piégé par un bout de phrase sorti du contexte. Je n'en revenais pas. C'est comme ça qu'elle devait harponner quand elle chassait un homme, en froide Amazone tarifée. Manu riait, émerveillé. Le journaliste regardait de biais Flora en fixant le micro-cravate à son manteau. Elle était impassible, prête. J'étais postée dans l'axe, derrière le journaliste, et vis Flora fixer la caméra, les yeux myosotis soudain illuminés d'or en paillettes. Moteur, c'est parti.

« *Le monde attendait un signal. Et voici que les temps sont venus. Un homme est mort, il aimait les abeilles. Il est mort pour elles, il s'est offert pour nous. Ce n'est pas moi qui vous parle, c'est lui, c'est Ramsay. Regardez, sorti de l'ombre, l'infini cortège des disparus depuis l'origine de toutes choses ! Entendez chanter les âmes des enfants à naître jusqu'à la fin des temps ! Tous, ils nous commandent ; tous, ils nous ordonnent. Levez-vous, refusez l'inacceptable, n'ayez pas peur ! Ensemble, vous forgerez le maillon qui s'est brisé entre nos ancêtres et nos descendants, entre l'homme et la nature, entre la mémoire, la réalité et l'utopie. Ensemble, vous refonderez la civilisation. Vous serez la force et l'amour. Je ne suis que la feuille du poème, c'est vous qui tracerez les mots, donnerez le rythme, composerez le chant. Debout, les bénis de la Terre !* »

Silence général.

— C'est bon, c'est dans la boîte, dit simplement le journaliste en se penchant pour détacher le micro-cravate de Flora.

Cela valait tous les compliments. Manu était sans émotion apparente, comme sonné. Des applaudissements fusèrent parmi les personnes alentour. Une minute et quatre secondes, indiqua mon portable avec lequel j'avais enregistré l'intervention, comme quelques autres témoins qui, déjà, relayaient l'incroyable message. Le cameraman commençait à tourner des images de raccord avec les clients sur la terrasse, histoire de fournir un fond animé aux propos tenus, lorsqu'il fut dérangé par le moteur d'une puissante moto.

— C'est le curé ! Vous verrez, vous n'allez pas être déçus, lança Jean-Martin, avec lequel j'avais commencé à bavarder, déjà en quête de renseignements sur Victoria, selon ma promesse faite à Cécile.

Petit et large, boudiné dans sa combinaison, mais le pas vif, le motard avança vers nous tout en détachant la sangle du casque. Son visage apparut. Un Africain. Il lança des saluts aux personnes qu'il reconnaissait sur la terrasse et s'approcha de l'apiculteur, lui tapa sur l'épaule, la main encore gantée.

— Salut, Jean-Martin ! Heureusement qu'il y a les enterrements pour remplir vos églises... Mais vous avez bien raison, c'est là que l'on touche au plus près le mystère absolu, celui de la mort, de l'au-delà.

L'apiculteur fit les présentations. Raphaël était prêtre au Cameroun, envoyé par son diocèse en renfort en France dans le cadre d'un contrat de trois ans signé avec l'évêque de Digne. Sa paroisse rassemblait onze communes, dans certaines églises il n'y avait messe qu'une fois par mois. Le samedi et le dimanche, il enchaînait à moto deux ou trois étapes, plus les baptêmes, mariages, enterrements, avec le concours sur place de l'un ou l'autre laïque, des femmes surtout. Il s'adressa soudain à moi, ayant sans doute repéré la plus stupéfaite de la tablée :

— Vous savez, mademoiselle, j'ai parfois l'impression d'être un missionnaire chez vous, avec les bonheurs et les désarrois de tout envoyé en mission d'évangélisation. J'ai connu au Cameroun beaucoup de prêtres et de religieuses venus d'Europe, ma vocation est née à leur contact. Aujourd'hui, ma brousse à moi, missionnaire parachuté aussi exotique ici qu'un Père blanc dans nos villages animistes, c'est votre génial petit coin de montagne quasi déchristianisé. Jean-Paul II définissait l'Europe comme une terre de nouvelle évangélisation. C'est *Tintin au Congo* à l'envers, magnifique !

Le curé décoiffait, c'est sûr. Il ne tenait pas en place, déjà en partance vers d'autres figures à saluer. Jean-Martin le retint un instant par le bras.

— Demain, Raphaël, comment feras-tu avec tout ce monde ? L'église est minuscule, ça va être l'émeute...

— Ha ha ha, merci l'épidémie ! Elle nous a appris, dans chaque paroisse ou presque, à capter et retransmettre les liturgies. Le responsable diocésain de la com est déjà sur place à installer le matos, on sera sur les réseaux sociaux. Bon, je file le rejoindre. Cette nuit, je dormirai au presbytère, et j'imagine qu'on se retrouvera tout à l'heure chez Cécile, elle est formidable, elle a donné son accord pour la retransmission. C'est ça, la nouvelle évangélisation !

Ludo et Manu avaient raccompagné l'équipe de télé à la voiture. Mon coloc avait du mal à masquer son trouble devant la tournure que prenaient les événements :

— Maya a été sidérante face au journaliste ! C'est incroyable, Agathe, tout se met en place exactement comme prévu, quand Ramsay avait lancé l'idée de cibler Inquisit avec les abeilles sans dard. Le fait-divers spectaculaire, des initiatives citoyennes et militantes, des manœuvres politiques, ça bouge en effet là aussi, on en reparlera dans les prochains jours, mais ce qui m'impressionne le plus c'est l'esprit inédit de ce surgissement, comme illuminé par la mort de Ramsay et le verbe incroyable de Maya. Tristan, je crois, nous avait parlé ce jour-là d'une Pentecôte des révoltes. À l'heure des réseaux sociaux et de l'info en direct, c'est l'inattendu seul et sa bonne maîtrise ensuite qui peuvent faire bouger les choses.

— Tout comme prévu, dis-tu... il y a quand même eu un mort ! Tu parles tel un prof de fac, tu analyses trop.

Sans le cœur, on fait des erreurs. Attention, un état de grâce ne dure jamais longtemps. Beau sujet de méditation pour la cérémonie des obsèques demain.

Jouer les Cassandre, tel est mon destin. Mais le second degré existe, et j'aime le manier, surtout quand il n'est qu'à mon usage, c'est mon hygiène de vie. Marc et Tristan s'étaient joints au groupe. Dans l'après-midi, ils avaient visité les installations de leur collègue apiculteur. Ces trois-là étaient en phase, aussi bien pour l'analyse de la situation, que pour descendre des verres de mauresque.

— Le suicide de l'apiculteur de Notre-Dame et la prestation de sa compagne couverte d'abeilles ont fait le tour du monde dans nos milieux, indiqua Jean-Martin. C'est une première. Car les apiculteurs sont pacifiques, on ne les entend guère malgré la menace d'extinction totale des abeilles. Les politiques les ignorent.

— Vous connaissez des chefs d'État qui aiment les abeilles ? réagit Marc. Ils ont tous des chiens, surtout les dictateurs d'ailleurs, rappelez-vous Blondi, la chienne adorée de Hitler... Il faut dire que la relation maître-esclave, tenir en laisse, et cetera, c'est leur truc. Le cocooning bêtifiant d'un chien qui vous doit tout, qui vous idolâtre, langue pendante, attendant la caresse et le su-sucre, bien gentil sinon c'est le bâton, comme métaphore du fantasme de pouvoir d'un politique, c'est plutôt terrifiant, non ? L'abeille par contre, libre et généreuse, a toujours été la chérie des anarchistes, c'est bon signe pour moi.

Jean-Martin devait aimer les chiens et pas trop les révoltés lyriques, car il dévia le sujet :

— On s'est posé une question avec les amis apiculteurs, concernant les abeilles mayas que vous avez utilisées sur le bateau. L'essaim de ces mélipones, comment a-t-il pu se reconstituer aussi vite et se fixer intensément sur Maya ? On n'en revenait pas.

Marc eut un petit rire et baissa la voix, pour donner plus de poids à sa confidence :

— Ramsay et Maya ont dormi chez moi la nuit avant l'Opération Essaim. Au petit matin, juste avant qu'ils partent tous deux pour leur service sur le bateau, j'ai vaporisé une solution sucrée sur les cheveux et le chemisier de Maya.

— Ramsay, compléta Tristan, avait effectué dimanche matin des prélèvements dans la colonie des mélipones, en grattant l'intérieur de leurs curieuses petites ruches rondes en terre. Il les a insérés dans le vaporisateur, en a aspergé Maya, plus abeille que jamais. Dans la boîte-bijou, après y avoir installé la reine, Ramsay a tendu un fin voile de gaze pour l'empêcher de sortir lorsque le couvercle serait ouvert. Une fois la reine apparue, les abeilles se sont fixées sur Maya comme à la maison. Voilà le secret de la Reine des abeilles... Mais, chut !

Il était grand temps de lever le camp. Car je trouvais que, pour des comploteurs, Marc et Tristan parlaient trop, voulant impressionner le collègue. D'ailleurs Manu n'avait pas l'air content, il regardait avec consternation ses amis et les verres vides. La mauresque fauchait les infidèles. De belles aventures parfois se brisent pour une phrase fanfaronne confiée au vent du chemin. Me voilà Cassandre, encore. Mais Jean-Martin n'avait pas la tête du traître. Il avait même un bon coup de fourchette, ce qui colle rarement avec le rôle.

Chez Cécile, l'apiculteur fut en effet le premier à attaquer le buffet.

Tout notre groupe s'était progressivement retrouvé dans le vaste séjour de la maison de Cécile, ouvert sur la terrasse où nous avions fait connaissance.

Chacun avait installé ses affaires dans des gîtes du village, vides en cette saison. Chantal, la grand-mère de Flora, avait fait une sieste après leur longue route depuis les Landes, avec Tristan et Crescence. Elle était en grande discussion avec Florence, la journaliste du *Monde*, que Thomas et Ludo avaient amenée avec eux. Pas mal de monde du village aussi, les proches de Cécile. Celle-ci s'activait au service, aidée par Olivier, son compagnon, tous deux au centre de la soirée bien sûr, attentifs à chacun mais en retrait, presque mal à l'aise. Le curé faisait le tour de l'assemblée, gai et responsable, en bon missionnaire.

J'interrompis Jean-Martin alors qu'il attaquait une généreuse tranche de terrine aux herbes du maquis :

— Tout le monde sait pourquoi Victoria a fui, sa grossesse, la drogue et les trafics de Ramsay, des disputes incessantes. Mais personne n'a d'idée sur sa destination, la suite de sa vie ? Son gamin doit avoir six, sept ans, c'est incroyable quand même.

L'ample mastication de terrine laissa à Jean-Martin le temps de préparer sa réponse. Serait-il aussi explicite que Marc et Tristan tout à l'heure, balançant sans vergogne le petit secret apicole du *Reine-Margot* ? Il arrosa d'une longue lampée de vin rouge.

— Un côteaux-de-pierrevert, élevé au-dessus du Verdon, vous l'avez goûté, j'espère.

Pourquoi les gens adorent-ils tourner autour du pot, se créer des rôles, laisser croire qu'il y a du relief dans leur vie alors que tout est lisse ? Flora Tristan était cash, allait droit au but, bousculant évêques et industriels qui parfois la recevaient, secouant les bourgeois progressistes en leurs salons bien-pensants, brisant les conversations brillantes et vaines, débusquant l'indifférence et la cruauté. Mais je n'avais pas sa radicalité, encore moins son courage. Je me contentai de tourner les talons, en espérant que mon haussement de sourcils serait perçu comme un signe d'agacement, et partis me servir un verre de son côtes-machin. Jean-Martin me rattrapa au buffet, il avait l'air gêné, le bon garçon.

— Dans un village, quand quelqu'un tourne mal, c'est le silence, vous savez, mais les langues s'agitent dans l'ombre. Alors, quand c'est le fils de Mme la maire… Ramsay était grillé partout, ses seuls amis, si on peut employer le mot, étaient à Sisteron, dans les cités ou des baraques squattées. Victoria était isolée ici, sortait peu. Elle se méfiait de Cécile. La moindre info, pensait-elle, irait direct chez les gendarmes. J'étais son seul contact. Elle adorait venir aux ruches, passait des journées à s'assommer de chaleur. Elle m'aidait, je lui avais fourni une combinaison. Très drôle aussi, surtout dans son mélange de français et d'espagnol, qu'elle cultivait pour me faire rire, car littéraire en plus. Elle adorait la poésie : « *Yo soy piquée con los dards de tuas abejas del cielo, y Ramsay es piqué con la seringa del diabolo…* » Ramsay était violent par moments. Je sentais arriver la crise de trop, j'étais inquiet, mais elle a pris les devants. Ne m'a fait aucun adieu. Mais a oublié, ou m'a volontairement laissé, le recueil de poèmes de Pablo Neruda qu'elle m'avait fait découvrir.

Jean-Martin vida le reste de son verre. J'eus la brève impression qu'il allait me déclamer un poème en V.O. Mais il se reprit et arriva enfin au sujet :

— J'ai mon idée. En quittant le village, Victoria n'avait emporté qu'une chose, outre quelques affaires personnelles : les livres d'initiation à l'apiculture que je lui avais prêtés. « Cherchez dans cette direction, du côté des éleveurs d'abeilles en Espagne », ai-je dit à Cécile, aux gendarmes. J'ai envoyé des mails à des contacts ici et là, branchés sur l'Espagne, mais rien.

Je pense que personne n'a bien cherché, je suis persuadé que là est la porte d'entrée.

Oui, il y avait encore des pistes à explorer.

La soirée continua, douce et fluide. Agapes terminées, presque tout le monde était passé à l'extérieur, autour de Crescence et de Flora. Je me suis approchée et les convives restés à l'intérieur sortirent à leur tour, attirés par la pénombre qu'éclairait un ciel de nuit étoilé, ouvert comme jamais.

Soudain, Crescence frappa des mains au-dessus de la tête, interrompant le léger brouhaha des conversations, et demanda le silence. Sa voix s'éleva comme un chant venu du fond des âges :

— J'ai découvert les étoiles il y a six mois en arrivant dans les Landes. Ici, vous êtes presque tous des fils et des filles de la terre et du ciel, moi je suis une enfant des sous-sols, du métro, des caves, des passages souterrains, des corridors sans issue. Je suis née et j'ai grandi dans les banlieues entassées de Paris, mais ma mère me parlait de la danse des étoiles dans son village au bord de l'océan Indien. Mon âme est un ciel qui scintille d'étoiles. Regardez en votre âme et regardez le ciel, Ramsay est là, pas loin de nous, en nous aussi, cherchez-le, il nous parle... Debout, les bénis de la Terre !

Flora, donnant chair à son appel qui déjà parcourait la planète, se dressa dans un lent mouvement de danseuse, princesse et prêtresse, puis saisit la main de Crescence et s'en vint prendre la mienne, invitant les autres à approcher. Le premier à se lever fut Raphaël, le missionnaire aux yeux d'enfant. Tous suivirent et les mains s'unirent jusqu'à former une chaîne.

Crescence reprit la parole :

— Faisons silence, regardons les étoiles et écoutons Ramsay...

« Le corps du Christ ! » La main du prêtre s'avance et présente l'hostie consacrée. Mes lèvres s'ouvrent, prononcent le « Amen » qui signe mon action de grâce, puis j'offre ma langue pour accueillir l'hostie. Dans le peuple des abeilles, les butineuses comme les ouvrières, la communion par la bouche est le principe vital, le lien sacré qui fonde l'espèce. Je suis une paléochrétienne, fidèle à l'esprit des premiers témoins de la Parole. Dans leurs petites ruches essaimant dans l'Empire romain, ils se distribuaient les uns aux autres, dans la bouche, le corps du Sauveur. Comme les deux abeilles enlacées de mon bijou.

Je retourne à ma place, sur le banc étroit de l'église, et laisse fondre entre ma langue et mon palais le pain de Dieu. L'assemblée chante, soutenue par l'orgue de chœur. Les yeux fermés, je ne suis qu'ouïe et odorat, à l'unisson de la communauté réunie autour de la dépouille de Ramsay. Mes pensées ne le quittent pas. Quel cadeau il m'a fait en acceptant de me suivre dans le monde des abeilles ! Il était enthousiasmé par mon osmose avec elles, ma familiarité respectueuse et joueuse parmi les ruches, ma curiosité et mes ravissements sans cesse renouvelés. Il a investi un royaume dont il m'a fait la reine. Il interpellait avec douceur et patience mon chaotique désir de fondre en une seule énergie vitale l'âme et la chair. Il savait mes errements, mes passes, ma culpabilité. Le pardon de mon frère revenu parmi nous m'a libérée, je pouvais être à lui.

Son corps est là, à quelques mètres, allongé dans le mince cercueil déposé au pied de l'autel. Au retour de la communion, ma main a glissé sur le bois. Frémissement électrique. J'étais parmi les abeilles butinant autour de l'arbre qui a permis ces planches, alimentant la chaîne de la création et de l'espérance. Pourquoi Ramsay ne m'a-t-il pas fécondée avant de disparaître ? L'hostie soude encore ma langue et mon palais quand une boule de feu vient se dilater dans mon ventre. Je désire son corps, j'appelle son étreinte. La mémoire de nos essoufflements est intacte. Mais c'est trop tard. Je vous en supplie, Seigneur, annulez la marche du temps, redonnez-moi des nuits d'amour avec Ramsay, faites qu'il se prolonge en moi, chair de sa chair. Comme les abeilles élevant leurs nouveau-nés, je serais à la fois la mère, le père, la sœur. Le maillon de la transmission. Mais non, car je resterai stérile. Une reine stérile ! Chez les abeilles, la communauté les tue…

Un violent éclat de lumière frappe mes yeux clos. Je les rouvre et fixe le rayon de soleil qui traverse le vitrail latéral du chœur, balaie l'assemblée et soudain me cible. Je l'absorbe sans ciller, jusqu'à l'éblouissement, jusqu'au tourbillon d'éclairs brouillant toute perception, puis je referme les yeux. Un visage d'enfant apparaît. J'ai un don curieux, face à une lumière forte, lorsque je ferme les paupières avec énergie, remontant les joues, serrant les mâchoires, le visage déformé par l'effort, et que je reste totalement immobile : sur le mur intérieur opaque des paupières, couleur bronze doré, de petites taches noires apparaissent, circulant lentement comme des amibes dans la visée du microscope. Mes sept mille yeux intérieurs en saisissent une *et convergent pour la fixer. Surtout, ne jamais la lâcher. Quelques petites contractions des paupières la malaxent et la tache commence à grandir, à attirer à elle et à agréger d'autres petites taches noires et les follicules errant autour. Ainsi qu'un sculpteur modelant la glaise, le jeu des contractions et la puissance de mon regard intérieur donnent à cet assemblage la forme d'un visage, et ce visage devient celui de la personne que j'ai choisie.*

Ma laborieuse concentration dirige l'apparition. Les traits de l'enfant se précisent, de petites zones claires et des fêlures vermillon soulignent les yeux, les reliefs, la longue chevelure. Le visage me sourit, puisque tel est mon désir souverain, on le sent prêt à parler, puis il se tourne, fuyant, au bord de la disparition comme un reflet sur l'eau. Parfois un décor s'esquisse en toile de fond. Là, est-ce la mer qui s'agite derrière l'enfant, au risque de l'emporter ? Je dois faire attention pour contrôler et retenir la scène, bien coordonner contractions des paupières closes et fixité du regard intérieur, sans lâcher la source de lumière qui permet cette offrande. La vision mobile dure une vingtaine de secondes, parfois plus, puis elle se dissout.

Juste après sa mort, c'est Ramsay qui apparaissait sur l'écran de mes méditations oculaires face au soleil. Aujourd'hui, dans l'église du dernier adieu, je vois naître un enfant.

— Écoutez-les chanter ! Et observez le battement de leurs milliers d'ailes. Il aère la ruche et il produit cette musique céleste. Les filles du soleil n'opposent pas utilité et beauté. C'est le labeur et l'allégresse mêlés qui fondent leur royaume.

Flora sortit un cadre de la ruche et pointa la reine, reconnaissable à sa taille, sensiblement plus grande, mais surtout à la tache bleu vif peinte sur son dos. Pour la troisième fois depuis dimanche, Flora se prêtait au jeu des mises en scène avec des équipes de télévision venues la rencontrer au village. Attendrissant de bonhomie, son enfumoir à la main, Jean-Martin accueillait dans son rucher pour donner chair à la saga de Ramsay et de Maya, depuis Notre-Dame de Paris et les bords de Seine jusqu'à cet océan de lavande bordé de châtaigniers dans les Alpes-de-Haute-Provence. La Reine des abeilles, promue vedette internationale en vingt-quatre heures, au côté du vieil apiculteur montagnard, la star aux allures de prophétesse et le santon provençal façon Raimu, dans un décor de promo touristique internationale, les ingrédients étaient réunis. On accourait de tous côtés, chacun à son tour, Ludo gérait ça très bien depuis le bistro du village transformé en QG. Les reporters, des Japonais cette fois, avaient été équipés d'une tenue complète d'apiculteur par Jean-Martin. Le cameraman s'empêtra derrière la visière grillagée pour cadrer dans le même champ Flora et la ruche ouverte. En retrait, capuche abaissée, le correspondant parisien de la chaîne nippone attendit prudemment que Flora revienne pour la questionner sur le sens de cette extravagante affaire. Retirant son casque de toile devant la caméra qui ne la lâchait pas, Flora fit un large mouvement du bras englobant les ruches et le paysage.

— Tout cela est menacé, dit-elle. Sans les abeilles, plus de pollinisation, la chaîne de la vie sera interrompue et l'humanité transformée en un élevage de rats de laboratoire. Des industriels fabriquent des produits de mort. Inquisit n'est qu'un exemple, un symbole. Leurs lobbys neutralisent ou corrompent beaucoup trop d'experts et de politiques. Il ne suffit plus de se battre pour la planète, il faut changer de politique. Et cela commence sur les territoires, avec nos associations, sur nos ronds-points et nos places publiques, sans attendre un mythique changement par les urnes, toujours déçu, toujours remis à la prochaine échéance. C'était la conviction de Ramsay, c'est l'ultime message de mon compagnon, l'apiculteur de Notre-Dame, et c'est devenu ma mission !

Crescence me regarda de biais avec une moue d'étonnement. Depuis notre arrivée samedi au village, nous ne lâchions pas Flora, et son amie intime était la plus stupéfaite de nous tous face à la transformation de celle qui était devenue comme une sœur pour elle.

— Mais d'où sort-elle tout ça ? Jamais Ramsay n'a tenu le moindre discours politique !

Moi, je n'étais pas qualifiée pour juger. Je connaissais Flora depuis tout juste trois semaines. Ébloui par son mystère, dérouté par ses sautes d'humeur et troublé par sa sensualité inclassable, mon ressenti était tout sauf rationnel. J'avais juste conscience de sa fragilité, que son soudain emballement rendait plus périlleuse. Le message ultime de Ramsay me demandant de la protéger confirmait cette inquiétude. Mais impossible d'en parler avec elle. Cécile nous avait trouvé un gîte tout mignon avec une grande chambre de trois lits et un salon cosy, idéal pour une escapade entre copines, avec potins et fous rires de rigueur, mais nous avions plutôt l'impression d'être les suivantes d'une grande dame du temps jadis. Flora était gentille et attentionnée, mais terriblement concentrée sur son nouveau statut. Le froncement de sourcils que j'avais détecté ne la quittait pas, elle contrôlait sa parole dans l'intimité comme devant les caméras. Cela aurait pu être drôle, mais Crescence et moi n'arrivions pas à en rire.

Nous n'étions que deux à être dubitatives, et inquiètes. Tout le monde était sous le charme, fasciné même. Les plus proches, déjà. Cécile, par exemple, avait troqué la tristesse qui ne l'avait pas quittée pendant toutes les années de dérive de son fils pour une joie communicative. Flora la réconciliait avec Ramsay et avec la vie, tout prenait sens et réorientait ses priorités. Elle avait commencé à mobiliser les élus, chefs d'entreprise, responsables d'associations de la vallée. Les deux bistros de la place ne désemplissaient pas, les clients attendaient de voir apparaître la Reine des abeilles et repartaient prêts à tenter une aventure. Laquelle? Personne n'en savait trop rien, mais tous semblaient enthousiastes, dans le vertige d'émotions collectives soudain cristallisées.

Tristan était retourné dans les Landes avec sa mère, laissant Crescence en agent de liaison auprès de sa fille.

Marc et Manu, plus compères que jamais, toute la journée au téléphone et sur les réseaux sociaux, avaient quitté le village dès la fin du pot qui avait suivi les obsèques, dans la salle polyvalente bondée, pour rouler de nuit vers Paris. Thomas était rentré avec eux. Il m'attendrissait, mon compagnon, abandonnant son désespérant flottement pour une assurance décomplexée que je ne lui avais jamais connue. La cause qui les mobilisait tous me paraissait absurde, vouée à l'échec, mais Thomas m'étonnait : il ne se contentait pas d'avoir le physique d'un hussard de la Garde, il en avait enfin l'allant. Allait-il sceller à son tour les noces orageuses du baroque et du romantisme ?

Le trio, avec Ludo resté auprès de Flora pour gérer sa com et Tristan au loin, avait fait fort. Je ne savais rien de leurs réseaux, sans doute peu étoffés mais diablement efficaces. Et puis il y avait la théorie de l'étincelle inattendue qui, soudain, transforme le feu dormant en contagion incontrôlable. Les abeilles domptées par Maya et le suicide de l'apiculteur de Notre-Dame, par l'immédiate viralité d'une communication planétaire, avaient craqué l'allumette. Il leur faudrait aller vite pour éviter qu'elle fasse long feu.

Au-delà du fait-divers extravagant, la campagne de dénonciation des méfaits d'Inquisit était relayée dans de nombreux pays et d'innombrables titres de presse, avec des cas concrets, accablants, tant sur les ravages causés que sur les silences et complicités. La surenchère entre les réseaux sociaux et la grande presse, avec les inévitables *fake news*, faisait monter la mayonnaise. Inquisit jouait profil bas, pas de réaction directe, pas de dépôt de plainte. Flora avait néanmoins été mise à pied à titre conservatoire par Media Events, dans l'attente de la conclusion d'une enquête interne, qui jamais n'aboutirait, notamment en raison du soutien discret mais puissant manifesté par le personnel de la multinationale à l'épopée de Ramsay et Maya. Inquisit attendait que l'orage passe et que remonte le cours de son action, secouée en Bourse dès le lendemain de l'attaque sur le *Reine-Margot*. Mais elle adressait en sous-main quelques signaux collatéraux. Le philosophe cachetonneur, par exemple, avait été envoyé au front. Lhomond exploitait avec componction le coup de pub de sa vie. Le matin même des obsèques, belle provocation, son interview dans *Le Parisien Dimanche* dénonçait la folie destructrice de jeunes gens brillants et sans repères.

Même origine fuitée sans doute : un tabloïd anglais à sensation prétendit révéler les dessous de l'affaire. Des concurrents allemands du groupe anglo-néerlando-chinois avaient instrumentalisé deux idéalistes exaltés et manipulables, un apiculteur français, repris de justice et drogué, avec sa compagne *escort girl*. Rien de précis, l'article évoquait des rumeurs provenant de « milieux industriels bien informés » et de « services de police ». Marc l'envoya par courriel à Flora, mais elle ne prit même pas la peine de le lire. Elle était ailleurs. Et l'affaire tourna court. Car le public voulait autre chose, il sentait monter l'immémoriale saveur des matins de bataille et s'en émoustillait, comme le chien de chasse quand son maître revêt la tenue et décroche les armes du râtelier.

— Je pensais les Japonais froids et retenus. Le journaliste, en rangeant son matériel, m'a dit que Maya lui faisait penser à Jeanne d'Arc et qu'il n'y avait que la France pour créer pareilles héroïnes. Il était ravi. Depuis l'accident nucléaire de Fukushima, l'opinion publique de son pays est préoccupée par les risques industriels et sanitaires. En plus, Inquisit est chinois, ça les motive pour donner de l'ampleur à l'affaire. Il va te recontacter, Ludo. Il pense que Maya devrait venir au Japon, elle y ferait un malheur...

Jean-Martin venait de nous retrouver au bistro de la place. L'apiculteur était le plus bienveillant et le plus pacifique des hommes, cette affaire le dépassait, mais il rendait service, attentif aussi à son amie Cécile, qu'il voyait retrouver plaisir à la vie. Je m'en voulais de ma réaction d'humeur la veille des obsèques, quand il avait paru dédaigner ma question sur la disparition de Victoria. Mais j'avais continué à y réfléchir. Et je revins à la charge :

— Jean-Martin, êtes-vous sûr que la piste au Nicaragua a bien été explorée ? Où Victoria aurait-elle pu aller pour couper définitivement les ponts, pour élever son enfant loin d'un père naufragé et d'un village hostile ?

— En Espagne, forcément, répondit l'apiculteur, surpris par ma question.

— Et pourquoi donc ? Sa mère y était morte. Et ses amis espagnols devaient être ceux de Ramsay dans la fameuse communauté *border line*. Elle n'allait pas les retrouver alors qu'elle voulait couper, préserver l'enfant à naître, refaire sa vie dans un autre univers. Donc, débarquer dans le pays de son père, qu'elle ne connaissait pas, est une hypothèse crédible. Disparition et nouvelle vie garanties.

— Mais il a enquêté, le père ! En plus, il occupe une position gouvernementale importante au Nicaragua. Dans un petit pays, retrouver la trace d'une étrangère arrivée enceinte puis de son accouchement, ça ne doit pas être difficile.

— Vous n'avez que le témoignage indirect du père, recueilli par Cécile qui, elle-même le dit, n'a pas déployé grand zèle pour mener l'enquête. Moi, ça ne me convainc pas. Tout ce que l'on sait du père, c'est qu'il ne s'est jamais intéressé à sa fille. Il faudrait chercher par d'autres biais.

— Vous êtes étonnante, ma chère Agathe, répondit Jean-Martin, patient mais pas convaincu par mon raisonnement. Vous voulez jouer à Sherlock Holmes en Amérique centrale ?

— Ou plutôt, après *Tintin au Congo*, ce serait *Tintin chez les Picaros*...

Ludo n'avait pas la patience de Jean-Martin et n'avait pas attendu ma réponse pour couper le fil de cette discussion qui ne le préoccupait en rien. Il avait d'autres priorités.

— Jean-Martin, poursuivit-il, les Japonais m'ont confié pour toi une enveloppe pour la mise en scène que tu as réalisée. Et ils vont montrer le Miel des Cathédrales à l'écran. Vous verrez, Maya partira au Japon avec des palettes de caisses de miel !

Je n'allais pas me laisser ainsi écarter de mon sujet :

— Ludo, je t'en prie, laisse-moi terminer avec Jean-Martin !

Crescence m'observait en souriant, un sourire d'encouragement. Je repartis de plus belle :

— Que m'avez-vous dit, Jean-Martin, du départ de Victoria ? Qu'a-t-elle emporté ? Des traités d'apiculture. Pourquoi n'aurait-elle pas cherché à retrouver au Nicaragua ce qu'elle avait découvert et vécu chez vous, sans doute ses seuls moments de bonheur ? On a appris que l'apiculture d'Amérique centrale est dynamique. Notre cher Ludo, dans la revue de presse de l'affaire qu'il bichonne avec tant de fierté, va sortir sans problème les articles évoquant les mélipones mayas et le culte des abeilles dans ces pays.

Ludo sourit à son tour, et n'ajouta rien. Crescence prit la parole :

— L'hypothèse se tient. Et pas besoin de jouer à Sherlock Holmes ou Tintin. Je vais téléphoner à Tristan, il lancera ses réseaux apicoles sur la piste nicaraguayenne, c'est une sacrée famille, bien organisée, curieuse de tout, coopérative. N'est-ce pas, Jean-Martin ? Retrouver l'enfant de Ramsay, ça va le motiver, l'obsédé des transmissions !

C'est à ce moment qu'arrivèrent Cécile et Flora. Décidément, tout convergeait toujours vers les deux bistros du village, à se demander quels mystérieux désarrois expulsaient les gens de chez eux. Entre les quatre personnes déjà installées autour de la table, il y eut un échange visuel circulaire, aussi rapide qu'une onde électrique : on n'aborderait pas le sujet Victoria avec les deux nouvelles arrivées.

Elles avaient une info à nous donner en partage. C'est Cécile qui s'en chargea. On ne reconnaissait plus la femme dépressive qui nous avait accueillis quelques jours plus tôt, accablée par un destin sans pitié, compagnon assassiné, fils suicidé, électeurs ingrats, absurde confort de fin de vie, d'une vie inutile, dénuée de sens, résignée. La rencontre avec Flora lui avait fait retrouver ses enthousiasmes de jeune femme, lorsqu'elle avait traversé l'Atlantique pour suivre l'Argentin qu'elle aimait et prendre sa part des combats pour un monde meilleur. À voir l'excitation de Cécile, l'information semblait d'importance. Je m'attendis donc au pire, et n'allais pas être déçue.

— Marc et Manu ont bouclé le volet politique de l'opération. Il faut aller vite, avant que l'effet *Reine-Margot* retombe comme un simple fait-divers, même spectaculaire. Donc passer dans une autre dimension, lancer une saga héroïque. Maya sera capitale dans le dispositif, porte-parole et incarnation. Depuis la semaine dernière, disent-ils, ça a beaucoup bougé, et ça enfle. Samedi, ils convoquent une grosse conférence de presse à Paris. Beaucoup de monde mobilisé, et pas que la sphère intello habituelle, spécialiste des tribunes de presse pour lecteurs déjà convaincus. Il y aura même un député, un copain de Tristan, qui réserve une annonce fracassante.

— Demain, les enfants, on rentre à Paris ! conclut Flora.

*

Le soleil de l'après-midi traversait la véranda de Marc et calligraphiait sur le mur bouton d'or les ombres des antennes de téléphonie qu'agitait un vent messager d'orage. Des sauterelles et mantes religieuses géantes y déployaient leurs articulations avec lenteur, dans une inquiétante solennité. L'été, assure Marc, c'est l'ombre de la danse des abeilles que le soleil horizontal du lever du jour plaque au mur, écran magique de la sortie hésitante de la ruche, pour la salutation à l'astre souverain.

Marc venait de raccompagner la journaliste et le photographe de *Marianne*. Ils s'étaient invités en urgence, juste avant le bouclage de leur numéro consacré à la révolte qui, à nouveau, saisissait la France. Nous étions arrivées à quatorze heures par le TGV d'Aix-en-Provence et ils avaient cueilli Flora sur la terrasse dès nos sacs posés. La Reine des abeilles était prévue en couverture avec plusieurs pages d'interview et de portrait pour introduire le dossier, un panorama des colères et des frémissements de la France mécontente et indocile.

« L'Essaim fait le buzz » : la veille, le titre en une de *Libération*, sur fond de photo d'un rayon de ruche découpé aux formes de la France et couvert d'abeilles en plein labeur, disait l'état du pays, en proie à une agitation diffuse et incontrôlée, mais surtout il confirmait l'irruption soudaine de Flora au centre d'une actualité dangereuse. Les politiques publiques tournaient à vide, les élus et leurs opposants n'arrivaient plus à convaincre, la peur de l'effondrement économique et des violences sociales électrisait les passions. Certains journaux exprimaient réserves et craintes, sur les risques de dérive, populisme et complotisme. Mais tous suivaient, amplifiaient, ils n'avaient pas le choix, leurs lecteurs en redemandaient. D'autant que, sur les réseaux sociaux, c'était un feu d'artifice de relais et d'appuis. Comme un train fou sans horizon.

Manu avait le sens de la formule qui le rendait précieux dans l'univers du polar. Il avait trouvé le nom d'Opération Essaim et, dès le début de la campagne médiatique, avait proposé de nommer « L'Essaim » le mouvement qui orienterait la dynamique créée. La métaphore était plus que pertinente. L'Essaim ne serait pas une organisation classique, mais un collectif léger, mobile, rapide de lanceurs d'alertes imposant des thèmes et concevant des actions. Il s'agissait de créer des opportunités et de transmettre des relais. La France était riche en associations, syndicats, organisations professionnelles, réseaux structurés dans tous les milieux, inutile d'en rajouter, plutôt proposer des initiatives susceptibles de créer des convergences et une dynamique collective inédite, bousculant les partis politiques et le verrouillage qu'ils imposent au gouvernement du pays.

L'état-major de L'Essaim, pour l'heure, c'était trois personnes : Manu, le stratège ; Marc, l'organisateur ; et Richard Hureaux, le théoricien. Mon directeur de thèse était en effet dans la boucle, proche de Marc depuis longtemps malgré vingt ans d'écart, soudés par une amitié née lors d'engagements anciens. Tous trois pilotaient Thomas, Ludo et leurs amis pour les opérations de presse et de communication, l'alimentation des réseaux, le lancement d'une plate-forme participative, toujours selon le même principe, rester léger, transmettre, accepter le risque d'une dynamique peut-être incontrôlable.

Ils avaient décidé de rapatrier Flora à Paris. Leur projet prenait forme, avaient-ils dit à Cécile au téléphone, et la conférence de presse, samedi, devrait en donner le top départ. Pour l'heure, ils rassembleraient dans la soirée leur premier cercle, celui de la réunion de l'autre jour, mais élargi encore, afin de préciser l'organisation et répartir les rôles. Flora y aurait une place centrale. Elle devait donc être briefée avant la réunion, d'où cette séquence en petit comité dans l'après-midi, la reine en son conseil. Sa courte prestation télévisée la veille des obsèques, « *Debout, les bénis de la Terre !* », presque autant diffusée, sur tous canaux, que le spectacle des abeilles sur le *Reine-Margot*, avait amplifié la curiosité et la sympathie. Une figure nouvelle apparaissait dans la fameuse liste des « personnalités préférées des Français », cette jeune femme au grand courage et au parler clair. Son appel sonnait juste, sans calcul, raisonnable même. Dans le TGV, Flora m'avait confirmé son acquiescement inconditionnel au projet. Pour elle, contre toute évidence pourtant, c'était le projet de Ramsay ; il lui avait donné mission de le porter à sa place. Le trio était au service du projet et elle avait totale confiance en Marc, l'ami de toujours de son père. Elle m'avait aussi annoncé qu'elle avait invité une quatrième personne au briefing de l'après-midi.

Nous venions de nous installer autour de la table lorsque le clignotant rouge de l'ascenseur intérieur signala une arrivée. Nous vîmes sortir Sabine, la médecin-chef de l'hôpital présente à la réunion précédente. Je n'avais pas oublié les quelques mots déroutants qu'elle m'avait glissés avant son départ. Elle fit une bise à Flora et s'installa à nos côtés. Marc ouvrit la séance :

— Je suis content, Sabine, que tu sois des nôtres. Tristan m'a prévenu. Nous faisons d'abord le brief général pour Maya et tu la verras ensuite.

J'étais parmi eux sans vraiment être là. D'ailleurs, aucun des trois ne prêtait attention à moi. Cependant, je sortis mon cahier Moleskine et décidai de prendre des notes, pour rendre invisible mon scepticisme, mon agacement. Tiens, je vais établir des sortes de fiches d'étudiante, une page par intervenant, on verra ce que chacun a dans le ventre. Dommage que je n'y ai pas pensé plus tôt, depuis la réunion des Landes, cela aurait constitué la chronique documentée d'une aventure politique échevelée, entre science politique et psychiatrie.

HUREAUX. (*C'est le premier à s'exprimer, on lui laisse le rôle, il apparaît sinon comme le chef du groupe, du moins l'inspirateur, le théoricien.*) Dans six mois, les prochaines présidentielles. C'est l'élection majeure, polarisante, du jeu démocratique français. Depuis quarante ans, elle est toujours suivie de déceptions, de trahisons, de manœuvres politiciennes, de colères. Plus largement, depuis deux siècles, la France n'est pas à l'aise avec ses Constitutions successives, ses régimes, ses systèmes électoraux, ses rapports entre les pouvoirs. Ils n'ont jamais cessé de changer, d'être contestés. Rien à voir avec l'Angleterre, pourtant aussi vieille nation que la nôtre. Remettre tout à plat n'est pas absurde, tant s'en faut. (*Intro très prof. Sait-il se lâcher?*

Avec ça comme argumentaire, ils n'iront pas loin.) Profitons de cette campagne pour lancer un projet qui ne ressemble à rien de connu, au carrefour de la politique, de l'écologie et de la poésie. Une vision érotique de la politique ! (*A-t-il chaud ? Il dénoue sa cravate.*) Le projet ? Rejouons une page glorieuse de l'histoire de France, la fête de la Fédération, le 14 juillet 1790, le plus beau moment des deux mille ans d'existence du peuple français. (*Tiens, il a repris l'idée formulée par Tristan lors de la réunion dans les Landes.*) Tout un peuple réuni pour redistribuer les cartes et imaginer de nouvelles règles du jeu. La parole libre comme jamais cette année-là, tout le monde se parlait, les rêves les plus beaux se formulaient. Alors troquons la présidentielle pour une fête de la Fédération, ouvrons ensuite des états généraux qui inventeront la nouvelle Constitution ! Comment y arriver, pacifiquement et simplement ? C'est une grève massive des urnes qui annulera l'élection, la rendra caduque. (*Bien long tout ça... Il fait une pause. Va-t-il reprendre ? Personne n'ose rien dire. Mais il se tourne vers Manu et incline la tête. Au suivant.*)

MANU. Premier temps du projet : campagne massive pour l'abstention. Offrons une option inédite à la majorité des Français. Ils sont dégoûtés par les choix électoraux préétablis qui leur sont imposés. Tout cela pour continuer ensuite la même politique avec quelques têtes nouvelles et divers bémols pour faire illusion. (*Lyrique, classique, convenu. Ils aiment les intros, ces garçons. Mais au moins ses phrases sont plus courtes.*) Plus grand monde n'est dupe, je crois. Mais comment en sortir ? L'option de l'abstention massive apporte du nouveau. L'argument central est simple : pour que l'assemblée générale d'une association de pêcheurs ou de basketteurs et ses votes statutaires soient valides, il y a un quorum indispensable des votants, sinon tout vote est impossible, non valable. Alors pourquoi, pour l'élection suprême d'un pays, les critères démocratiques seraient-ils moins rigoureux ? Réclamons un quorum par pression de l'opinion. Si la participation à la prochaine présidentielle n'atteint pas 50 %, l'élection est invalide, le président sortant se retire, le gouvernement démissionne. Le président du Sénat, deuxième personnage de l'État, gère l'intérim et assure la sécurité du pays. Mais surtout il met en place, sans ingérence sur le fond, le deuxième temps du projet : la logistique de la fête de la Fédération et des états généraux. Il y aura un grand débat citoyen national débouchant sur une nouvelle Constitution et un référendum. L'administration gère les affaires courantes. Un contrôle sera assuré par les instances judiciaires. Les élus territoriaux, restent en place, ce sont eux qui tiennent le pays au quotidien. Cela s'est passé en Belgique quand, pendant plus d'un an, il n'y avait pas de gouvernement faute de majorité et d'alliances. Le pays a fort bien tourné, mieux disent certains, avec moins de stress. Donc pas de panique ! (*Le roi du polar a l'air content de son scénario.*)

MARC. (*Allez, chacun son tour. Les mousquetaires, tous pour un, un pour tous.*) C'est bien de s'indigner, de descendre dans la rue, de bloquer des ronds-points ou d'élever des barricades, mais on fait quoi ensuite ? On recommence à voter pour les mêmes ? L'idée est forte : boycotter les présidentielles, exiger la démission du président élu si la majorité des Français s'abstient, et lancer un grand débat national de refondation. Ça aura de la gueule, et une résonance sur les cinq continents. Avec un slogan central, martelé et expliqué : abstention massive aux présidentielles ! Les médias veulent du neuf, de l'inédit, de la chair fraîche. (*Il pose sa main sur l'avant-bras de Flora.*) Maya sera centrale dans le dispositif, maintenant et dans les six mois qui viennent. Elle incarne une France enracinée, courageuse, bienveillante. (*J'ai failli éclater de rire : Flora,* escort *bisexuelle aux pratiques quasi chamaniques, érigée en symbole de la France !*) Il y a tant de Maya en France ! (*Il maintient sa pression sur le bras de Flora. Quoi, elle ne se rebiffe pas, notre reine ?*) Mais cela ne suffit pas. Il faut séduire et convaincre dans la haute administration, la politique, les syndicats, les organisations professionnelles et le monde économique. Sans pareils relais, le soufflé retombe. Ce travail est en cours. Ce sera l'objet de notre réunion ce soir, ici. Il y aura du monde, vous verrez, pas mal de nouveaux, dont un que vous connaissez, notre ami Maurice Baron, député des Landes. Il annoncera samedi, lors de la conférence de presse, sa démission de l'Assemblée nationale, il en donnera les raisons, l'épuisement de nos institutions et du jeu politique, la nécessité de rebâtir une constitution. Il appellera au boycott de la présidentielle et à des états généraux de refondation. Pour ne pas focaliser sur lui, pour concrétiser l'appel à du sang neuf, il fera de Maya sa porte-parole et se mettra en retrait, mais nous aidera en deuxième ligne, contacts et compagnie. Bref, les amis, un seul mot d'ordre, celui de Danton : « De l'audace ! »

FLORA. (*A posé quelques questions tout au long de la réunion. Pertinentes. Comme ses courtes interventions. Par exemple :* « Je ne veux pas débattre. Pas de *talk-shows*, d'interviews longues. Je m'adresse aux Français en direct, sans filtre. C'est bien clair ? » *D'où lui vient cette hautaine simplicité, façon Flora Tristan ? Les gars sont bluffés. Elle est dans leur dynamique, à fond. Cette folie semble lui convenir. Mais pourquoi fronce-t-elle toujours les sourcils ? À la télé, pas bon, faudra lui dire.*)

SABINE. (*Pas un mot pendant toute la séance. La médecin-chef observe Flora. Qu'est-ce qu'elle fiche là ?*)

Prendre des notes n'empêche pas de cogiter. Leur projet est irréaliste, l'œuvre d'illuminés à l'écart des réalités du monde. Et pourtant, la plupart de leurs arguments sonnent juste. L'élan initial de la Révolution française n'a pas été autre chose que cette envie folle d'inventer un monde meilleur. À cause de son insolence précisément, et malgré ses excès et ses échecs, il a fait le tour du monde, a échauffé les plus belles intelligences et de généreuses énergies. Flora Tristan, née en 1803, a baigné dans le fol espoir de renouer le fil brisé de la Révolution et de le conduire, pour de vrai, jusqu'à la justice sur terre. Qu'a-t-elle raté ? Son échec était-il inéluctable ? Que dirait-elle à ses pâles émules si elle revenait parmi nous ? Voilà des pistes intéressantes pour mon travail de thèse.

La séance était terminée. L'orage se précisait, tournait dans le ciel de Paris, grondait, cherchant où il allait frapper. Marc donna les infos sur la suite :

— Manu et moi, on file chercher à boire et à grignoter. On sera bien trente ce soir. C'est fou le nombre de bouteilles parties ces dernières semaines, toujours bon signe pour un projet quand on boit bien ! Quartier libre jusqu'à vingt heures. Maya et Sabine ont à causer et vont s'isoler. Agathe, tu restes avec ton prof, vous avez un autre chantier en commun… Et quand l'orage s'abattra sur la véranda, vous verrez, c'est Ouessant sous la tempête !

Il s'empara d'un transpalette de livraison et partit vers le monte-charge, accompagné de Manu, les bras chargés de grands sacs de courses vides. Il s'arrêta et revint vers moi, il avait noté mon étonnement de voir Flora et Sabine entrer dans la maisonnette.

— Agathe, je ne sais pas si on te l'a dit, Sabine est psychiatre de formation, très engagée dans notre action. Le délabrement de l'hôpital, les désarrois des patients et des personnels la révoltent. Mais il n'y a pas que ça : elle connaît Tristan depuis plus de quarante ans. Elle a fait partie de la communauté des Landes à la fin des années soixante-dix, étudiante en médecine à l'époque. Elle était présente lors du dramatique accouchement, elle a même assisté le médecin sans frontières. Depuis, elle n'a cessé de suivre Maya, surtout après le départ de Fabienne, sa mère. Je me demande si elle n'a pas choisi une spécialité en psychiatrie pour cela. Elle sait tout de sa vie, tout. C'est sa psy, quoi. Maya lui est très attachée, c'est elle qui a insisté pour qu'elle vienne aux réunions aujourd'hui. Elles ne se sont pas vues depuis la cérémonie à la chapelle avec Crescence, le *Reine-Margot*, le suicide et les obsèques de Ramsay... grosse séance de rattrapage en vue ! Maya aura plus que jamais besoin de soutien. Tristan veille au grain, moi aussi. Sabine est précieuse, toi également Agathe, et Crescence bien sûr. La garde rapprochée de la reine !

Sans attendre ma réaction, Marc fit demi-tour et rejoignit Manu dans la gueule béante du monte-charge, qui les avala sur fond d'éclairs miniatures, encore en phase de rodage.

Le professeur Hureaux m'invita à m'asseoir, très directeur de thèse dans sa manière, malgré le surréaliste décalage de lieu et de contexte. Nous nous rapprochâmes, installés à un des angles de la longue table de réunion.

— Mademoiselle Gautheron, permettez d'abord que je vous appelle Agathe, et appelez-moi Richard. Nous voilà embarqués dans la même galère, la camaraderie est de mise.

Le préliminaire fut bref. Il avait une idée en tête, qu'il exposa sans détour :

— Je vais vous surprendre, Agathe. Nous vous devons énormément dans la maturation du projet de L'Essaim.

Vous nous avez offert le chaînon manquant, je vous expliquerai. Mais cet apport se fait à votre corps défendant, puisque, nous le voyons bien, tout le monde l'a observé, vous êtes sur la pédale de frein par rapport au projet. Je propose que nous en parlions tous les deux, à cœur ouvert. C'est le bon moment, ne croyez-vous pas ?

Voix douce, plus paternaliste qu'amicale. Trop drôle, la séquence de briefing politique qui débouche sur deux séances de psy... Maya et Sabine dans une pièce, Hureaux et moi dans une autre. Forcément un coup monté, il y a du Manu, là derrière. Quant à mon prof, il peut toujours attendre pour que je l'appelle Richard, et puis quoi encore, ouvrir son cœur ! Les amitiés en politique, on sait comment elles se terminent.

— Chaînon manquant, vous dites ? Il faut que vous m'expliquiez ça très pédagogiquement, mon cher... professeur.

— Bon, c'est simple, ma chère... Agathe. Il s'agit de Flora Tristan, oui, de votre sujet de recherche ! Nous réfléchissons à la forme à donner à une insurrection légitime pour qu'elle ne soit pas feu de paille. Les Gilets jaunes ont échoué à organiser leur mouvement, trop horizontal. Sans verticalité, pas de large adhésion qui dépasse les clivages habituels. Et pas de verticalité sans incarnation. Problème, l'incarnation ne se commande pas, elle est, ou elle n'est pas. Regardez de Gaulle en 1940 à Londres, ou Lech Walesa en 1980 à Gdansk. Rien à voir avec les processus démocratiques classiques.

— Allez droit au but, s'il vous plaît ! C'est Flora Tristan, la Femme-Messie, qui vous a touché du doigt !

— Oui, et voyez comment. Rappelez-vous d'abord la réunion au domaine, quand Ramsay a lancé l'idée de l'attaque avec des abeilles sans dard. Vous y étiez et pas moi, mais nos amis ont tout rapporté à notre groupe lors du débriefing qui a suivi leur retour des Landes, quand nous avons arrêté les détails de l'opération *Reine-Margot*. La statue vivante d'abeilles et la mort de Ramsay ont fait le tour du monde. Seule, sans aucune pression de la part du groupe, à notre surprise même, Maya a relevé le flambeau. Sa courte intervention télé la veille des obsèques a installé une réalité nouvelle : elle incarne, libre de toute attache, la longue histoire et les désirs de changement d'un peuple. Et c'est une femme ! Je me suis souvenu de votre documentation sur Flora Tristan et un de ses inspirateurs, Prosper Enfantin, théoricien de l'attente d'une femme qui révélerait au monde sa nature profonde, en harmonie avec les humains.

— Maya, Reine des abeilles d'abord, maintenant Femme-Messie ? Vous ne délirez pas un peu ?

Ma réserve devenait critique ouverte, cela indisposa le professeur. Il resserra sa cravate et changea de ton :

— Le monde va vite, mademoiselle. En quelques semaines, un pays peut basculer, un corps social se déliter. Dans l'état actuel de la France, tout peut arriver, du krach financier à un embrasement des banlieues, voire un imprévu plus tragique encore. Nous sommes nombreux à penser qu'il faut canaliser les révoltes en cours par un ressaisissement et la mobilisation des énergies positives du pays, on les a vues à l'œuvre lors de la pandémie. Maintenir, protéger, ressourcer. Tout sauf l'aventure ou la guerre civile. L'Essaim y travaille et Maya incarne le projet, en est le porte-drapeau symbolique et rassurant. Regardez l'engouement général, le respect qu'elle suscite. On peut en rire, on peut laisser faire pschitt... je préfère tenter l'aventure.

— Eh bien moi, monsieur, je n'y crois pas !

Je me levai d'un bond. Le professeur eut un mouvement de recul, brutalement sorti de son monologue. Nous restâmes tous les deux sans voix. J'étais aussi surprise que lui par ma sortie irréfléchie. Et bien embêtée, car il me fallait maintenant argumenter...

— Non, je n'y crois pas. Je suis persuadée d'une chose, les changements radicaux non violents – regardez la chute des Murs dans les pays de l'Est – se font lorsqu'une partie de la classe dominante, sentant le vent tourner, prend le parti de la contestation, élimine quelques têtes, change les règles du jeu formelles et... garde le pouvoir. Manu, mon coloc, est bien au fait de tout ça. Ce sont les anciennes nomenklaturas qui ont effectué les privatisations à leur profit et créé un jeu politique à l'occidentale fait de fausses alternatives, avec un peuple dupé, anesthésié, et des inégalités nouvelles, plus criantes encore. J'ai une collègue doctorante, l'une de vos étudiantes d'ailleurs, originaire de Bulgarie, qui travaille là-dessus, c'est glaçant. C'est cela que vous voulez ? La société française est tellement déboussolée qu'après un épisode baroque avec une Femme-Messie et une foire d'états généraux, elle retournera à ses chères divisions et à sa soumission panique. Pour se maintenir, le système se nourrit de ses oppositions, il redistribuera quelques cartes, on sortira un candidat dûment sous contrôle, un peu vert s'il faut, un peu étatiste pourquoi pas, *gay-friendly* tant qu'à faire, on suscitera un repoussoir en face et ça repartira pour un tour. Vous réussirez peut-être votre coup, mais vous y perdrez vos illusions, et votre âme.

Sans m'en rendre compte, l'émotion m'avait mise sur le terrain du professeur, celui de l'analyse des rapports de force, de la politique fiction. Très peu pour moi.

— J'aime Flora Tristan parce qu'elle a échoué,

repris-je. Je l'aime pour son rêve brisé de Femme-Messie, de destin surhumain, sacré, pas pour ses utopies de peuple idéal, de société parfaite, de justice sur terre. La morale et le droit mêlés, c'est toujours hypocrite. Je l'aime parce que c'est une écrivaine. Si elle avait choisi totalement cette voie, elle aurait été plus forte que Victor Hugo et Zola, des bourgeois sentimentaux et moralistes, idéalisant le peuple. La Tristan, elle était aussi impitoyable avec les pauvres qu'avec les riches, le statut de victime ne sanctifie pas. Dans son journal de 1844, *Le Tour de France*, il y a du Baudelaire ou du Céline en puissance, la radicalité sans complaisance, sans posture morale. C'est là qu'elle est la plus précieuse, elle douche toute illusion de changement.

La marée des mots venait battre le fragile barrage de mes nerfs, au risque de le rompre. Je me sentais vacillante. Il me fallait conclure.

— Laissez tranquille Maya, la Femme-Messie d'une France en perdition ! Ma pauvre Flora ne doit pas être votre Jeanne d'Arc. Ne la conduisez pas au bûcher...

Je crois bien que c'est là que j'ai craqué, crise de larmes, vertige, plus rien alentour. J'ai dû dire quelque chose comme :

— Pardon, Richard... Les mots vont trop loin, sont menteurs. Oubliez les miens, ce n'est pas moi. Et, des vôtres, je retiens ceux que vous n'avez pas dits, votre message caché, celui de votre groupe, que j'ai bien capté : « Prends du recul, Agathe, laisse Maya assumer son libre choix, son destin. Ne la perturbe pas avec tes doutes et tes peurs. » Vous avez raison, je vais me retirer.

Une main sur mon épaule. Qui glisse autour de mon cou. Elle attire mon visage baigné de larmes. Flora est là, contre moi. Elle me fait asseoir, me serre contre elle. Silence sous la véranda. L'orage fait écho aux battements de nos cœurs. On le sent prêt à enfin se fixer. Que s'est-il passé ? Ils sont tous là, et je n'ai rien vu ni entendu de leur retour, Marc et Manu, Sabine et Flora, autour du professeur, immobiles et muets sur la scène du théâtre de l'absurde, monologues entre sourds, orage en fond sonore et décor de transpalette chargé de packs de bouteilles multicolores.

Toute la sagesse du monde est dans le silence. Après les tensions, les malentendus, il est le pacificateur, le reconstructeur. Le silence est au cœur des liturgies, sacrées ou profanes. Il vibre des pensées de chacun, comme le bourdonnement infini des abeilles transforme le silence des ruches en harmonie et en paix. Puisse-t-il nous ressouder tous, un jour, comme dans la chapelle autour du corps exhumé de Charles.

— Stop ! On fait une pause.

Marc avait frappé dans ses mains. Il fallait bien que la vie reprenne.

— Sachez, mes amis, qu'il y a une tradition sacrée ici lorsque éclate un orage. On écoute en silence l'oraison funèbre de Bossuet prononcée aux obsèques d'Henriette d'Angleterre, belle-sœur de Louis XIV. Vous n'y couperez pas, et aujourd'hui c'est plus que jamais de circonstance, après la disparition de Ramsay.

Un des caissons à roulettes de la véranda s'ouvrit sur une platine. Marc présenta le vinyle enregistré dans les années soixante par le révérend père Roguet, un dominicain ami de Marcel Pagnol.

— Bossuet a signé là un des sommets de l'art oratoire français. Pour le remercier – écoute bien Maya ! –, le roi offrit au prédicateur un bijou : la bague de la princesse, une émeraude sertie de diamants. Bossuet porta à son doigt l'anneau d'Anne d'Angleterre jusqu'à sa mort, trente-quatre ans plus tard. Prêtons l'oreille à l'âpre beauté du siècle de Louis XIV, son goût hautain et un peu triste pour la grandeur. On savait réfléchir sur la mort, la faire dialoguer avec la vie, réexaminer les échelles de valeur. Bon, assez péroré, l'orage est là... Entre ici, Bossuet!

Des trompettes et de l'orgue Grand Siècle résonnèrent sous la véranda, mixés aux premiers coups de tonnerre, composant un opéra grandiose à la manière de Rameau. La voix prit son envol.

« *Vanitas vanitatum, et omnia vanitas...* Vanité des vanités, a dit l'Ecclésiaste, et tout est vanité. Ô nuit désastreuse ! ô nuit effroyable, où retentit tout à coup comme un éclat de tonnerre cette étonnante nouvelle : Madame se meurt, Madame est morte ! »

La voix était claire et puissante, un rien pompeuse, datée pour tout dire. Et la pluie survint, épais rideau liquide lâché sur la verrière. Les vagues d'eau et les flots d'éloquence resplendirent sous les éclats du feu céleste. Marc éteignit la lumière. Il ne restait que la lueur tremblée des derniers éclairs qui s'éloignaient, et le silence de la cité, déchiré par des sirènes de pompiers. La température avait chuté en quelques minutes. Baleine rompue jetée sur la grève, la ville retenait son souffle. Les occupants à bout de nerfs de la terrasse aux abeilles n'étaient pas en reste.

Sabine vint s'asseoir sur le banc, contre moi. Flora était de l'autre côté.

— Agathe, nous aurons la conversation que je t'ai promise il y a deux semaines. Elle est nécessaire. Mais pas maintenant. Tu es forte, tu es généreuse. Accepte l'indispensable distance. Je t'accompagnerai, je ferai le lien. Maya a besoin de toi, mais en te sachant forte et libre, pas otage d'une cause que tu ne reconnais pas comme tienne. Votre osmose, ce sont vos différences, pas un alignement.

Flora serrait mes mains dans les siennes. Elle se leva

et m'entraîna à l'écart du groupe. Nous nous assîmes sur un des caissons à roulettes, à côté de la platine qui avait déclamé l'oraison funèbre.

— Tu le sais, Agathe, et mieux que quiconque ici, ma vie a changé. Je suis en paix, pour la première fois de ma vie peut-être. Deux messagers de paix se sont manifestés. Ou plutôt je les ai enfin acceptés, car ils étaient près de moi, comme des anges gardiens, mais je n'en voulais rien savoir. Mon frère et Ramsay. Il a fallu la révélation à la chapelle pour qu'ils prennent enfin place dans ma vie. En se jetant de Notre-Dame, Ramsay a fait une autre victime, celle de l'ancienne Maya, orgueilleuse et malheureuse. Charles et Ramsay me font naître à la vie. Et la vie, là, maintenant, c'est ce projet que Ramsay a initié. Il est et sera à mon côté dans l'aventure. Sois confiante, Agathe ! Et aide-moi, à ta manière.

Mes mains accentuèrent leur pression sur les siennes. Plutôt que bafouiller une réaction inconsistante, je lui exprimais ainsi mon acceptation. Flora avait capté le message tactile et se tourna vers moi, le visage embrasé :

— J'ai eu un merveilleux appel téléphonique tout à l'heure. De Crescence. Retourne vite rue Cail et appelle-la. Le ciel d'orage va se déchirer et le soleil, un soleil maya, va t'inonder. Allez, ma belle, tu verras, tes lampions vont danser comme jamais !

Sur le canapé, rue Cail. Les luminaires tamouls en farandole de paix. Dans les Landes, le téléphone de Crescence sonne. Elle décroche. Pas le temps de placer un salut, elle se lance direct :

— Tristan a été génial. Il a trouvé ! La fille de Ramsay vit. Elle est au Nicaragua, dans une ferme apicole, une communauté de femmes. Victoria, sa mère, est morte en couches. Le père de Victoria savait, mais il bloquait l'info. C'est à cause des histoires politiques là-bas, la situation est terrible. Tu avais trois fois raison, Agathe : un, il fallait chercher au Nicaragua ; deux, il fallait enquêter du côté des apiculteurs ; trois, ne pas se contenter du seul canal du père. En quelques mails bien relayés, puis un long coup de fil de Tristan à la responsable de la communauté, c'était réglé. Incroyable ! La petite porte le nom de sa mère, elle s'appelle Victoria ! Maya pleurait au téléphone tout à l'heure. « C'est un cadeau d'Agathe, le plus beau des cadeaux », m'a-t-elle dit. J'ai prévenu Cécile, elle est excitée comme jamais, la voilà grand-mère miracle. Et je te laisse imaginer l'état de l'arrière-grand-mère par alliance, ici au domaine, madame Transmission...

Crescence riait, je suffoquais, étouffée de spasmes. Sortir du silence, des lâchetés du silence, merci aux mots, les mots vrais, les mots du partage :

— Toi et moi, Crescence, nous irons à la rencontre de Victoria !

FLORA TRISTAN ET LA « FEMME-MESSIE »

Extrait de la note de cadrage du projet de thèse d'Agathe Gautheron

« *Me voici sans l'avoir prémédité la Femme-Guide, telle que moi aussi dans mon bon sens je l'avais rêvée* », écrit Flora Tristan dans son journal du *Tour de France* en mai 1844, à Lyon, quelques mois avant son décès.

« *Femme-Messie* », « *Élue du ciel* », « *Missionnaire* », se nomme-t-elle ou la nomme-t-on. « *Nous autres prophètes* », dit-elle aussi en associant son nom à celui de ses maîtres Saint-Simon et Fourier, mais aussi à Jésus, rien de moins !

En ces années de Monarchie de Juillet, où l'idéalisme romantique, teinté de mysticisme religieux, imprègne la plupart des penseurs progressistes, la question de l'égalité des droits de la femme est posée par quelques philosophes et économistes. Charles Fourier, le concepteur des phalanstères, communautés de travail et de vie rigoureusement organisées, invente le mot « féminisme » en 1837 et proclame notamment : « *L'extension des privilèges des femmes est le principe général de tous les progrès sociaux.* »

Un peu plus tôt, des disciples de Saint-Simon, sous la houlette de Prosper Enfantin, créent en 1833 les Compagnons de la Femme – pour la plupart des bourgeois, dont nombre de brillants polytechniciens –, qui répondent à « l'appel à la Mère » lancé par leur chef de file. Il s'agit de trouver, « en Orient », une femme qui serait, au côté de leur maître, la prêtresse d'une religion nouvelle, apporteuse de justice, d'harmonie et de progrès. Douze d'entre eux s'embarquent vers Constantinople et l'Égypte pour la chercher. Le voyage tournera court, mais certains resteront sur place, posant notamment les bases du chantier du canal de Suez.

La Révolution et le Code civil de 1804 ont tellement nié les droits des femmes (incapacité juridique totale des épouses notamment), en régression par rapport à l'Ancien Régime, que, par un cynique effet de balancier, celles-ci se voient idéalisées dans la société en muses, inspiratrices, anges, saintes, icônes de la République, sans aucun droit pour autant. C'est dans ce contexte fiévreux, avant la structuration des pensées marxiste et anarchiste puis l'avènement de la IIIe République, fermée aux droits des femmes, que ces penseurs utopistes développent l'appel à la Femme-Messie.
En 1835, dès son retour du Pérou et au moment de publier son premier livre, consacré au sort tragique des femmes seules, Flora Tristan entre en contact avec Charles Fourier, qui vient la visiter à deux reprises chez elle. « *Employez-moi, ah ! employez-moi !* », lui écrit-elle. Les thèses du théoricien prolifique – abolition des frontières entre travail et plaisir, critique du mariage, création de coopératives agricoles et industrielles – nourriront les propres réflexions de Flora Tristan sur l'association comme élément central de la société idéale à bâtir, son projet d'Union ouvrière, et bien sûr son engagement pour l'absolue égalité homme-femme.
Nombre de disciples de Saint-Simon, Fourier et Enfantin verront ainsi en Flora Tristan – qui n'y trouvait rien à redire, tout au contraire ! – la « Femme-Messie » qui allait permettre l'avènement de « l'âge d'or » par la volonté d'une force transcendante, qu'elle appelait « dieux » (au pluriel et sans majuscule) et qu'elle se croyait appelée à incarner.
Lors de l'inauguration du monument à Flora Tristan en 1848, quatre ans après sa mort et dans l'émotion consécutive à l'écrasement brutal de la révolution de 1848 quelques mois plus tôt, ils seront huit mille à lui rendre hommage au cimetière de Bordeaux.

El Che Guevara crachait et fumait, vétéran usé, pas combatif pour un sou. Deux fois par jour, le petit ferry rendait un hommage résigné et touchant au prince des guérilleros en assurant la liaison avec Ometepe. Une bonne heure de traversée conduit aux îles siamoises émergeant au milieu du lac Nicaragua. Chacune est coiffée d'un volcan, le plus grand encore en activité, son panache de vapeur mêlé aux nuages. Le lac trompe son monde avec ses cent cinquante kilomètres de long, immensité liquide vaste comme la Corse, au cœur d'un pays qui se faufile entre deux océans sur l'étroit corridor de l'Amérique centrale.

L'horizon vide donne l'impression d'être en pleine mer. Sur l'île principale, le village portuaire est bâti de bric et de broc autour de la jetée et de carcasses de navires au rancard, avec ses deux rues, des bars de fortune, une austère petite église, des taxis-brousse déglingués et d'entreprenants loueurs de motos tout-terrain agglutinés au pied du ferry. Tout cela m'évoquait le village de mon atoll de Polynésie, avec son embarcadère et l'agitation qui saisit l'île lorsque arrive la goélette, le lourd bateau de ravitaillement au nom chargé lui aussi d'un imaginaire qu'il ne se soucie guère d'honorer.

Crescence et moi avions atterri deux jours plus tôt à Managua. La morose capitale du Nicaragua portait encore les stigmates du tremblement de terre qui l'avait détruite voici cinquante ans. Le décalage horaire et la chaleur humide de début novembre nous bloquèrent à l'hôtel le temps de repérer la station de bus et d'effectuer les formalités pour gagner Granada au bord du lac, point de départ vers l'île Ometepe, où était implantée la communauté des apicultrices. Crescence se révélait la plus agréable des compagnes de voyage. Son élégance n'était pas que physique, elle marquait une attention délicate aux gens, un intérêt qui était autant du respect qu'une proximité sensible. J'en avais bien besoin.

La dizaine de jours qui s'étaient écoulés entre la scène orageuse chez Marc et notre départ pour le Nicaragua avaient été les plus longs de ma vie. L'accélération des événements, la montée en puissance de L'Essaim, l'onde de choc de la conférence de presse et l'impériale maîtrise de Flora confortaient mon ressenti sur la folie du projet et amplifiaient mon amertume à n'avoir pu sortir mon amie de cet engrenage. Je pensais à une phrase de Flora Tristan dans son journal : « *Sur ma tombe on écrira : Elle a parlé à des sourds.* » Personne ne voulait m'entendre, pourtant mon intuition de solitaire avait été précieuse, tant pour connecter Maya/Flora à Flora Tristan, la Femme-Messie, que pour la débloquer psychologiquement avant la nuit à la chapelle et pour lancer la piste qui nous menait à Victoria. Tristan, qui était en contact avec le Nicaragua, s'était occupé de tout très vite. J'avais vraiment l'impression qu'on voulait m'exfiltrer, éloigner le chien indocile du jeu de quilles. Flora m'envoyait de courts messages, tendres mais muets sur ses activités, et déconnectés de mes tourments. J'étais en contact par mail avec Sabine, la psychiatre. Nous avions convenu d'échanger, elle serait la passerelle entre deux âmes devenues sinon étrangères, du moins distantes.

Depuis l'atterrissage à Managua, nous ne passions pas inaperçues, la Noire et la Blanche, la chauve et la rousse, dans un pays où le tourisme est quasi inexistant. Nous n'avions pas encore posé le pied sur la passerelle de débarquement du *El Che Guevara* que nous vîmes affluer les conducteurs de motos-taxis. Mais un jeune homme sec et vif les contourna et se dirigea vers nous.

— Je suis Miguel, de la coopérative. Bienvenue à Ometepe ! Donnez-moi vos sacs.

Il parlait simplement et lentement, bien rodé au convoyage des non-hispanophones. Mes réminiscences scolaires et celles de Crescence permirent un échange de premières informations.

La coopérative se trouvait de l'autre côté de l'île, à quinze kilomètres à peine mais deux heures de conduite délicate. Miguel joua au guide touristique, raconta l'histoire des requins d'eau douce remontés de la mer des Caraïbes par le fleuve San Juan jusqu'au lac, ayant muté leurs caractéristiques pour se déshabituer de l'eau de mer, offrant à Ometepe un frisson de piraterie. Il s'arrêta pour nous faire observer un groupe de singes à longue queue se prélassant dans de hautes branches : « Des singes hurleurs. La nuit, c'est impressionnant ! » Frissons pour filles en vacances, il connaissait son numéro.

Après avoir longé la côte, étendue de sable hachée d'arbres morts, la piste gagnait la forêt tropicale au pied du volcan. Infinie variété de verts que trouaient des explosions de couleurs vives, bougainvilliers là, flamboyants ou orchidées ici. La voiture avançait à la vitesse d'un piéton, franchissant de profondes ornières malaxées par les pluies et durcies par le soleil. Des maisons apparurent, briques et tôles disparates, prolongées par une avancée du toit formant précaire véranda. Poules et cochons, quelques vaches aux longues oreilles pendantes, de petits chevaux, beaucoup de chiens. Peu de monde à part quelques vieux et des enfants qui jouaient. Les adultes devaient être aux champs. Scènes de l'universelle civilisation paysanne, humble labeur des jours et des saisons. Nous étions silencieuses, chahutées sur nos sièges et cramponnées aux poignées du plafond, absorbées par l'environnement. Une amère mélancolie gagna la Parisienne sans racines et la Malgache des banlieues. Sentiment d'amputation, de culpabilité aussi, pour avoir perdu le fil de nos lignées.

Vanité des vanités... Les mots de Bossuet, amplifiés par l'orage, me paraissaient avoir conforté l'interpellation à mon directeur de thèse. Qu'y avait-il à ajouter ? Que sont nos dérisoires agitations face au terrible constat que seul importe le combat pour la préservation de notre civilisation, de la Terre, de la mesure, de la juste place de l'homme et d'un sacré qui donne sens à la mort ? Je songeais à l'information qui avait déclenché un vent de folie dans le monde politico-médiatique français : le député Baron annonçant sa démission lors de la fameuse conférence de presse, appelant à une campagne massive d'abstention pour l'élection présidentielle et à l'organisation d'états généraux. Que vaut aujourd'hui la parole d'un député ? À peu près rien. Ce fut l'intervention de Flora, devenue sa porte-parole, qui transforma le non-événement politicien en mythe, avec les mots qui convainquent, le ton qui emporte. Plusieurs démissions de parlementaires suivirent, tous partis confondus, états-majors en désarroi. D'influents décideurs économiques crédibilisèrent la démarche, des intellectuels donnèrent de la voix, les experts à l'affût livrèrent des analyses démontrant qu'ils avaient tout anticipé. Après tout, commentèrent-ils dans différents registres, et si c'était cela que la France attendait, que « les Français veulent », toutes anciennes illusions éteintes ? Accompagnant le réveil de forces multiséculaires, L'Essaim prenait forme. La sidération était totale.

Mail de Thomas, samedi 6 novembre, lu à l'arrivée à Managua, dans la chambre d'hôtel :
« Je ne comprends pas l'apparente inertie des flics, aucune descente de police, rien. On doit être suivis et contrôlés d'une autre manière. Mais le colonel assure qu'il n'y a pas d'homogénéité dans les Services, que le gouvernement ne contrôle pas tout, surtout en ce moment, et que nombre de responsables de la sécurité intérieure, inquiets de la dégradation civique du pays depuis des années, observent avec sympathie le mouvement.
Comme tu me l'as proposé, je me suis installé chez toi, au milieu de nos disques (*smiley*), mais surtout au plus près de Manu. On navigue tous les deux entre la rue Cail et la maison de Marc. Il y a maintenant deux ruches là-bas, celle des abeilles, qui entre en léthargie, et celle de L'Essaim, véritable QG de campagne. Toute une équipe se monte, c'est génial. Maya est chez Marc, elle ne veut pas rester seule à Belleville. Elle a trop de souvenirs mal assumés avec Ramsay. Je me rappelle la rencontre avec elle rue Cail, et tout ce qui a suivi. C'est toi, Agathe, qui as lancé mouvement ! Le battement d'ailes du papillon... Au fait, à quoi ressemblent les papillons au Nicaragua, et les fameuses abeilles ? »

La piste devint droite et lisse. Nous arrivions. Miguel nous déposa devant la barrière de la coopérative, surmontée d'un large écriteau d'entrée de ranch : *LAS MUJERES DE VOLCÁN*. Chants d'oiseaux et cris d'enfants, quelques bruits mécaniques au loin, les branches agitées par le vent. Nous remontâmes la courte allée de frangipaniers blancs qui menait à une place de village miniature. Elle faisait le lien entre une longue bâtisse à un étage avec galerie couverte, des maisons basses posées en tous sens, des hangars et dépendances, de hauts arbres tortueux à l'ombre desquels apparaissait une école avec sa cloche suspendue à une branche. Un groupe d'enfants jouait sur le côté, au milieu des poules, chats et chiens. Deux petites filles s'approchèrent, se tenant par la main. Crescence eut un mouvement de recul :

— Regarde, elles sont entourées d'abeilles !

Comme des mouches encerclant un cheval en plein été, de petites abeilles volaient autour des enfants, qui ne manifestaient aucune crainte ou gêne. Une cohabitation paisible et naturelle, une scène du Paradis perdu, les petits du lion gambadant avec les enfants de l'homme. Une rangée de ruches bordait l'espace de jeux, à côté de bascules en plastique et d'un vieux toboggan en tôle. Un enfant manipulait une des ruches, ouvrant le couvercle et plongeant la main à l'intérieur du pot en terre.

Un rire éclata derrière nous. Une femme approchait à grands pas, cheveux courts, lunettes, bottes en plastique. Un talkie-walkie dépassait de la poche de la saharienne à manches courtes ceinturée serré. Une femme d'action...

— Ne craignez rien ! Elles sont inoffensives, ce sont les abeilles mayas du Nicaragua, celles du bateau à Paris ! Ici, on les appelle *jicotes*, ce sont les compagnes de jeu des enfants. Les grands sont responsables de ce groupe de ruches. Avec les petits, ils extraient le miel, s'occupent des reines. Ils adorent ça... Bienvenue chez les *Mujeres de Volcán* ! Je vous attendais. Je suis Ana-Fernanda.

C'était la directrice de la coopérative. Son anglais était limpide, direct. *Businesswoman...*

Crescence s'accroupit face à une des fillettes, vive et mince, peau claire, et pénétra dans son nuage d'abeilles. La petite souriait. Crescence la prit dans ses bras, en un mouvement noir et blanc auréolé de virevoltantes perles d'or sombre. Souriante et intriguée, la petite nous dévisagea de ses grands yeux. Ils révélèrent des reflets gris-vert.

— *Cómo te llamas?* Comment tu t'appelles? lui demanda Crescence.

Nous entendîmes, comme dans un songe:

— Victoria...

Ce fut aussi cinglant et aussi simple que ça. Aucune question ne surgit, aucune envie d'explication, seule cette réalité comptait: la petite fille à l'épaisse chevelure noire et aux yeux gris-vert, dans sa robe blanche, qui regardait Crescence comme si elle découvrait un étrange insecte noir, était la fille de Ramsay et Victoria, la chair de leur chair, avec les yeux de son père. Un étrange bonheur monta en moi, semblable à celui de l'explorateur posant son pied sur la terre qu'il rêvait d'atteindre, un bonheur veiné d'inquiétude: est-ce bien réel ou est-ce un rêve qui se volatilisera dans une seconde? Mais Victoria était toujours là, une main glissant avec curiosité sur le crâne ébène de Crescence, l'autre triturant avec trois doigts une mèche désordonnée de ses cheveux.

— *Sí, es la hija de Ramsay y de Victoria!* confirma Ana-Fernanda, en espagnol cette fois.

La petite manifesta des signes d'impatience. Le jeu des grands avait été amusant cinq minutes, mais là ça manquait d'action, et puis quelle gravité! Rendez-moi mes copains et mes abeilles.

— Il faut que je ramène Victoria au jardin d'enfants, dit Ana-Fernanda. Mieux vaut ne pas prolonger la première rencontre. Je reviens tout de suite.

En attendant son retour, je fis défiler sur mon portable le long message que la psychiatre m'avait envoyé la veille de notre départ pour le Nicaragua. Son analyse était éclairante :

Mail de Sabine, jeudi 4 novembre :

« Maya est dans un tremblement existentiel, une véritable catharsis opère dont nul ne peut prévoir l'évolution et l'issue. La rencontre avec les restes de son frère mort et le suicide de Ramsay ont été le déclic libérateur. Elle a capté et elle métamorphose les énergies inaccomplies de son jumeau et celles de son chaste compagnon devenu l'amant ultime. La voilà homme et femme, androgyne, comme toutes les femmes charismatiques meneuses d'épopées. Elle était jusque-là vierge et pute, intouchable et offerte, reine des abeilles orgueilleuse et solitaire, perdue, quoi. Mais elle s'est extraite de ces impasses et, d'un seul élan, la voici... Femme-Messie. Non, je ne délire pas, Agathe, la figure du Messie féminin est repérée dans la galerie des archétypes, bien connue et étudiée par les psys. Car c'est d'abord un caractère, une identité intime, une souffrance devenue élan d'amour et de sacrifice. La Femme-Messie a été symboliquement placée sous le signe de la déesse Isis, symbole de puissance créatrice, porteuse du disque solaire et de la croix de vie. Sa fonction est d'illuminer, de montrer la voie du salut, de mettre en mouvement. Elle a un destin héroïque à accomplir, mais son courage et sa radicalité généralement la détruisent. J'observe Maya, nous dialoguons, je la laisse s'engager dans l'arène dangereuse de l'actualité, je l'encourage même. Mais je sais qu'il faut préparer une sortie. Sa soudaine libération ne doit pas la mener à la chute fatale. La sortie, j'en suis persuadée, serait qu'elle réalise ce qu'elle n'a pu accomplir avec Ramsay. C'est l'enfant qui sauvera la Femme-Messie de la carbonisation. Ramsay t'a demandé de protéger Maya. Ce ne sera pas en jouant les rabat-joie ici à son côté. Laisse-la se déployer, elle va produire des merveilles, et nous veillons sur elle, Tristan et moi, ne t'inquiète pas. Toi, sur le chemin vers la fille de Ramsay, tu ouvriras la voie d'un après. »

Pendant le vol, nous avons beaucoup échangé sur ce mail de Sabine. Crescence m'avait livré une information surprenante : notre amie voyait régulièrement sa mère, la styliste en vue, dans la plus grande discrétion. Elle créait même des modèles pour elle. La veste redingote lilas à brandebourgs dorés qui avait tout de suite attiré mon regard à Bordeaux circulait par exemple dans des boutiques alternatives sur les cinq continents. L'appart-atelier de Belleville était mis à disposition par la mère. Elle voulait lui donner un statut, l'intégrer à son staff. Tout comme Tristan avec le domaine et l'entreprise, sa mère rêvait de s'approprier Flora. Cette dernière jouait cruellement avec ses deux parents : à Belleville, elle avait installé Ramsay, le bras droit de Tristan, tandis qu'au domaine elle créait des modèles pour sa mère sous les yeux de son père désemparé et de sa grand-mère méfiante. Nœud inextricable. Crescence était persuadée qu'il fallait régler la question du frère mort, ce que n'avait pas réussi Sabine, certes psychiatre, mais trop impliquée dans la famille et le drame originel de l'accouchement. Elle n'avait pas la distance nécessaire, ni le mode d'emploi. Et voilà que tout se débloquait au plus profond de Flora, se transformait en une irréelle aventure messianique, avec en talisman une paire d'yeux gris-vert miraculeusement ressuscités.

La directrice de la coopérative nous avait conduites dans son bureau. Il était installé au rez-de-chaussée du bâtiment central, à l'arrière de la salle de restauration collective, et servait aussi de lieu de stockage, encombré de cartons et de matériel de cuisine. Deux jeunes femmes travaillaient sur des écrans, les institutrices à l'heure de la pause, et une femme âgée, apparemment aveugle, écossait une montagne de pois. Île au milieu d'une île, la coopérative des femmes semblait une utopie incarnée.

Ana-Fernanda nous sortit de nos élucubrations de touristes tiers-mondistes pleines de bons sentiments et de mauvaise conscience. Avec simplicité, sans effets, elle se présenta. Salariée de la coopérative comme les institutrices, Miguel et quelques autres, elle avait vingt-six patrons, les *socias*, les femmes membres. Elles prenaient ensemble les décisions. Chacune une voix. Et pas question d'abstention ici ! Victimes de violences, sortantes de prison, réfugiées, elles arrivaient avec leurs enfants et commençaient par une phase d'observation, avant de devenir *socia* avec un contrat d'objectif négocié avec l'assemblée, généralement sur trois ans. Discipline collective stricte et réglages permanents lors des assemblées hebdomadaires où tout se décidait à la majorité. La réussite de la coopérative devait beaucoup à la solidité financière générée par le vaste réseau commercial qu'elle avait monté, avec des grossistes nicaraguayens pour le marché local, mais surtout l'engagement régulier de plusieurs centaines d'amis des *Mujeres de Volcán* dans le monde entier. Chaque mois, ils envoyaient un virement fixe mais importaient aussi les produits en gros, miels, confitures, haricots, les présentaient sur des marchés de producteurs, harcelaient leurs amis et collègues. Tout était produit bio évidemment, sur l'île classée « Réserve de la biosphère » par l'Unesco, mais les certifications et labels coûtaient cher. Du racket, disait même Ana-Fernanda, critique sur le rôle de certaines ONG et d'intermédiaires qui verrouillent à leur profit le système international de labellisation.

— Je m'arrête, vous découvrirez tout cela par vous-même ! Ce sera mieux que mon argumentaire pour journalistes… Je vais vous parler de la mère de la petite Victoria. Elle a marqué la coopérative. Nous l'avons vue débarquer à la porte du domaine il y a huit ans, sans prévenir, demandant une chambre dans l'espace réservé aux visiteurs, à l'étage au-dessus. Nous étions en train de remonter la coopérative. Je venais d'être engagée pour ça après des années comme ingénieure agronome en Australie, revenue pour soutenir les derniers acquis de la révolution trahie. Nous accueillons sans conditions ici, nous ne posons guère de questions. C'est une étudiante croate, apicultrice, avec qui elle échangeait sur Facebook, qui lui avait parlé de notre communauté, où elle avait séjourné comme stagiaire *woofing*. Victoria a vite trouvé sa place ici, travailleuse et solidaire. Elle était pleine d'idées, on sentait qu'elle avait étudié, voyagé, vécu, ses expériences se transformaient en énergie créatrice, en projets. C'est elle qui a trouvé le nom de la coopérative, *Las Mujeres de Volcán*, ce qui ne veut pas dire « les femmes du volcan ». C'est un clin d'œil qui renvoie à l'expression *mujer de tronío*, une femme « du tonnerre », donc les femmes volcaniques si on veut… Je vous vois sourire, c'est drôle, n'est-ce pas ?

Je n'eus pas le courage d'expliquer à Ana-Fernanda les raisons de mon amusement soudain, mais tout cela me faisait penser à Flora Tristan, aux Femmes-Messies, à la volcanique Reine des abeilles bousculant l'actualité française. J'avais cru fuir cela, et tout m'y ramenait… La directrice changea de ton, devint plus grave.

En fait, nous expliqua-t-elle, la situation de Victoria était compliquée, problématique, même. Elle nous fit le triste récit de cette fille d'un haut fonctionnaire nicaraguayen exilé en Espagne en 1990 après l'échec de la révolution sandiniste légale.

— En Espagne, le père de Victoria s'est lancé dans les affaires, en plein boom de l'immobilier déréglementé. La naissance de sa fille en 1993 a été un accident, il ne l'a pas reconnue. Mais il a subvenu à ses besoins, surtout après le décès de la mère, finançant des études qu'elle a interrompues pour briser cette dépendance paternelle inassumée, ouvrant une période de crise personnelle. Elle est tombée sur Ramsay, quinze ans plus âgé, coup de foudre et une seule idée en tête : le sortir de son enfer, le ramener au village de sa mère. Mais les illusions se sont envolées. Enceinte, elle est partie sur un coup de tête. Mais son arrivée à la coopérative a posé problème.

Ana-Fernanda marqua une pause. Elle semblait hésiter sur la suite à donner à son propos :

— Je vais devoir maintenant vous initier à la politique nicaraguayenne. Vous verrez, c'est confus, et surtout bien triste.

Elle nous dispensa un vrai cours. Nous apprîmes qu'en 2006 les anciens révolutionnaires avaient repris le pouvoir par les urnes. Un fol espoir avait saisi à nouveau le pays. Il fut de courte durée, car le président, sa femme et les principaux dirigeants brisèrent les initiatives de justice sociale et installèrent un régime de corruption tournant à la dictature sur fond de pauvreté et d'injustices croissantes. Le père de Victoria, revenu au pays après la victoire de 2006, était maintenant au cœur de ce système cruel qui faisait la chasse aux survivances des idéaux révolutionnaires.

— Notre coopérative est donc ciblée, expliqua-t-elle. Sans les soutiens internationaux qui sont notre assurance-vie, nous serions balayées. Et c'est chez nous que la fille d'un de nos ennemis acharnés est venue se réfugier !

Le calme de la directrice me stupéfiait. Nulle révolte, nulle colère, mais une maîtrise concentrée de la situation. Elle poursuivit :

— Le père était renseigné sur son arrivée, mais embarrassé par sa présence dans notre repaire d'opposantes. Il a préféré jouer l'ignorance, même si le délégué local du parti venait plus souvent que d'habitude prendre la température. La grossesse de Victoria a très mal évolué. Ici, le service de santé est précaire, davantage de bonne volonté que de moyens. Les femmes ont fait de leur mieux, toutes sont un peu sages-femmes, mais aucune n'est gynécologue. Le bébé est arrivé avant terme et a été sauvé, mais Victoria est morte quelques heures après. Il n'y a eu aucun message de sa part, aucune consigne. Elle est partie comme elle avait vécu, sans passé et sans avenir. Nous l'avons enterrée au cimetière de l'île. La plus triste journée de l'histoire de la coopérative ! L'assemblée des femmes a proposé que le bébé soit une étoile de plus dans notre constellation. L'enfant aux yeux gris-vert serait élevée avec ceux de nos compagnes, et on l'appellerait Victoria. La juriste de la coopérative, avocate dans la capitale, s'est occupée des aspects légaux de la naissance. Le registre de baptême de la paroisse fait état du nom du père, José « Ramsay » Cornevaux. Des démarches ont été accomplies auprès de l'ambassade de France à Managua.

La mère étant décédée, nous avons préféré opter pour un lien juridique avec le père vivant en France, que l'enfant serait sans doute amenée à connaître un jour. Nous avons déposé au consulat les documents français et espagnols de Victoria, le certificat de concubinage avec Ramsay, des photos de leur vie partagée, les tests de grossesse. La petite s'appelle donc légalement Victoria Ramsay-Cornevaux, elle est citoyenne française et je suis sa tutrice légale. Une assistante sociale mandatée par le consulat vient de temps à autre la visiter. Elle fait d'ailleurs une promotion formidable pour nos produits et la coopérative.

Une question me taraudait les lèvres :

— Ramsay a-t-il été mis au courant du décès de Victoria et de la naissance de sa fille ?

— Victoria n'a vécu que six mois ici, six mois de reconstruction, six mois de travail intense, six mois de grossesse difficile, avec l'ombre inquiétante de son père à Managua. Nous l'avons laissée libre de toute explication, lui avons épargné toutes les questions. Croyez-moi, je ne sais rien.

Ana-Fernanda, comprenant notre scepticisme, coupa court :

— Peu importe, au fond ! La seule question qui compte, c'est l'avenir de la petite. Venez dîner, c'est l'heure, la cloche a déjà sonné. Et vous nous parlerez de la situation en France, de l'incroyable aventure de la Reine des abeilles. Toutes les femmes ici sont au courant, les images sur Internet ont tourné en boucle. L'attaque d'un grand industriel pollueur par d'inoffensives abeilles – nos abeilles mayas, en plus – a eu un succès fou en Amérique centrale. Et lorsque nous avons appris, quand le père de Maya nous a téléphoné, que l'apiculteur de Notre-Dame de Paris était le père de notre Victoria, vous imaginez le délire. Nous attendons avec impatience votre récit !

*

Avec simplicité et souplesse, les femmes de la coopérative nous firent place parmi elles. Nous travaillions au potager et dans la bananeraie, au laboratoire apicole ou au local de préparation des colis, confectionnant les repas, jouant avec les enfants, partageant des comptines en espagnol, en français et en miskito, une des langues indigènes. Crescence allait de son côté, nous ne souhaitions pas rester ensemble la journée, mais plutôt nous couler parmi ces femmes courageuses et opiniâtres. Le soir, dos moulu, mains en feu, allongées sur le toit en tôle de notre maison-cabane, nous échangions les impressions du jour, parlions de nos vies. « Tu es la sœur que mes parents ne m'ont pas donnée, lui disais-je, et l'amie que ma peur des autres a toujours laissée à l'écart. » Crescence ne répondait pas et riait, regardant les étoiles, saluant au ciel les amies de sa mère, veilleuses de la Création.

Les jours passaient, dans l'ordonnancement immuable des tâches répétitives que commandait le bon ordre de la coopérative de femmes avec enfants. Les philosophes utopistes du siècle de Flora Tristan, ses amis et inspirateurs, auraient goûté l'expérience. La petite Victoria prenait plaisir à l'apprentissage du français, une heure chaque matin, souvent avec ses petits camarades. C'était du troc linguistique, la découverte ludique de la langue de l'autre. Heureuse monotonie du temps suspendu. Les progrès rapides de Victoria étaient le seul marqueur de l'horloge du monde. Avec les mails reçus de France.

Mail de Cécile, dimanche 21 novembre :
« Tristan a fait chercher les affaires de Ramsay à Belleville, il avait besoin de récupérer les dossiers concernant l'entreprise. Figure-toi que sa boîte est en plein essor après l'opération sur le bateau. Il dit ne plus savoir où donner de la tête, c'est sacrément paradoxal. Dans les cartons de Ramsay, il est tombé sur un carnet de textes courts, de brouillons désordonnés. Il a trouvé ce poème, sans date, sans titre, peut-être l'esquisse d'une lettre, minutieusement calligraphié et mis en forme :

Il est une île où
comme dans un rêve
les abeilles ne piquent pas
les requins ne sont pas au pouvoir
mais nagent au fond d'un lac d'argent
la révolution est affaire de paysans et d'artistes
les poètes assemblent des foules sur les places
les femmes bâtissent des coopératives
la révolution est pacifique
rêves fracassés, recréés
un monde sur mesure
pour nous deux
et puis trois
l'enfant

Ramsay savait donc ! Pourquoi n'a-t-il rien dit à peronne ? Pourquoi n'a-t-il rien entrepris ? Tristan m'a remis le poème de mon fils. Je te le livre aujourd'hui. Peut-être auras-tu des informations ? Cela ne nous rendra pas Ramsay, mais pourra aider à tisser entre la petite Victoria et Maya le plus juste des liens. Merci pour les nouvelles que tu me donnes. Pour la première fois dans mon existence si remplie, je vis par procuration, à Paris avec Maya, et à Ometepe avec toi et Victoria, ma petite-fille ! Je découvre un bonheur inédit, immense. »

Oui, l'étrange poème révélait que Ramsay connaissait la cachette de Victoria, alors que les recherches entreprises depuis la France n'avaient rien donné. Au lieu de me stimuler, ce grain de sable dans la belle histoire du garçon fragile et abandonné me décourageait plutôt. Encore et toujours de misérables petits secrets, cachotteries et malentendus, potins et commentaires en abîme, jusqu'au dégoût. Je trouvais stoïque et élégante la position d'Ana-Fernanda : « Peu importe, au fond ! » Oui, elle avait raison, regardons en avant, bannissons les introspections sans fin, réservons-les aux romans, aux recherches historiques, aux thèses, pourquoi pas ! J'en fis part à Crescence, mais mon amie manifesta son désaccord :

— Non, non, nous avons besoin de savoir. Pas pour nous, Agathe, pour Maya ! Le croisement des destins est trop violent. D'un côté, il y a elle qui perd son frère lors de l'accouchement, la mère s'en sort, les parents ne s'en remettent pas, la fille morfle ; de l'autre, il y a Ramsay : sa compagne meurt pendant l'accouchement, la fille s'en sort, et lui continue sa dérive jusqu'à la rencontre avec Maya qui a vécu un destin en miroir inversé. Il faut que tu en parles à Sabine, je crois.

Une fois de plus, ma rigidité se brisa face à l'énergique souplesse de Crescence, rodée depuis l'enfance à la survie, à l'adaptation, attentive aux vérités du cœur plus qu'aux conventions. Nous convînmes que je demanderais conseil à Sabine, et d'ici là pas un mot à Ana-Fernanda, pas la peine de troubler l'harmonie de la coopérative par ce qui pourrait ressembler à une enquête de police, sur le mode « cherchez l'indic ».

Mail de Manu, samedi 27 novembre :
« Quatre semaines aujourd'hui depuis la conférence de presse qui a tout lancé. Je pense que tu suis l'actu sur le Net. La France gronde et bouge, les prochaines présidentielles seront le point d'orgue d'un mouvement que rien n'arrête. L'opinion a compris qu'un résultat d'abstention largement majoritaire permettra de bousculer un système à bout de souffle et de réparer le pays au bord de l'implosion. Richard Hureaux, ton professeur (il parle de toi avec respect, reconnaissance, même !), le théoricien de la démocratie éruptive, se révèle excellent stratège. Il a su mettre Maya à la bonne place, ni veuve éplorée, encore moins gourou apocalyptique, tout simplement l'incarnation d'une légitimité. C'est comme si Marianne descendait des étagères des mairies et des préfectures, symbole désincarné d'une République si longtemps misogyne, et qu'elle prenait vie, se mettait à parler après deux siècles de silence et de ruminations. Des ex-Gilets jaunes aux jeunes défenseurs de la planète, dans les cités aussi, elle rassemble. La comparaison avec Jeanne d'Arc ne fait plus rire personne, même chez les plus rigides des laïcards. Maya réunit tout ce qui a fait le succès de la Pucelle ! Tout cela à cause de votre voyage en Blablacar, moins épique que la chevauchée de la petite Lorraine en armure, mais tout aussi miraculeux ! Quand je pense aux polars cousus de fil blanc que j'ai vu passer dans mes mains, quand je pense aux missions bidon que j'ai faites à l'étranger, j'éclate de rire... »

Mail de Sabine, mardi 7 décembre :
« Samedi, Maya a été invitée à la conférence du Medef consacrée à la position du patronat français dans la perspective de l'élection présidentielle. Elle a demandé que je l'accompagne. Mille personnes au

palais des congrès de Lyon, chefs d'entreprises, universitaires, journalistes, délégations étrangères. Elle a parlé simplement, sans notes, dix minutes, pas plus. Je résume (mais regarde plutôt sur la chaîne YouTube de L'Essaim) : le pays est malade de ses jeux politiques, des oppositions stériles, d'une technocratie étouffante. Osez le pari (elle a cité Pascal) d'un acte libérateur d'énergies insoupçonnées. L'abstention est tout sauf un retrait du monde, c'est l'exigence d'une redistribution des cartes, d'une priorité donnée à la *common decency* de George Orwell (longue citation en un anglais parfait, ça a beaucoup plu !), aux équilibres écologiques, à un ressourcement des notions de solidarité, de justice sociale, de valeur du travail (elle a cité Péguy et son livre *L'Argent*), d'équilibre entre les nations. Elle a terminé sur Notre-Dame de Paris, Ramsay, les abeilles. Succès considérable. Les représentants des partis politiques, également invités, donnaient l'impression d'ânonner des fiches pour oral d'entrée à l'ENA.
Dans le TGV du retour, je n'ai pas voulu lui parler de ton récent mail évoquant le poème de Ramsay et nos interrogations : à quoi bon, me dis-je comme toi. Par contre, je lui ai expliqué pourquoi elle doit faire la connaissance de Victoria sans tarder. Après les restes de l'enfant mort serrés dans ses bras, il lui faut soulever et étreindre la vie, la vie transmise par Ramsay. C'est la mort de Ramsay qui a signé son destin, l'irruption de Victoria sera son accomplissement. Toute l'équipe pense par ailleurs qu'elle doit faire un break. Encore quatre mois avant les présidentielles, ce sera éprouvant. Invitez-la pour Noël ! »

Mail de Thomas, dimanche 13 décembre :
« Vous êtes trop fortes, les filles. Crescence, Sabine, Cécile et toi, vous avez réussi à convaincre Maya. Elle

accepte de partir dix jours au Nicaragua. Nous, on n'y arrivait pas. Comme si elle avait peur de se mettre en pause. Elle est tellement dans son rôle, elle répond à toutes les sollicitations. Crescence a touché juste en lui disant que ce sera excellent pour notre com. Car, jusque-là, rencontrer la fille de Ramsay ne la préoccupait guère. Du coup, on prépare un *storytelling* d'enfer : l'enfant du miracle, la fille de l'apiculteur suicidé de Notre-Dame retrouvée sur une île au milieu des abeilles sans dard, la coopérative de femmes, la rencontre avec la Reine des abeilles, Maya au pays des Mayas, et cetera. C'est du délire, la presse et les réseaux vont en oublier le fade feuilleton des *royals* britanniques ! On débarquera à Managua le 22 décembre. Je dis "on", car il a été décidé que je l'accompagnerai. Grand bonheur de te retrouver, Agathe. Mais il s'agira aussi de bien cadrer les journalistes. Dès qu'ils auront l'info, ça va être de la folie... »

*

Ana-Fernanda nous conduisit à la salle de repos de l'école. C'était l'heure de la sieste, Victoria dormait. Flora détailla son profil, le nez et le menton, cherchant des ressemblances, guettant l'ouverture des yeux. Les poings étaient fermés. À qui s'accrochait-elle en ses songes, la petite orpheline ? Tant de fragilité et de confiance, de coulée sereine dans la paix, semblaient bouleverser Flora. Je me disais que c'était la première fois sans doute qu'elle regardait avec autant d'attention un enfant endormi. Que ressentait-elle ? Peut-être le projet politique de L'Essaim lui apparaîtrait soudain absurde et vain comme à moi – enfin ! –, en comparaison du défi qui s'offrait à elle avec la force de l'évidence : *la hija de Ramsay !* Tout est relativisé devant le sommeil d'un enfant.

Quelques heures plus tôt, avec Miguel, nous avions récupéré Flora et Thomas au débarcadère du *El Che Guevara*. Beaucoup de passagers cette fois-ci, la plupart lestés de paquets déjà enrubannés, en cette avant-veille de Noël. Il y eut un petit mouvement parmi eux pour laisser descendre en premier Flora, accompagnée d'un matelot chargé de ses nombreux bagages. Un peu en retrait, Thomas filmait la scène. Flora portait un pantalon en toile impeccablement taillé, des rangers aux fermetures chromées et un éclatant châle-poncho indien en méli-mélo de couleurs vives, ouvert sur la boîte-bijou de la reine des abeilles qui ne la quittait pas. Seule Lady Di débarquant à Ometepe aurait pu avoir pareil effet. Il était évident que tout le monde, sur le bateau et au port, l'avait reconnue et savait pourquoi elle se rendait sur l'île. Charme et simplicité, Flora avait des sourires pour chacun.

Elle m'embrassa comme si on s'était quittées la veille, sympa, mais un peu distante, sous contrôle. Et moi, forcément, gauche :

— Eh bien, tu es déjà copine avec tout le monde !

— Je suis entrée chez Media Events parce que je maîtrise l'espagnol en plus de l'anglais. Hier, à mon arrivée, les journalistes ont apprécié, surtout ceux des télés et radios. Thomas a mis un embargo sur tout reportage dans l'île et à la coopérative, pour protéger Victoria. Il a négocié cela avec la directrice.

Pas très glamour comme entrée en matière, après un mois de séparation... Thomas lâcha sa caméra, me glissa une bise rapide et renchérit :

— Il y aura juste une exception. Une agence de presse viendra tourner un sujet sous le contrôle d'Ana-Fernanda et de moi-même. Des exclusivités ont été prévendues à différents médias dans le monde. Il faut bien financer L'Essaim !

Thomas apprenait vite, Ana-Fernanda ne nous avait rien dit de ce tournage et Flora s'était adaptée aux codes du milieu : je découvrais le monde des pros. Une décision fulgurante me traversa l'esprit : je ne rentrerai pas en France avec eux après le Nouvel An, je resterai à la coopérative, rédigerai ma thèse et reviendrai après les élections. Chacun à sa place !

Sur le trajet vers la coopérative, Miguel proposa une halte au cimetière où était enterrée Victoria. Les tombes, des dalles cylindriques blanches étaient en surplomb face au lac, bien espacées, sur un site mélancolique et paisible utilisé depuis des millénaires par les habitants de l'île, raconta Miguel. En remontant dans la voiture, il poursuivit ses commentaires. Assis à son côté, Thomas était l'auditeur idéal, attentif à tous les détails qui viendraient étoffer le récit de la rencontre de la Reine des abeilles et de l'enfant du miracle. Flora était silencieuse, elle posa sa main sur la mienne. Je retrouvais la sensation du voyage de Bordeaux, trois mois plus tôt. Les yeux myosotis aux éclats d'étoiles me fixèrent longuement, cette même gravité songeuse qui m'avait séduite. Puis un rire bref, inattendu, comme un hoquet, suivi d'un retour à la posture méditative :

— C'est drôle, Miguel me fait penser à notre chère Éliane, il est tellement bavard... Tu ne voudrais pas pousser ton grand cri sauvage pour le faire taire ? J'ai besoin de silence. Thomas et les autres me fatiguent parfois avec le train d'enfer que L'Essaim impose. Ma rencontre avec Victoria, pour eux, c'est juste de la com, un élément de campagne précieux. Devant la tombe, j'ai pensé à mon frère, à la chapelle du domaine, à Ramsay, à son ancienne compagne et à leur fille. Ce voyage vient achever une résurrection.

J'étais heureuse et sereine à son côté. Me revenait en tête ce que m'avait confié Sabine, la psychiatre, lors de la soirée d'orage sur le toit-terrasse: «Votre osmose, ce sont vos différences, pas un alignement.» J'en sentais la justesse et la force. Oui, il y avait osmose. Il m'apparaissait clair, et c'était immense joie, que mon silence était compris et goûté par Flora. Elle venait de confier: «J'ai besoin de silence.» Le vibrant silence de la ruche, chaud et sensuel, où chacun est à sa place, sans interrogation existentielle, dans le bonheur de vivre intensément l'instant.

Malgré les cahots du quatre-quatre sur la piste défoncée, la main de Flora ne m'a pas quittée jusqu'à la coopérative. À l'avant, les garçons parlaient, inaudibles. Sans un mot, Flora absorbait le paysage, ses cheveux avaient l'ample retombée noire du volcan. Elle retrouva les réflexes d'invitée d'honneur dès qu'elle rencontra Ana-Fernanda et le staff de la coopérative, se montrant cordiale, attentionnée, même si à légère distance. Il y eut un touchant moment de complicité lorsqu'elle ouvrit le coffre pour exhiber elle-même, sortis des grands sacs de voyage, les cadeaux apportés de France, pas encore emballés: des jeux, du bricolage, des DVD.

— C'est pour l'école, pour les enfants. Les amis de L'Essaim ont collecté tout ça, merci à votre équipe ici pour les suggestions. J'espère que tout plaira et sera utile. Avec Agathe, je ferai les emballages, on a même apporté le papier-cadeau.

Flora prit sous son bras un paquet resté à part, déjà emballé.

— Celui-là est pour Victoria, c'est moi qui l'ai préparé...

Le temps de la rencontre était venu. Je surveillais Thomas. Non, heureusement, il ne filmait pas. Flora regardait Victoria dormir, plus impressionnée qu'émue, songeuse, comme sur la tombe de la mère une heure plus tôt. Ana-Fernanda nous demanda de sortir du petit dortoir où l'inhabituelle agitation éveillait déjà quelques enfants. Elle resta seule avec Flora. Nous allâmes nous installer sur les banquettes en bois de la galerie couverte, de l'autre côté de l'esplanade centrale. Thomas ne tenait pas en place. Miguel l'emmena visiter la coopérative, ils en étaient déjà aux repérages pour l'équipe de télé. Sous les pales du ventilateur qui luttait sans conviction contre la touffeur de l'après-midi, Crescence me prit à part :

— Pendant que tu étais en route vers le port ce matin, Ana-Fernanda m'a fait venir dans son bureau. Elle préférait me voir seule, je crois qu'elle te craint un peu... Elle m'a dit : « C'est la Providence qui se manifeste avec l'irruption inattendue de Maya dans le destin de Victoria. »

La scrupuleuse Crescence se concentrait pour bien restituer les propos d'Ana-Fernanda. Celle-ci affirmait parler comme directrice de la coopérative, mais aussi comme tutrice de Victoria. L'enfant ne pouvait faire souche à la coopérative, qui n'était pas un orphelinat, mais un lieu de réinsertion pour mères célibataires. Sa famille nicaraguayenne n'en voulait pas, et quand bien même ça aurait été le cas, Ana-Fernanda ferait tout pour empêcher que la petite fille soit confiée à son grand-père et insérée dans une caste et des sphères d'intérêts détestables. Par contre, la qualité de la famille française, le lien avec les abeilles, la perspective pour Flora d'écrire une nouvelle page de sa vie après l'aventure de L'Essaim ouvraient de prometteuses perspectives.

— Sais-tu qu'Ana-Fernanda est en contact régulier avec Tristan, Cécile et Sabine ? Tout ce petit monde discute, analyse et oriente. Avec raison, je pense. Et ce n'est pas tout: le grand-père de Managua a aussi pris contact avec elle. Le gouvernement nicaraguayen, discrédité sur la scène internationale, voit l'intérêt de se raccrocher à l'affaire. Ana-Fernanda assure que si on donne une place au grand-père dans la communication, le gouvernement favorisera le départ de Victoria en France et lèvera les tracas administratifs pesant sur la coopérative. Tout le monde sera gagnant, a-t-elle dit.

— Joli montage en effet, répondis-je, abasourdie par tant de calculs. Mais Victoria, la principale intéressée, elle en pense quoi?

Quelques adultes et des enfants sortirent à ce moment-là du bâtiment contigu à l'école. En avant marchait Flora, un drôle de petit chapeau sur la tête. À son côté, lui donnant la main, Victoria. Elle portait une longue robe andalouse rouge à pois noirs, ajustée à la taille, trois amples volants lui donnant volume et mouvement, épaulettes bouffantes à volants, cou dégagé; un nœud rouge en boule dans les cheveux au-dessus de l'oreille droite. Une danseuse de flamenco! Elle lâcha la main de Flora et courut vers nous pour une révérence; les autres enfants la rattrapèrent, puis Flora, confondante de simplicité.

— Comme sa maman était andalouse, je lui ai taillé cette robe. Ana-Fernanda m'avait envoyé les mesures. Quand je lui ai mis le nœud dans les cheveux, elle m'a donné son chapeau de soleil...

Crescence prit Victoria dans les bras et, immédiatement, la confia à ceux de Flora:

— *¡ Maya es la esposa de tu papá! ¡ Maya es tu nueva madre, Victoria!*

Noël a encore un sens, et le gardera jusqu'à la fin des temps. J'en fus convaincue par la célébration de la Nativité, cette année-là, dans la communauté des femmes d'Ometepe. Valeur universelle et sans âge des chants, du repas communautaire, des cadeaux, des regards d'enfants, de la messe de minuit, d'une nature vibrante et recueillie, avec le souffle venu du lac, des océans proches, des cinq continents, et le panache du volcan que les reflets de lune métamorphosaient en cierge de majesté.

Dix jours en apesanteur. Victoria ne quittait pas sa robe andalouse, princesse parmi les enfants de l'école, comme déjà en partance. La veille du Nouvel An, Cristina, la responsable de l'apiculture, nous emmena sur le volcan découvrir les ruches de la coopérative. Flora installa Victoria sur ses épaules. La présence du petit poids remuant lui donnait des ailes et la rendait lyrique. Les oiseaux et les arbres, les humains et les cascades, les recoins d'ombre et les craquements étranges, la morsure du soleil, le chant du vent dans les hautes branches, tout sort de la main du Créateur, expliqua-t-elle à Victoria. Comme saint François, la petite salua frère Perroquet, serra des genoux le cou de sa monture pour retenir son pas et préserver sœur Salamandre, presque invisible au sol, s'attendrit des facéties de frère Geai et de sa famille plastronnée de blanc, excita frère Singe hurleur dans ses dérisoires envies de se faire entendre, semblable aux humains, ses pathétiques jumeaux aux ego conflictuels. Elle soulevait le chapeau de toile de Crescence lorsqu'elle passait à côté d'elle, ou se penchait vers moi, attirée par mes cheveux roux, et saisissait mes lunettes de soleil. Nous riions en écho.

C'est ainsi que Victoria apprivoisa Flora et qu'elle devint nôtre.

Cristina nous arrêta dans la forêt, sur un promontoire dégagé entre le lac et le sommet du volcan. Idéal pour une pause, car Victoria, aussi instable que son père, rompait les épaules de la porteuse, embarrassée par l'ampleur de la robe andalouse qui l'étouffait à moitié. La guide ouvrit son sac à dos et, à défaut de pique-nique, sortit des tenues de protection d'apiculteurs.

— Nous approchons d'une zone à ruches, dit Cristina. Ici, ce ne sont pas des *jicotes* sans dard, ce sont de rudes abeilles, une variété dite africaine qui est arrivée du Brésil voici une trentaine d'années. Elles sont deux ou trois fois plus productives que les locales, mais pas faciles à fixer dans les ruches, elles ont tendance à essaimer. Et, surtout, elles sont agressives. C'est pourquoi nous les avons installées ici. Chaque année, il y a des morts au Nicaragua, car les habitants, familiers depuis toujours des abeilles sans dard, font moins attention. Que Crescence reste ici avec Victoria, j'irai aux ruches avec Maya et Agathe.

Nous pénétrâmes dans la forêt équipées comme des spationautes. Cristina avait à la main un enfumoir en tôle beaucoup plus grand que ceux de Marc et de Jean-Martin. Nous arrivâmes à la clairière pour des comptages dans la cinquantaine de ruches que la coopérative avait installées là, d'un modèle classique en bois, comme en Europe. Malgré les dégagements de fumée d'herbes sèches et d'écorces douces, les abeilles ne se calmaient guère, se lançaient sur nous en grappes mal intentionnées. Leur taille était largement supérieure à celle des *jicotes*, et leur couleur sombre. On les sentait concentrées sur un labeur qu'elles assuraient avec l'acharnement de ces héros du travail montrés en exemple dans les anciens pays communistes. Je songeai à l'aventure du *Reine-Margot*. Avec de semblables abeilles, il y aurait eu de vrais morts.

Les abeilles africaines, capturées par colonies entières dans la forêt, étaient décisives pour la coopérative, expliqua Cristina. Grâce à elles, la production du *Miel del Volcán* augmentait et se diversifiait, car la variété des familles végétales dans l'île permettait de lancer des miels aux saveurs inconnues. Cristina parlait avec simplicité, sans la vanité du commercial fier de ses chiffres, elle avait en tête la viabilité et l'agrandissement de la coopérative, l'accueil de nouvelles *socias* avec leurs enfants.

Sur le chemin qui nous ramena vers Crescence et Victoria, alors que nous retirions nos tenues, Cristina posa la main sur l'épaule de Flora. Je compris que cette sortie avait été organisée pour lui parler.

— Victoria, la mère, dit Cristina, s'était attachée aux femmes d'ici, à leurs enfants, à notre projet. Elle était passionnée par l'apiculture. Nous étions très proches. J'ai essayé de la convaincre d'informer son compagnon en France de ses problèmes de grossesse. Elle refusait tout, et voulait rester seule avec ses interrogations. De l'enfant à naître, elle disait que ce serait l'enfant de toute l'assemblée des femmes, comme dans nos anciennes communautés indiennes. J'étais avec elle lorsqu'elle est morte, la nouveau-née dans la pièce à côté. J'allais de l'une à l'autre, essayant de lancer un pont de vie entre les deux. L'hémorragie ne s'est pas arrêtée et Victoria est partie, inconsciente, en paix, nous a-t-il semblé.

— Et Ramsay, il n'a jamais rien su, alors ? demanda Flora, aussi bouleversée que stupéfaite, reformulant la question qu'en son temps j'avais posée à Ana-Fernanda.

— Si... Notre juriste, Margarita, a fait son enquête. Elle a trouvé sa trace dans la boîte mail de Victoria, a eu quelques échanges avec lui, mais tout s'est interrompu. Sa précarité de vie et de santé le rendait incapable, a-t-il expliqué, d'assurer l'éducation d'une petite fille, il s'en remettait à la ferme décision de Victoria de couper les ponts et faisait confiance à la tutrice. Nous n'avons plus eu de nouvelles de lui et aucune d'entre nous n'a cherché à en avoir, cela aurait indisposé Ana-Fernanda qui préférait que les choses en restent là. Ramsay a eu raison, je crois, de nous laisser Victoria. Jusqu'à maintenant, car tout a changé. Mais toi, Maya, dis-moi, qu'en penses-tu ?

Flora sourit sans répondre et lança le mouvement pour rejoindre Victoria et Crescence. Le retour en descente fut rapide. Heureusement, car une silhouette postée sous le panneau d'entrée des *Mujeres* agitait les bras vers nous. C'était Thomas. Il n'eut pas besoin de parler, nous avions compris, l'équipe de télé était là. Un petit hélicoptère était posé en contrebas.

Les journalistes furent respectueux et empathiques dans les mises en scène de Flora avec Victoria et dans la présentation de la communauté de femmes apicultrices. Ils passèrent beaucoup de temps dans le bureau de la directrice. Ana-Fernanda tenait à faire passer un message :

— Notre communauté n'est pas un refuge hors du monde, déconnecté des réalités. Au contraire, cette expérience revendique une conception avancée de la démocratie sociale, de la place des femmes, d'une éducation tournée vers la solidarité entre les humains.

Avec une telle séquence, l'année médiatique démarrerait fort pour L'Essaim. Thomas était heureux, tonique et positif, toujours en contact avec Paris, jonglant avec le décalage horaire. Il avait compris que je garderais mes distances avec leur aventure et il ne cherchait ni à me convaincre ni à me dénigrer. Il m'écoutait avec bienveillance. Ma décision de rester à la coopérative lui parut raisonnable et il promit d'envoyer mes documents de travail par l'ambassade. Ils avaient eu un contact positif avec l'ambassadeur, séduit par la personnalité de Flora et intrigué par le projet politique inédit qui bousculait la France et retenait l'attention des chancelleries. Il suivait de près, mais laissait faire. Peut-être avait-il des consignes. Marc et le professeur Hureaux assuraient qu'il y avait des appuis au cœur de l'État. On ménageait l'avenir.

Nous faisions l'amour comme s'il était un sous-marinier en permission et moi la fiancée au foyer, partageant un besoin vital de furie et de tendresse, comptant les jours, puis les heures. J'aimais le conduire au pied du volcan, dans une clairière où affleuraient de plates roches noires qui captaient, mêlaient et nous restituaient la chaleur du soleil et celle de la lave enfouie.

Pour la veillée du Nouvel An, deux jours avant le départ de Flora et Thomas avec Crescence, les femmes volcaniques organisèrent une fête toute simple autour d'un plat géant de *gallo pinto*, avec les haricots rouges, le riz et les œufs de la coopérative. Musique et danses, rhum au goût de soufre. Crescence fuma des cigarillos produits dans une coopérative amie, aussi noirs qu'elle. Victoria eut la permission de minuit. Nous la regardâmes danser, faisant glisser une épaulette de sa robe andalouse avec une œillade de gitane. Elle riait, petite sœur de toutes les femmes de la communauté. Trouverait-elle sa place en France ? Flora aurait-elle le droit de s'en occuper, et serait-elle apte ?

Ana-Fernanda, plus femme d'action que jamais, avait prononcé les mots qui tournaient dans la tête de Flora après la sortie aux ruches avec Cristina :

— Victoria a besoin d'une mère. Ici les *socias* ne sont pas appelées à faire souche. Elles sont préparées à se réinsérer dans une vie plus ouverte, moins protégée. Victoria ne doit pas devenir la mascotte de toutes nos femmes, la *Francesita* aux yeux gris-vert et à la triste histoire. Si tu te sens prête, Maya, je pense que l'hypothèse de son transfert dans quelques mois en France peut être étudiée. Je monterai le dossier. Le gouvernement du Nicaragua jouera le jeu, c'est son intérêt, et je suis sûre nous aurons le soutien actif de l'ambassade de France.

Je n'aimais pas cette manière de parler, précise et froide, mi-manager, mi-médecin. Mais je voulais me persuader que cette raideur cachait une grande sensibilité et que, pour annoncer une nouvelle importante, Ana-Fernanda optait pour la voie directe, face nord, quitte à redescendre ensuite par étapes paisibles sur le versant ensoleillé de l'obstacle. Au fond, ce qu'elle disait transportait Flora de bonheur mais, comme son interlocutrice, celle-ci n'en laissait rien paraître, avançant des considérations techniques et des interrogations psychologiques : l'intérêt de l'enfant, le changement de langue et de milieu, l'individualisme français, son statut précaire, et surtout l'impact de la campagne politique et la médiatisation délirante qu'elle générait, dont la coopérative venait d'être le témoin stupéfait... Plus Flora développait, plus Ana-Fernanda souriait. Leurs deux pudeurs s'accordaient. Pour sortir du méli-mélo des arguments et contre-arguments, la directrice de la coopérative aborda autrement le sujet :

— Écoute, Maya, en quelques jours Victoria t'a adoptée. Fais comme elle, laisse-toi aller, va au bout de ton envie, réalise le rêve, adopte-la. ¡ *Hazlo!* Dans ta tête d'abord, le reste, ce n'est que de l'intendance, c'est mon job... avec Margarita nous saurons faire. Et puis Agathe reste parmi nous, elle est plus qu'une sœur pour toi, n'est-ce pas ?

Tous, ils veulent me voir en héroïne enflammée, à la tête d'une nouvelle insurrection, d'une énième révolution trahie. Rêves brisés, caniveaux rouge sang et lendemains en grisaille.

Une héroïne… Si quelqu'un peut se méfier de ce mot trouble et vénéneux, c'est bien moi, témoin et complice des addictions de Ramsay. Non, je ne suis pas l'héroïne qui s'instillera dans les veines du projet, le shoot empoisonné qui saisira un peuple avide de changement mais s'estompera vite, quand sonnera le retour des pulsions égoïstes et des calculs, avant que le manque vienne à nouveau cisailler les nerfs et appeler l'injection de la dose suivante. Paradis artificiels, tragiques illusions.

Pourtant j'aime ces figures qui ont proliféré pendant la Révolution, réformateurs enflammés et généraux de trente ans, mais aussi chefs vendéens et carmélites sacrifiées. Mon cœur vibre pour Blanche de La Force et Olympe de Gouges, comme pour en d'autres époques Jeanne d'Arc, Flora Tristan, Louise Michel et Rosa Parks. Je les vénère dans mon Panthéon féminin, mais elles me font peur.

Non, je ne serai pas une héroïne. Agathe est la seule à l'avoir compris parmi tous mes proches. C'est par amour que j'ai plongé dans l'aventure. Un amour fracassé au pied de Notre-Dame, qui me tient droite, en vigie dans le mouvement général. Mon frère m'a tendu la main et me parle, m'encourage. Crescence lui a redonné la parole dans la chapelle au sol éventré, tombeau ouvert sur une résurrection. Il m'a guidée vers Victoria. Je connais mon rôle et je sais sa brièveté.

Ce n'est pas un cri de guerre que je veux lancer mais un chant d'adoration, un Te Deum de paix et de lumière, comme les enfants d'Ometepe dansant avec leurs pacifiques abeilles. Je sais que la bagarre sera rude, que des intérêts puissants sont contre nous, que les ambitions et les ego injecteront leur venin dans la cohorte fraternelle de L'Essaim, que l'appétit de pouvoir et de gloire insinuera ses diableries. Personne ne peut s'opposer à l'éternel retour de la loi des hommes et à l'holocauste des héros au cœur pur. Lorsque l'aventure sera passée, je resterai le témoin, assise au pied de l'âtre, l'enfant à mon côté, veillant les cendres froides du père et répétant : « Au commencement, il y avait Ramsay… »

C'est pour toi, Ramsay, que je me suis laissé métamorphoser. Il y aurait donc, quelque part en France, quelque part en moi, une Femme-Messie qui proclame et séduit, excite les passions, mais ce n'est pas moi. Je ne sais de quels abîmes montent les mots qui sortent de ma bouche et lèvent des foules. Le seul peuple que je connaisse est celui des abeilles. On m'a sortie d'une communauté silencieuse et sans calculs, la ruche, pour me jeter dans un Essaim bavard et conquérant.

Quelque chose a échappé à Ana-Fernanda pendant que Victoria se coulait dans sa robe andalouse et que je la dévisageais, cherchant à retrouver la figure apparue sur ma rétine flashée par le soleil pendant les obsèques de son père. Soudain les yeux gris-vert, ceux de Ramsay, ont pris possession des miens. Cela a duré quelques secondes et Victoria a lâché un râle de jouissance. Comme les leveurs de feu qui reçoivent leur don par cooptation tactile, elle venait de découvrir mes sept mille yeux. Une nouvelle reine sortait de l'alvéole. J'ai eu un rire tremblé, me suis inclinée et Victoria m'a coiffée de son chapeau.

En un mois, j'ai apprivoisé le volcan. Chaque après-midi, il s'invite à ma table et, quand je lève les yeux au-delà de l'ordinateur, le fin panache horizontal qu'il crache en continu, étiré de la gauche vers la droite, vient prolonger derrière l'écran la ligne dont j'ai suspendu la rédaction pour un temps de méditation jusqu'à ce que, sans rien brusquer, le mouvement des doigts se réveille sur le clavier. Bienheureuses rêveries, hélas infécondes. Dans la maisonnette que j'occupe seule depuis le départ de Crescence, le plateau sur tréteaux où je m'efforce de travailler est accolé à la fenêtre. En contrebas du volcan, un foisonnement de bananiers s'étend jusqu'au lac, comme un drap froissé. Sur la droite, des bâtiments de guingois et toute une agitation de femmes à l'heure des travaux.

Si j'étais journaliste ou cinéaste plutôt que thésarde coupée du monde, je consacrerais un reportage aux *Mujeres de Volcán*. Je chercherais les mots justes pour dire leur royale beauté et la grandeur de l'œuvre accomplie. Les images révéleraient des visages de labeur et de fierté, des plantations en patchwork parfait, aussi émouvants que les premiers travaux de couture d'une petite fille appliquée, les fous rires et les silences, les tablées communautaires et l'isolement choisi, les enfants de toutes et de chacune, élevés pour eux d'abord, dans l'apprentissage de la liberté. Je ferais l'éloge de cette utopie d'un monde de femmes égales et solidaires, un monde souverain et précaire au cœur de l'universel chaos. Je dirais mes larmes versées en les voyant fatiguées et heureuses, inquiètes pour une récolte ou une livraison, fières d'une commande inattendue, d'un mail de félicitations. Je confesserais mon trouble devant leurs promiscuités et leurs tendresses, à la fois mères et filles les unes pour les autres, et aussi sœurs, amies, amantes peut-être.

Parallèle à l'horizon du lac, le filet de vapeur pulse en infimes variations d'intensité et je perçois des mots se former, des phrases défiler, comme sur la ligne qui court en bas des écrans des chaînes d'info en continu, dévidant des nouvelles aussi disparates et volatiles que les pensées qui me traversent en ces moments, entre exaltation et désespoir, en d'implacables mises à nu. Mais il me suffit de fixer avec attention une des femmes qui passent au loin pour que le vertige s'interrompe et qu'un défi, toujours le même, me saisisse.

Flora Tristan m'interpelle. Comme le volcan qui me télégraphie des messages, le portrait de la révoltée de l'avant-dernier siècle s'anime devant moi. La gravure encadrée, qui ne me quitte pas depuis des années, était dans la mallette de documents que Thomas m'a fait parvenir via l'ambassade de France à Managua. Je ne peux réfléchir à ma thèse sans l'avoir à mon côté. Une cascade de boucles anglaises tombe sur les épaules, nez fin et droit, haut front dégagé et une ombre de double menton. N'étaient les yeux immenses, hypnotiques, et les lèvres serrées révélant une vitalité indomptée, tout évoque la sage jeune fille de bonne famille assise au piano ou bovarysant à la lecture d'un roman sentimental. Que regardent-ils, ces yeux à la limite de l'éblouissement, tournés vers un horizon élevé ? Quel rêve saisissent-ils pour tenter de le transformer en réalité ? La Femme-Messie surplombe l'abîme qui bientôt l'engloutira et semble vouloir adresser un message. Qu'a-t-elle à dire, cette bouche pincée et muette, de nos rêves et illusions d'enfants perdus de la modernité, possédant tout et manquant d'essentiel ?

Et sur Maya/Flora, et sur la révolte de L'Essaim, quelle lumière Flora Tristan peut-elle apporter? Dans l'étirement rêveur du fil du volcan, je vois défiler mes fiches décortiquant ses livres témoignages, son roman autobiographique, son journal, les récits des proches et les analyses qui n'ont cessé de sortir depuis un siècle. J'essaie de dépasser l'aspect romanesque de sa vie pour me concentrer sur le noyau central de son destin et l'unicité d'un message. Il n'est clairement pas politique. Son projet de cité idéale, composée de « palais ouvriers » fonctionnant comme des ruches démocratiques, réglées telles des casernes, révèle les vertiges technocratiques de certains réformateurs utopistes. Ce n'est pas là que Flora Tristan nous saisit par le bras et nous emmène, c'est lorsqu'elle part de son expérience personnelle pour, enquêtrice impitoyable, se scandaliser des injustices que les contemporains ne veulent pas voir, hier comme aujourd'hui dira-t-on ; c'est aussi dans le constat que les opprimés se résignent, se jalousent ou s'entre-déchirent, hier comme aujourd'hui ; c'est encore l'irruption de la femme comme moteur de la société, seule capable de la changer en profondeur, mais pas en se limitant à rafler les postes ; et c'est enfin dans la démonstration par l'exemple de l'impérieux besoin de prophètes, de « messies », pour entretenir la lucidité et l'espérance, éveiller les âmes. Voilà l'apport de Flora Tristan à notre temps : démontrer en creux, à travers l'échec de son aventure, que tout cela est illusion. D'où mon désarroi, et la paralysie de ma thèse, en songeant à L'Essaim, répétition sous mes yeux des erreurs et illusions passées.

De tout cela, rompue par les travaux agricoles le matin et par mes rêvasseries stériles face au volcan l'après-midi, je parlais le soir à Cristina. L'apicultrice m'écoutait, me racontait la révolution nicaraguayenne et sa défaite tant politique que morale. Pas plus optimiste que moi sur les épopées collectives, elle croyait par contre aux petits pas, à tout ce que l'on peut initier et contrôler soi-même, localement, avec des proches fiables, sans prétendre changer le monde.

— J'ai quelqu'un à te présenter, me dit-elle un jour. Je lui dois beaucoup, il t'aidera à avancer, à chasser tes pensées grises. Je ne t'en dis pas plus, patiente quelques jours...

Salariée de la coopérative, elle n'avait pas d'enfant à charge comme les *socias*, et nous terminions chaque journée avec Victoria. Sollicitant l'espagnol et le français dans les deux sens, notre immersion linguistique à trois se révélait diablement efficace. Elle créait une complicité joueuse qui éloignait la petite fille des autres enfants, d'autant que la diffusion du reportage sur sa rencontre avec Flora et la perspective de son prochain envol vers la France lui avaient conféré un statut d'exception dans la coopérative.

En un mois, depuis le départ de Flora, Crescence et Thomas après le Nouvel An, tout avait changé. Sur l'île et en France.

Ana-Fernanda avait bien balisé le compte à rebours. Avec les services du consulat de France, elle entreprenait les démarches pour permettre à Flora de devenir la nouvelle tutrice de la petite orpheline, avant une procédure d'adoption. Elle était en lien avec les deux grands-parents, seuls référents biologiques identifiés, Cécile en France et le haut fonctionnaire nicaraguayen désormais bienveillant. Sitôt la formalité validée, j'amènerais Victoria en France. Elle s'installerait au domaine des Landes avec Flora qui, dès le lendemain de l'élection, arrêterait tout engagement public et s'occuperait d'elle en continu, ainsi que de la promotion du Miel des Cathédrales, remplaçant ainsi Ramsay auprès de Tristan.

— Et toi, tu reviendras ensuite à la coopérative, me dit Ana-Fernanda. Ta place est ici, reste parmi nous une année, cela te fera le plus grand bien. Tu n'en peux plus d'être en désaccord avec toute ta bande, alors prends de la distance, apaise ton cœur inquiet, laisse leur expérience aller son chemin, elle est pacifique et euphorique. Ton amie Maya réalise un sans-faute éblouissant.

La diffusion du reportage sur Flora et Victoria dans « l'île aux abeilles » avait fait le tour du monde, dans tous les formats et sur tous les supports possibles. Entre conte de Noël et vœux pour une année sous le signe de l'audace politique, la mise en scène de la Reine des abeilles au côté de la fille de l'apiculteur activiste et martyr avait eu un impact formidable. Flora déclinait en formules simples et convaincantes la perspective d'une expérimentation démocratique inédite, légère et pacifique, à portée de main.

Sur l'écran d'ordinateur face au volcan frémissant, les infos arrivaient à jet continu. En décidant de rester sur l'île, j'avais imaginé être déconnectée du mouvement, concentrée sur l'écriture de la thèse et fondue dans la vie de la coopérative. Mais rien ne se passait comme prévu. Flora Tristan m'interpellait sur l'actualité politique française comme si elle était parmi nous ou revenante dans une séance de spiritisme, et réclamait des explications. Chaque étape de sa vie, toutes ses analyses et chacune de ses sautes d'humeur maintenaient de force ma tête dans l'eau que j'avais espéré quitter, m'infligeant le supplice de la baignoire. Ma complicité en trio avec Cristina et Victoria empêchait par ailleurs la fusion romantique dont j'avais rêvé avec la communauté des femmes. Et les mails d'information affluaient de France ! Tous les membres du groupe m'écrivaient, comme pour essayer de me convaincre, ou de se persuader eux-mêmes, de la justesse de la cause. J'étais devenue le point de convergence des témoignages les plus divers, l'archiviste involontaire des pulsations de L'Essaim, la chroniqueuse d'une illusion.

Mail de Sophie, dimanche 6 février :
« Ma très chère, j'étais hier au marché des Capus et j'ai récupéré le tract que je te mets en pièce jointe. C'est un collectif de jeunes Bordelais investis dans les productions locales bio, les circuits courts, la lutte contre le gaspillage, qui le distribuait. C'est la première fois que je vois le logo de L'Essaim sur un tract : l'hexagone français en alvéoles serrées de ruche, avec une urne au centre barrée d'un graff énergique. Tu vois, le mouvement que Maya a lancé nous dépasse, et c'est formidable… »

Mail du professeur Richard Hureaux,
vendredi 11 février :
« Ils ont peur ! Oui, la peur a saisi tout un système, soudain impuissant. Elle a changé de camp : les maîtres du jeu politique, avec leurs ficelles usées et leurs pseudo-alternatives, leurs présidentiables interchangeables, n'ont plus prise. Le sol se dérobe

sous leurs pieds d'argile. Le peuple refuse, rit et compte les jours. La grande presse a senti le vent tourner et suit, plutôt bienveillante, limite empathique. Dans dix semaines, le premier tour de la présidentielle ! Et dimanche en huit, les cinq élections législatives partielles consécutives aux démissions de notre ami Baron dans les Landes et de quatre autres députés ailleurs en France. Maya est partout pour stimuler l'abstention, en faire un geste de fierté, de confiance en l'avenir du pays. Elle invite à la désobéissance civique – comme Gandhi face au système colonial anglais vermoulu, a commenté un journaliste ! – avec les mots et les outils d'aujourd'hui. Et puis c'est une femme ! Dans le sillage de Flora Tristan ! Au fait, vous ne me donnez pas d'informations sur l'avancement de la thèse, j'imagine que tout se passe au mieux, forcément, cette actualité providentielle doit vous doper. Votre soutenance – avant la fin d'année si vous êtes prête – sera un sacré événement... au milieu de nos futurs états généraux ! »

Mail de Tristan, lundi 21 février :
« Tu sais tout déjà sans doute. Hier, l'abstention a dépassé les 70 % dans notre circonscription des Landes, celle de Maurice Baron. Et la dynamique continue : le candidat arrivé en tête, l'ancien opposant historique de Baron, ne s'inscrira pas pour le deuxième tour et invite les autres candidats à faire de même. Avec Baron et Crescence, j'étais à Mont-de-Marsan hier soir pour la centralisation des résultats à la préfecture. Il y avait foule d'abstentionnistes et de curieux, tous criaient : "On a gagné !" Les représentants des partis rasaient les murs, désemparés. Le préfet n'a pas dit un mot, s'est éclipsé dans son bureau pour appeler le ministère, on ne l'a pas revu de la soirée. Pareil pour les quatre autres élections

partielles, l'abstention est largement majoritaire. Si certains candidats choisissaient de se maintenir au second tour, l'élu n'aurait aucune légitimité. Imagine qu'il se passe la même chose dans deux mois à la présidentielle ! Le pari fondateur de L'Essaim est d'ores et déjà gagné. Maya se fait rare, elle ne veut pas donner l'impression de tirer la couverture à elle, révélant par là un sacré flair politique. "Grand bonheur, c'est la victoire du peuple de France tout entier", a-t-elle simplement twitté dans la nuit, mais on ne parle que d'elle néanmoins. Thomas éconduit pour l'instant les demandeurs d'interviews. Ils viennent de toute l'Europe, à ce qu'il dit. L'expérience française va faire des émules.
Dans le Calvados, le député qui avait démissionné dans la suite de Baron fait le buzz : il a distribué dans sa circonscription une plaquette reprenant un texte du grand écrivain Octave Mirbeau, né dans le coin. C'est un article au vitriol, « La grève des électeurs », publié dans *Le Figaro* le 14 juillet 1889, un siècle jour pour jour après la prise de la Bastille. Extrait : "*Les moutons vont à l'abattoir. Ils ne se disent rien, eux, et ils n'espèrent rien. Mais du moins ils ne votent pas pour le boucher qui les tuera, et pour le bourgeois qui les mangera. Plus bête que les bêtes, plus moutonnier que les moutons, l'électeur nomme son boucher, et choisit son bourgeois. Il a fait des Révolutions pour cela.*"
Celle dont le nom est mon prénom, ta chère Flora Tristan, aurait adoré, n'est-ce pas ? »

Flora par-ci, Flora par-là. Deux Femmes-Messies sur les bras, celle de ma thèse et la Reine des abeilles, deux énigmes, deux boulets pour moi. Quand donc sonnerait la délivrance ? J'enviais Cristina, libre et heureuse, responsable d'un vrai travail en osmose avec la nature, lucide sur elle-même et sur le monde. Il faut la voir, sur Skype, lors de l'échange hebdomadaire entre Flora et Victoria, dans un rôle de médiatrice, de facilitatrice, sensible et enjouée. Je reste en retrait, mal à l'aise devant la relation transatlantique par écrans interposés qui s'approfondit entre la petite fille et sa future mère adoptive, sous l'œil attentif d'une Nicaraguayenne que la vie a secouée. Cristina révèle une humanité venue de la nuit des temps, indifférente aux soubresauts du monde, mais réactive aux rencontres que la Providence met sur notre chemin.

*

Portée par des haut-parleurs dignes d'un concert rock, une voix puissante et sensuelle tournait en amples vagues sonores sur les façades de la place du Parque Central, sorties de la nuit par une batterie de projecteurs. Dans une langue inconnue, à la musicalité tour à tour arabe et asiatique, les lèvres de la poétesse caressaient le micro, jouaient avec lui, créant des sons chauds, des souffles troublants, à l'érotisme vénéneux. Face à la cathédrale, gros gâteau de sucre coloré, l'esplanade était envahie par des centaines de personnes de tous âges et de tous milieux, communiant dans la rêveuse magie de la poésie. La traductrice, qui reprit le texte en espagnol, présenta la poétesse indonésienne, un peu vacillante après sa lecture-performance. Applaudissements véhéments et lecture suivante. Les langues du monde, les internationales et les rares, vivaient par la bouche des poètes devant un public largement composé de *campesinos* accourus des villages voisins, endimanchés et attentifs.

— La poésie est l'âme du peuple nicaraguayen, là est le socle de notre identité. Tout le monde en lit, en apprend et rêve d'en écrire. Tu ne peux connaître le Nicaragua sans t'y plonger, m'avait dit Cristina avant de m'emmener deux jours à Granada où, comme chaque année, l'ancienne cité coloniale espagnole située au bord du lac Nicaragua accueillait le réputé festival international de poésie. C'est là qu'elle voulait me présenter la personne évoquée quelques jours auparavant, celle qui avait tant compté dans la réorientation de sa vie vingt ans plus tôt, assurait-elle.

Un vieil homme à la barbe et aux cheveux blancs, béret noir enfoncé à la limite des sourcils, large blouse d'artiste bohême, attirait les regards dans le restaurant où Cristina nous conduisit après les lectures. Le prêtre et poète Ernesto Cardenal, quatre-vingt-dix ans passés, ancien ministre de la Culture du premier gouvernement de la révolution sandiniste, dînait avec un groupe très animé. Il reconnut Cristina et nous fit signe d'approcher. Le vieux poète, fatigué mais l'œil vif et malicieux derrière ses lunettes à monture métallique dorée, était avide de détails sur l'histoire de la *Francesita* d'Ometepe et l'étonnante campagne électorale en France. Il me bombarda de questions courtes et précises, tout l'intéressait dans cette aventure hors normes, ainsi que les penseurs utopistes du XIXe siècle, Flora Tristan, les révolutions échouées. L'affaire de sa vie, c'était la justice et la fraternité sur terre, le lien entre révolution et christianisme.

— L'écrivain et humoriste anglais Chesterton a dit que si le christianisme n'a pas échoué en deux mille ans, c'est parce qu'il n'a jamais été mis en pratique... Notre révolution de 1979 a été l'une des plus belles jamais réalisées, démocratique et pacifique, mais certains dirigeants ont perdu le sens moral et ont commencé à s'enrichir, à voler.

Sollicité de tous côtés, Ernesto Cardenal se détourna de nous. Cristina en profita pour me résumer son parcours : prêtre dans les îles Solentiname dans les années soixante, il avait créé une coopérative d'artistes peintres et de paysans qui exportait dans le monde entier un art populaire naïf à la limite du fantastique, écrivant des poèmes, publiant des livres, s'engageant en politique contre la dictature, dix ans ministre après la révolution légale, suspendu par son Église, humilié publiquement par Jean-Paul II mais réhabilité par le pape François, avant de se retirer de toute fonction sans cesser de professer sa foi.

Le vieux militant chrétien et marxiste, comme il se définissait lui-même, revint vers moi un instant :

— Le christianisme est si difficile à pratiquer. Aimer son prochain comme soi-même... Mais c'est en cela que se fonde le royaume de Dieu. N'être qu'un seul corps avec un seul entendement, et la volonté de prétendre à la même chose tous ensemble.

Les poètes sont allumeurs d'espérance. Percutant, sans démonstration savante, Ernesto Cardenal formulait dans une mystérieuse clarté ce que tout penseur du changement développe en arguments et analyses. La leçon est universelle. *Le chant des partisans* et l'appel du 18 juin, véritable poème lorsqu'on le lit à voix haute, porteront pour des siècles la geste de la Résistance, initiée par des héros solitaires dont les mots vibrants ont levé la vague qui a tout emporté parce qu'elle était « un seul corps avec un seul entendement ». Belle définition du peuple et de l'intelligence collective qui le saisit quand souffle l'Esprit. Tristan et Marc avaient évoqué la Pentecôte à la veille de lancer l'opération sur le *Reine-Margot*. Et Flora Tristan sentait, dans ses meetings parmi les ouvriers, qu'on attendait d'elle non pas une liste de revendications, son public la connaissait mieux qu'elle, mais une posture surnaturelle, des propos lyriques, et la promesse d'un monde meilleur. Elle avait fini par accepter le destin de Femme-Messie, que le philosophe Fourier et le Père Enfantin avaient tracé pour elle, et c'est pour cela qu'elle nous parle encore aujourd'hui.

Je passe d'une Femme-Messie à l'autre. Quand nous fûmes de retour sur l'île après le festival, les femmes de la coopérative nous parlèrent de l'intervention de Flora au dîner des correspondants de la presse étrangère en poste à Paris, qu'elles venaient de visionner sur le grand écran de la salle commune.

— Mes *socias* étaient admiratives et subjuguées, nous confia Ana-Fernanda, et pourtant elles n'ont pas compris un mot. Victoria a traduit quelques bribes, mais là n'était pas l'important. Ce qui m'a frappée, outre la maîtrise incroyable de Maya, c'est le respect des journalistes ; aucune familiarité, ironie ou condescendance. Ils auraient interrogé une gloire du cinéma ou le pape de la même manière !

Plus tard, devant mon ordinateur, j'ai longtemps hésité à ouvrir la vidéo. J'en avais assez des discours de Flora et de leurs séductions publiques. Lyrisme et illusions. Je pressentais que tout cela finirait mal, dans l'échec, comme pour la Tristan, le bel élan aplati dans l'ornière boueuse de la politique. Mais le corps de Flora m'appelait, l'embrasement revenait, celui que nous avions partagé à trois reprises : rue Cail au côté de la boîte à abeilles, chez Marc en mode Petit Chaperon rouge, et à Bordeaux après la bouderie chez Sophie. Tout était intact dans la mémoire des sens. J'eus envie d'elle, de silence partagé, à l'écoute de nos souffles, des cheveux froissés, de la cisaille des dents, des peaux en friction. Alors ma main lança la vidéo, coupa le son et descendit vers mon ventre.

Troublantes visions, que la relance en boucle de la vidéo exalte. Je vois surgir une guerrière en majesté exhortant ses troupes. Le sweat-shirt fluide, largement dégagé autour du cou, glisse sur l'épaule droite et laisse apparaître le haut du bras tendu vers le micro. Je scanne avec attention le réseau des os, muscles, veines, tendons et nerfs, étiré de la tête jusqu'au bout des doigts. C'est alors que tu me saisis tout entière, aigle souveraine qui m'enlève vers son aire pour l'acte d'amour. Je ne bouge plus, sauf ma main, souffrances et extases mêlées, dans la farouche douceur, l'abandon muet que tu as aimés.

Mail de Sabine, mardi 9 mars :
« Tu sais que mon groupe de travail à l'hôpital suit le cas Maya. Mes confrères ont plus de recul que moi. Sa dernière prestation remarquée, devant les journalistes étrangers – j'imagine que tu l'as écoutée –, a montré une évolution de son discours vers une radicalité concrète, en recherche d'efficacité immédiate, tournée vers un seul objectif : dépasser les 50 % d'abstention à la présidentielle dans six semaines. Maya n'est plus dans l'incantation, elle est passée au projet, au réel, et se révèle une prosélyte convaincante. La presse ne s'y trompe pas.
Pour notre groupe de psys, cela confirme ce que je pressentais et t'avais déjà évoqué : c'est l'enfant qui l'a éloignée du risque de délire, de carbonisation. La fille de Ramsay et le frère revenu des morts la normalisent. Reine des abeilles, c'est-à-dire femme froide et misanthrope, enfermée dans sa ruche, prisonnière d'une nature déshumanisée, elle ne l'était plus depuis sa brève fusion avec Ramsay. Après le suicide à Notre-Dame de Paris, elle était devenue Femme-Messie, porteuse si on veut du salut du monde, révélant un feu intérieur qui a saisi

les foules, transformé les inquiétudes sociales en forte espérance collective. Sans elle, la campagne pour l'abstention aurait fait flop. Mais cette phase est terminée, elle est maintenant la porte-parole efficace d'un mouvement qui s'est organisé. Et elle dit et répète que tout s'arrêtera pour elle après l'arrivée de Victoria et l'élection présidentielle. La femme qui ne fait pas carrière comme un homme, voilà qui accroît son prestige et sa crédibilité !
Ne baisse pas les bras, Agathe, sors du carcan ! Il n'y a pas de Femme-Messie, tu sais. Ce n'est qu'un archétype, une clé de compréhension. Ce n'est pas moi qui vais t'apprendre que Flora Tristan est une aventurière romanesque, témoin d'un siècle d'injustice atroce et d'espoirs sans limites, et rien d'autre. Quant à notre Maya/Flora, c'est une quadra d'aujourd'hui, avec rêves flous d'autonomie et de pureté de vie, parents séparés, mépris/peur des mecs et rejet/désir d'enfant. Tu sais aussi qu'elle tient à toi, qui as ouvert son chemin de liberté et veilles sur Victoria. Vous n'en avez pas fini l'une avec l'autre. »

*

Dans mes songes improductifs à la table de travail, au fil des errances sur Internet, j'ai fait une découverte, au départ infime, puis bouleversante. La carte des îles siamoises d'Ometepe, la grande et la petite, reliées par un étroit passage de terre, se calque très exactement sur celle de Tahiti, avec des formes semblables, le même axe nord-ouest/sud-est et une structure volcanique commune. Seule différence, l'échelle, Tahiti étant quatre fois plus étendue. C'est donc sur la copie conforme d'Ometepe que le petit-fils de Flora Tristan, Paul Gauguin, s'est installé en 1891. Première étape de la découverte, comme un signe.

Prolongeant mes recherches, je découvris que, né trois ans après la mort de sa grand-mère, le peintre rebelle et tourmenté, auquel jusque-là je ne m'étais pas intéressée, ne savait quasiment rien d'elle. Seules quelques phrases décousues dans ses *Mémoires* relèvent que c'était « une drôle de bonne femme », « un bas-bleu socialiste, anarchiste », que « Proudhon lui trouvait du génie » (il était pourtant sacrément misogyne), qu'elle ne savait pas faire la cuisine, et qu'elle a fondé avec quelques autres « une certaine religion » dont elle était « la déesse ».

J'entrepris alors une incursion dans l'œuvre peint de Gauguin. Les tableaux défilèrent devant mes yeux. Apparut une pièce majeure, exposée au musée de Boston, la toile panoramique de près de quatre mètres de long titrée *D'où venons-nous ? Que sommes-nous ? Où allons-nous ?*. Choc total : sur l'écran, en pleine page, j'eus l'impression flash que l'île d'Ometepe et sa communauté de femmes se déployaient devant moi !

Main fiévreuse agrippée à la souris d'ordinateur, gorge nouée, j'alternai les plans larges et les zooms ciblés. Douze femmes, de la vieillarde morose à gauche au bébé à droite, pas un homme (la figure centrale m'apparaît androgyne). La petite fille en bas, assise et croquant une pomme au côté de deux chats blancs, c'est... le sosie de Victoria. Un volcan noir, le même que celui à ma fenêtre, tronqué dans sa hauteur, sert de fond sur lequel se découpe une étrange idole gris-bleu, bras écartés : aucun doute, c'est la Femme-Messie ! Et puis des animaux, des arbres et des fleurs, l'eau calme et verte d'un lagon. Il ne manque rien, sauf les abeilles, peu importe, c'est hallucinant.

Dans une lettre à un ami, Gauguin a commenté sa création, réalisée en 1897 après une tentative de suicide : « *Je crois que non seulement cette toile dépasse en valeur toutes les précédentes, mais encore que je n'en ferais jamais une meilleure ni une semblable. J'y ai mis là, avant de mourir, toute mon énergie, une passion douloureuse.* »

Sur son portrait posé sur ma table de travail, Flora Tristan tournait le regard vers l'œuvre de son petit-fils à l'écran. Elle fixait la « *femme devenant idole* » – c'est ainsi que Gauguin présente la créature dans son commentaire de l'œuvre –, peut-être frappée par son côté extraterrestre, indifférent à la vie indolente et mélancolique qui l'environne. « Il n'y a pas de Femme-Messie », m'a écrit Sabine. Il fallait que j'arrive à m'en convaincre complètement. Tant pis pour Flora Tristan.

Mail de Manu, jeudi 25 mars :
« Les auteurs de polar font des plans millimétrés, ils prévoient tout, nous entraînent où ils ont voulu. Mais là, grand dépaysement pour moi, place à l'impro ! Après un démarrage un peu échevelé de la campagne au lendemain des obsèques de Ramsay, Maya sent que personne aujourd'hui n'attend d'elle autre chose que de donner une voix et un visage à cette rébellion pacifique. La médiatisation, juste après Noël, de la rencontre avec Victoria l'a humanisée aux yeux du

public, elle incarne désormais la Française lucide et responsable, au carrefour de sensibilités et de milieux très différents, que l'intérêt général gagne à harmoniser plutôt qu'à opposer.
C'est elle bien sûr qui annoncera samedi les trois phases de notre campagne, remontées du terrain par les plates-formes numériques et les assemblées citoyennes qui tournent depuis quatre mois :
1. Abstention massive au premier tour de la présidentielle (dans un mois jour pour jour !) ;
2. Si l'abstention est majoritaire, invitation à une immense « fête de la Fédération » le dimanche qui suit, entre les deux tours donc, au Champ-de-Mars à Paris, comme le 14 juillet 1790. Musique, grillades, débats. Entre Fête de l'Huma, Gay Pride et Journées mondiales de la jeunesse... L'objectif est que les candidats en piste annoncent tous leur retrait, rendant caduc le second tour de l'élection ;
3. Mise en route d'états généraux de refondation de la démocratie française, sans tabou, avec une attention aux formules innovantes, axées notamment sur la participation des citoyens, l'affirmation des fondements du pacte national (souveraineté, écologie, solidarité), la remise en cause d'un système de représentation sans contrôle, qui rend possibles toutes les manœuvres de partis et dénature la démocratie.
Alors pas d'inquiétude, Agathe ! Tout cela est raisonnable, pragmatique, n'appelle aucune Femme-Messie, et l'on aura même besoin de toi ! À bientôt chez nous, rue Cail, après six mois d'absence ! »

Mail de Crescence, dimanche 4 avril,
fête de Pâques :
« Maya a fait la surprise de débarquer hier au domaine. Elle voulait célébrer la Résurrection dans la chapelle où son frère repose. Surprise encore plus

grande, elle était accompagnée de sa mère. Un seul ici était au courant, Tristan, qui avait gardé le secret. Il n'avait pas revu son ex-femme, Fabienne, depuis presque trente ans, à part quelques rendez-vous chez les avocats et notaires au moment du divorce. Maya ressemble à sa mère, c'est fou, par la simplicité un peu distante. Fabienne a retrouvé le domaine comme si elle ne l'avait jamais quitté, retour d'une sorte d'exil, sans remords ni reproches.
La chapelle débordait de fleurs. Thomas, qui avait conduit Maya et Fabienne au domaine, était avec nous, ainsi que Chantal. Être bientôt arrière-grand-mère, disait-elle, serait le bonheur de sa fin de vie. Tristan avait préparé une plaque en cuivre, "*CHARLES 1981*", qu'il a collée sur la dalle. Une cérémonie sobre et fervente, j'ai chanté, peu d'effusion et de paroles, tu aurais aimé. L'an prochain tu seras là, et Victoria... Ensuite, méchoui géant au domaine. Tristan avait invité tout le canton ou presque. Maya était la reine du jour avec l'ex-député Baron en prince consort. On a retrouvé les petits notables du coin, si prudents tu t'en souviens lors de la réunion avant l'opération du *Reine-Margot*.
Thomas, ton Thomas, m'inquiéterait presque, le reconnaîtrais-tu en virtuose de la com jusqu'au délire ? Figure-toi qu'il a fait venir au méchoui des journalistes nationaux et étrangers. Photos de Maya dans son univers, c'était une première, avec les parents réconciliés, dans la chapelle du frère jumeau et parmi les ruches. Le banquet façon dîner final chez Astérix, avec une sacrée collection de "gueules" et de voix, a illustré bien des reportages sur le thème de la France profonde en révolte tranquille. Tu as vu les sondages, à trois semaines aujourd'hui du scrutin : on sera gagnants, et largement. Le maire a eu la formule du jour devant une caméra : "Aucun

des candidats en piste n'aura ma voix dans l'urne. Par contre ma voix, ma vraie voix, celle de l'audace et du cœur, aujourd'hui à ce micro, dit ceci, à vous tous : abstenez-vous !"
Nous avons passé la journée d'hier à aménager le premier étage de la grande bâtisse du domaine. Maya abandonne sa chère caravane de reine des gitans et s'installera là avec Victoria. Sa mère a été formidable pour les conseils d'aménagement et de déco. Il y a une connivence sensible entre elles deux, qui ne passe pas par les mots mais par les gestes, deux créatrices en effervescence, c'est passionnant à observer. Avec Tristan, ils forment un trio émouvant. Je me demande toujours à quoi tient un divorce, de quels désaccords sans doute surmontables il est le résultat. À Madagascar, tu sais, on ne divorce quasiment pas. Nous avons au pays une belle figure féminine, morte il y a plus d'un siècle, béatifiée par le pape il y a trente ans pour ses engagements auprès des lépreux et des pauvres et qui a vécu avec courage quarante années d'un mariage malheureux. Ce n'est certes pas un modèle de vie de couple pour notre temps, mais cela fait réfléchir. Et figure-toi qu'elle se prénomme Victoire, Victoria en espagnol.
Il y aura de chouettes chambres d'amis rénovées dans la demeure. Nous t'attendons tous, Agathe. Viens terminer ta thèse ici. Tu ne seras pas dépaysée. Maya a annoncé à la presse la création prochaine d'une communauté de femmes apicultrices, à l'image des *Mujeres de Volcán*, et en lien avec elles, pour accueillir mères en détresse et femmes en réinsertion. En hommage à Ramsay, à l'apiculteur de Notre-Dame, dont la résurrection avait commencé au domaine. Et sous la protection, pourquoi pas, de la Bienheureuse Victoire de Madagascar. »

Deux constats superficiels : Manu aime les points d'exclamation et Crescence maîtrise l'art de la séduction. Mais, plus profondément, chacun dans son registre déploie à mon égard une identique argumentation, celle d'ailleurs de l'ensemble de leur groupe : tenter de raisonner mon scepticisme, interrompre la petite musique du doute et me rallier à leur cause. Seule Flora semble indifférente à mon attitude, respectant scrupuleusement le pacte défini le jour de son départ de l'île : pas de contact entre nous deux d'ici mon retour en France avec Victoria. Pourquoi leur obstination insidieuse à me convaincre ? Est-ce signe de superstition ? Auraient-ils peur du mauvais œil ? Ils pourraient m'écarter d'autorité, mais ils ne le veulent pas, sans doute suis-je intouchable à leurs yeux, car c'est moi, assurent-ils, qui ai rendu possible la dynamique de L'Essaim en légitimant, par Flora Tristan, la posture de Femme-Messie de Maya.

Les semaines ont défilé et j'ai rendu les armes, terrassée par l'évidence : Flora n'est pas, n'est plus, une absurde Femme-Messie vouée à l'échec et à l'humiliation, c'est un maillon précieux, un Témoin, après tant d'autres, de la turbulente chaîne de siècles, de générations et de héros/héroïnes qui constituent le peuple et la nation en leur mystérieux destin. Elle a un rôle à jouer à ce moment de l'histoire, et l'incarne à la perfection. Et après ? À ma grande surprise, je n'arrive plus à m'en inquiéter. La sagesse de l'île m'a gagnée. Chaque journée apporte ses sourires et renforce la confiance.

Ana-Fernanda et les deux institutrices de la coopérative ont mis la France au programme de l'école. De l'autre côté de l'Atlantique, dans les Landes, l'école du village où sera inscrite Victoria à son arrivée s'est lancée dans un jumelage avec Ometepe. Cécile, ancienne directrice d'école et hispanophone, fait le lien entre les deux écoles.

Mail de Cécile, jeudi 15 avril:

« Pour la première fois de ma vie, je ne voterai pas. De toute manière, même si j'avais voulu, je n'aurais pas pu me rendre dans dix jours au bureau de vote de notre petite mairie, qui fut ma seconde demeure durant tant d'années. Enrique, le grand-père maternel de Victoria, vient en effet de me confirmer que son ambassade à Paris me prend un billet pour arriver au Nicaragua vendredi en huit. Cette invitation est très intéressée, on le sait, en termes de communication positive. Son gouvernement en a bien besoin, et après tout, pourquoi pas, je crois en la rédemption, individuelle comme collective, et au pardon. Je serai conduite en hélicoptère sur l'île, avec Enrique. Les deux grands-parents descendant des airs pour faire connaissance avec leur petite-fille, tu imagines l'impact. Une cohorte de journalistes sera sans doute au rendez-vous, je fais confiance à ton Thomas et à ses relais. On sera à l'avant-veille du scrutin en France, excellent timing... Victoria est bien préparée à l'événement, excitée même. Je sais qu'elle a beaucoup échangé là-dessus avec Maya lors de leurs séances Skype.

L'ambassade du Nicaragua réserve aussi vos billets, à toi et Victoria, pour le retour à Paris, quatre jours plus tard, mardi 27 avril, départ à dix-huit heures de Managua. Business class pour tout le monde, les anciens révolutionnaires ne nous refusent rien. Nous arriverons mercredi midi à Paris. Ce sera la folle semaine de l'après-résultats, juste avant la "fête de la Fédération". Te dire ce que tout cela peut donner m'est impossible. Laissons s'exciter les éditorialistes et politologues. Je peux seulement témoigner de l'extrême mobilisation ici, au village. Chacun joue à savoir qui serait assez stupide pour ne pas saisir l'occasion historique de redresser pacifiquement le pays.

Un petit message pour conclure : Jean-Martin te salue, il me demande souvent de tes nouvelles. Tu l'as impressionné, notre apiculteur, en relançant les recherches de la piste de Victoria. Sans ton insistance et l'intelligence de tes hypothèses, aurions-nous retrouvé ma petite-fille ? »

Mail de Thomas, mercredi 21 avril :
« Demain, Cécile décolle pour le Nicaragua. Elle aura dans son bagage un volumineux cadeau pour la coopérative. J'ai fait imprimer sur bâche plastifiée la peinture de Gauguin dont tu m'avais parlé, en taille réelle, sur quatre mètres de long. Un deuxième exemplaire a été tiré, pour la communauté de femmes que Maya veut créer au domaine dans les Landes. La peinture prophétique du petit-fils de Flora Tristan illustrera le lien entre les apicultrices des deux rives de l'Atlantique. Marc et Tristan ont financé l'opération, qui est aussi un petit coup de com sympa pour le Miel des Cathédrales. Mais, surtout, Maya aura besoin de symboles de ce type pour réussir sa future vie avec Victoria au domaine. À quatre jours du scrutin, elle est déterminée et sereine. Pas besoin de la coacher, elle ressent et pressent. Le score de l'abstention dimanche ne la préoccupe pas, elle vit "au jour le jour". Après, elle aura terminé sa mission, la suite du mouvement ne la concerne plus.
Dans les bagages de Cécile, il y aura un autre cadeau. Pour toi, celui-là. Maya se désole à chaque séance Skype avec Victoria de découvrir toujours ton même uniforme, jean et tee-shirt, depuis ton arrivée sur l'île. Alors, elle te relooke pour le retour...
Info de dernière minute : ton coloc quitte la rue Cail ! Manu s'est trouvé pendant la campagne une jolie conspiratrice que sa tête de comptable et ses histoires cousues de fil blanc ne rebutent pas, et il s'installe

chez elle. La voie est libre, je débarque rue Cail. La nuit de ton arrivée, nous y serons tous les deux. Promis, tous mes électroniques seront coupés. »

*

Le soleil disparaissait à l'horizon, au-dessus d'un tapis de nuages qui rendait invisible l'immense lac Nicaragua. Victoria se détourna du hublot, saisit ma main, et sa tête vint s'appuyer sur mon épaule. L'avion filait vers le nord-est, à la rencontre de la nuit qui avançait à marches forcées, la nuit de l'Occident, froide et impitoyable.

Cécile, sur le siège à ma gauche, cachait mal la persistance d'un fort agacement, encore sous le choc de la rencontre avec la presse dans les salons VIP de l'aéroport :

— Vraiment, Thomas aurait dû être là. Je lui dirai deux mots, à ton compagnon. Pas sympa de nous avoir lâchées seules face à l'assaut. Et les services de l'ambassade en retrait, je veux bien comprendre leur devoir de réserve vu le contexte, mais là, ça frisait la non-assistance à personnes en danger. Heureusement qu'Ana-Fernanda et l'interprète locale de l'ambassade étaient là, elles ont limité les dégâts.

— Et puis Enrique, ne l'oublie pas. Il a été classe, je trouve.

Je me retins d'en dire plus. Cécile, depuis son arrivée sur l'île en hélicoptère avec le grand-père de Victoria, donnait l'impression d'être en concurrence avec lui. Risibles petites rivalités entre grands-parents, attisées par le peu d'intérêt que leur avait jusque-là manifesté Victoria.

Il est vrai que la conférence de presse, quasi improvisée, sans filtre ni organisation, avait été un sacré gymkhana. Une bonne cinquantaine de journalistes du Nicaragua, d'agences de presse internationales et quelques envoyés spéciaux venus des États-Unis avaient voulu assister au départ de Victoria, « l'enfant du miracle », mais aussi entendre nos commentaires quarante-huit heures après les sidérants résultats de l'élection en France. 68 % d'abstention. Seul un Français sur trois avait participé au plus important des rendez-vous électoraux de la vie politique française. Le pari de L'Essaim était gagné. Haut la main, même !

Qu'ajouter à la froide radicalité des chiffres ? À quoi bon disséquer et projeter ? Il ne fallait pas compter sur moi pour livrer des analyses façon Manu ou Hureaux.

Dimanche, grâce au satellite, nous avions visionné en direct la soirée électorale en France sur l'écran télé géant de la coopérative, à l'heure du déjeuner, décalage oblige. Dès après l'apparition du chiffre implacable, le journaliste avait annoncé une liaison avec le QG de L'Essaim. Le visage de Flora avait surgi à l'écran, sur la terrasse aux abeilles chez Marc, parmi les ruches, avec Paris en arrière-plan. Le visage de la campagne pour l'abstention était désormais celui de la victoire, coiffure animée par les rafales. Dans l'ouverture de la veste vert amande et du chemisier blanc, le bijou-boîtier crétois semblait palpiter. J'imaginais les interrogations des téléspectateurs : y a-t-il une reine des abeilles à l'intérieur ?

Flora fut brève, regard droit vers l'objectif, un ton chaud et grave, débit très lent :

« *Le peuple de France s'est prononcé, avec cœur et intelligence. Dans la longue histoire de notre pays, une nouvelle page s'ouvre. Une page d'espérance et de fraternité. Il n'y a ni vainqueurs ni vaincus ce soir. J'invite les candidats en compétition à se retirer. Avec l'ensemble de nos concitoyens, avec toutes les forces généreuses et créatives de la France, qu'ils prennent leur place, humble et modeste, dans la refondation collective. L'heure est à la concorde, à l'engagement de tous, au pragmatisme. Dans une semaine, dimanche prochain, à quatorze heures, retrouvons-nous sur le Champ-de-Mars et sur les places de nos villes et de nos villages. Tous ensemble. Ce sera la Renaissance de la France.* »

Les journalistes à l'aéroport de Managua s'étaient adressés à nous comme les vainqueurs du scrutin, attendant des informations sur la suite des événements. Ils étaient persuadés que l'arrivée en France de la fille du héros de Notre-Dame préparait un coup. Notre désarroi, à Cécile et moi, leur paraissait surjoué. Le babil de Victoria, aussi à l'aise devant une caméra que Flora, les orienta vers l'aspect people de l'événement. Après tout, le public préfère cela à la politique. Victoria parla des abeilles, de l'échange avec l'école française et déclara de façon inattendue :

— Avec Maya, je vais aller voir la cathédrale où mon papa est mort.

Elle avait tenu les mêmes propos lors des adieux à la coopérative. Les images de Notre-Dame, de l'incendie et du chantier de restauration l'avaient fascinée, de même que les bateaux glissant sur la Seine. Son enthousiasme à quitter l'île partait de là.

Victoria endormie contre moi, je songeais aux retrouvailles avec Flora dans moins d'un jour et à la dernière ligne droite de la campagne, sans doute à haut risque.

« *D'où venons-nous ? Que sommes-nous ? Où allons-nous ?* » s'était interrogé le petit-fils de Flora Tristan dans la plus puissante et la plus rêveuse de ses œuvres. Pour ma part, je sentais que mon cœur était resté sur une île peuplée d'oiseaux du paradis, une île dont la princesse est une enfant protégée par des femmes héroïques, des abeilles pacifiques, des singes hurleurs et une armada d'invisibles requins.

Mes pieds ont senti l'appel sous la dalle froide et le message a pris impérieuse consistance. Je souffle sur le cierge pascal, m'éloigne du groupe et quitte la chapelle. Mon Dieu, qu'on me laisse seule ! Que s'interrompe la chaîne des devoirs et des apparences et qu'advienne l'injonction montée du plus profond de ma gémellité en éveil.

C'est Pâques aussi parmi les ruches, dans ce printemps de joie, dans la lumière aux couleurs de matin du monde. Mes sœurs sont à la fête. Je me grise de leurs passages rapides et désordonnés, de leurs frôlements à ras de visage, à ras de corps. Je me fonds dans la familiarité fraternelle des butineuses et des ouvrières. La promiscuité grouillante des abeilles n'est pas uniformité, chacune a ses tâches précises et son destin unique. Je connais le mien. Charles, mon frère disparu, a été clair tout à l'heure et il est à mon côté pour le message que j'ai à vous adresser, mes sœurs.

Écoutez-moi. En cette heure bénie parmi toutes, je ne suis plus votre reine mais la servante en charge de la nouvelle souveraine. Mon règne est révolu, le relais est passé. Ainsi l'empereur chargé de gloire terminant ses jours dans la cellule d'un couvent ou le général victorieux retournant à la charrue, je découvre le bonheur de l'œuvre accomplie et du flambeau transmis. Gracieuses amies, comme moi ployez la nuque devant la jeune suzeraine qui, bientôt, sera parmi vous.

Mais j'ai encore une mission à accomplir, mener l'élue au temple pour le sacre et l'action de grâce, dans le tumulte de la cité, au cœur de votre nuage ambré et strident.

J'ai besoin de vous, mes sœurs. Écoutez-moi, aidez-moi.

J'avais passé six mois face à un volcan, spectatrice bienheureuse de ses pulsations, et voilà que je tombais dans l'incandescent chaos de ses entrailles. J'y montais, à dire vrai. L'ascenseur menant vers la terrasse de Marc vibrait et grondait, comme s'il voulait accélérer le film des événements, avancer avec gourmandise dans l'excitant scénario. Dans le large miroir du lift, quatre silhouettes alignées côte à côte dévisageaient leur double et sans doute s'interrogeaient. Les jours à venir allaient être volcaniques.

Deux heures plus tôt, le choc à Roissy avait été violent. Beaucoup de journalistes, bienveillants mais traquant la phrase choc, un lâcher d'émotions, le carburant d'une fiction que certains nommeraient *La Femme-Messie et la Princesse*. Condamnée au silence à Managua à cause de l'omniprésence du grand-père nicaraguayen, la grand-mère de Victoria connut à Roissy son moment de gloire médiatique et vanta aux micros tendus vers elle les vertus quasi prophétiques de la communauté d'apicultrices, ainsi que la magnifique relation nouée entre sa petite-fille et Maya, compagne du père tragiquement disparu et porte-parole de l'équipée victorieuse pour l'abstention. À son côté, bronzée, robe blanche et gilet indien en mosaïque de couleurs vives, fin collier de perles ceignant le front et les cheveux, Victoria captait les caméras. Elle ne prononça qu'une phrase, la même qu'au départ à Managua, en français cette fois :

— Avec maman, je vais aller à la cathédrale où mon papa est mort.

Tiens, elle avait dit « maman » cette fois. Dans l'avion, avec Cécile, nous lui avions redit et précisé ce qu'elle savait déjà : une vraie maman, la grande maison dans les Landes, l'école avec tous les camarades qui l'attendaient, les abeilles, des chevaux et plein de canards. La procédure d'adoption était en bonne voie, mais pour Victoria elle était déjà actée, peu importaient les papiers.

Thomas était venu nous chercher et avait canalisé les journalistes, contentant chacun mais sans s'éterniser. Une voiture nous attendait, direction le QG historique de L'Essaim, chez Marc, où nous étions attendues, sans même un moment de pause, après quinze heures de vol, plus l'escale à Mexico.

Depuis l'aéroport, Victoria ne lâchait plus la main de sa grand-mère, petite fille attentive aux détails d'un environnement nouveau. Elle nous fixa à tour de rôle dans le miroir de l'ascenseur. Elle vit Thomas passer son bras autour de ma taille et, sa tête collée à la mienne, adresser un sourire à mon reflet. La scène était cocasse. Thomas, le fil de l'oreillette du téléphone sortant de sa masse de cheveux frisés, serra son blouson de cuir fatigué contre ma lumineuse redingote lilas aux brandebourgs dorés. C'était le fameux manteau de Flora, celui du périple en Blablacar, le cadeau livré par Cécile, mis à ma taille, formidablement ajusté. Pas possible, la magicienne des coupes avait dû prendre mes mensurations lors de nos étreintes acrobatiques. Les flammèches de cheveux allumant l'océan mauve d'une tombée de jour, l'amazone romantique du miroir avait de l'allure. Je répondis au sourire de Thomas en dirigeant mon index sur ma poitrine, vers la broderie d'or que Flora avait ajoutée, bien visible comme une médaille de gloire : les deux abeilles enlacées de L'Essaim. À quel couple avait songé Flora en brodant ce motif, y avait-il un message ? L'interrogation tournait dans ma tête depuis la découverte de la redingote ainsi personnalisée, et j'appréhendais les retrouvailles avec mon amie, quand viendrait le moment d'un face-à-face sans témoin. Thomas n'eut pas mes hésitations, il plaqua sa main sur la mienne qui pointait encore les abeilles et m'embrassa alors que la porte coulissante de l'ascenseur s'ouvrait sur le ciel de Paris.

Comme dans une scène d'opéra, quand les rôles secondaires et les choristes se mettent en retrait pour dégager l'espace aux deux solistes, le groupe de L'Essaim et les nouveaux venus de l'ascenseur laissèrent Flora et Victoria approcher l'une vers l'autre sur l'esplanade bordée de ruches. La séquence fut brève, sans pathos ni mièvrerie. Flora, pantalon noir et étroit blouson de cuir rouge, s'accroupit face à la petite Indienne qui marchait d'un pas assuré. Il y eut un échange de bises comme si elles s'étaient quittées la veille, puis Flora prit la main de l'enfant et l'emmena vers la balustrade découvrir Paris.

— Là-bas, c'est Notre-Dame, c'est la cathédrale. On ira samedi, dans deux jours.

Le groupe se reforma progressivement autour d'elles. Il n'y avait pas grand monde, cette fois-ci, chez Marc. J'avais eu peur qu'il ne convoque la presse et la smala de leurs militants pour une nouvelle mise en scène de retrouvailles, comme sur l'île au pied de l'hélicoptère, mais Thomas m'avait rassurée dans la voiture, enfin à moitié rassurée, car c'était reculer pour mieux sauter :

— Tu verras, on a imaginé autre chose pour présenter Victoria. Ce sera spectaculaire...

Tristan, Crescence et Chantal avaient fait le voyage des Landes et venaient d'arriver. Ils avaient emmené au passage ma chère Sophie. Sabine était là aussi, l'accompagnatrice et vigile des moments difficiles. Il y avait également la mère de Flora, un peu à l'écart, d'une élégance intimidante, et, à ma grande surprise, mes parents, que notre arrivée théâtrale n'empêcha en rien de poursuivre leur discussion serrée avec Chantal, visiblement ravie. Plutôt que venir me saluer, ils continuèrent leur pêche aux infos. Ils savaient bien qu'avec moi ce serait moins causant. L'improbable réunion de famille avait Marc pour grand ordonnateur ; il nous dirigea vers la véranda, autour de la longue table transformée en buffet sans chichi. Victoria avait envie de courir sur la terrasse, ébahie par cette autre île aux abeilles suspendue entre ciel et terre. Elle voulait voir les ruches, se faire expliquer Paris par Flora, que je lui indique où j'habitais.

Bavardages futiles et gais, euphorie de retrouvailles limitées au superficiel, échanges de nouvelles positives : les ingrédients de la *party* la plus convenue semblaient réunis. Ma mère complimenta ma tenue, mon père s'enquit de ma thèse et des conditions du vol retour, les grands-mères parlaient à Tristan, Crescence riait avec Sophie, Flora et Victoria butinaient le pollen du bonheur. Seuls Marc et Thomas devisaient gravement près des bouteilles. Étions-nous les trois seuls à prendre conscience de l'absolue irréalité de la scène ? Eh quoi, voilà la France au cœur de la semaine de tous les dangers, au lendemain d'une élection présidentielle sabotée par une campagne activiste cinglante, à la veille de la convocation de rassemblements de masse qui exigeront rien de moins qu'un grand chambardement des institutions politiques, et l'héroïne de toute l'épopée, la porte-parole de ce mouvement aussi insaisissable qu'une décharge électrique, la Femme-Messie des magazines, musardait avec ses invités comme si on était au baptême d'un neveu ! Je sentis monter en moi la colère d'avoir été flouée, après tous leurs efforts pour faire de moi la nounou de Victoria, la préparant à son arrivée de starlette à Paris, mais surtout me confier le rôle de future béquille de Flora lorsqu'elle sortirait, forcément brisée, de l'aventure. Brisée, tu parles, en pleine forme, comme jamais !

J'étais prête à les laisser là, fuyant leurs simagrées, évitant l'ascenseur et son gros clignotant rouge, dévalant l'escalier de secours dans le vertige sonore d'un tourbillon de marches métalliques, pour me retrouver, seule, hébétée, vide. N'était-il pas temps de cesser de pourchasser une chimère, la leçon de vie d'une femme morte voici presque deux siècles ? Son échec devenait le mien, l'incapacité à trouver ma juste place sur Terre, à la différence des femmes de la coopérative d'Ometepe qui, elles, avaient su répondre aux trois questions de Paul Gauguin.

Thomas m'observait depuis un moment et sentit mon trouble.

— On ne va pas tarder à rentrer rue Cail. Tu as besoin de te reposer. Et moi plus rien à faire ici ce soir. Ciao, la compagnie, viens !

Me sentir ainsi mise à nu et, une fois encore, placée dans une case et instrumentalisée, me donna envie de rester. Ma grincheuse misanthropie, qui poussait Thomas à m'exfiltrer, était capable de retournement.

Mais ce n'était pas eux que je voulais surprendre, c'était moi, en osant un renversement des rôles, comme lors de la nuit à Bordeaux, quand j'avais quitté le lit de la possessive Flora pour celui de l'apaisante Sophie. De minuscules révoltes en micro-rébellions, la liberté serait-elle au bout du chemin ?

— Rentre si tu veux, Thomas. Moi j'ai du monde à voir après six mois d'absence, tu ne crois pas ?

Mon regard appuyé en direction de Flora suffit à bousculer le scénario. Thomas rougit. Ce fut soudain lui qui eut envie de partir. Il retrouvait l'attitude couarde que je lui avais connue avant tout ça, quand je rembarrais ses conformismes adolescents et son machisme brouillon.

— Tu as raison, Agathe. Je vais faire un saut au bureau de presse de L'Essaim, et on se retrouvera tout à l'heure. Si les Tamouls ne s'en sont pas chargés, j'allumerai tous les lampions de la rue Cail !

Il surjouait. Son job inattendu de responsable de presse de L'Essaim l'avait à peine changé, faussement sûr de lui, girouette accueillant tous les vents qui se présentent. J'eus un bref moment de tendresse, quand le rappel de nos amours volcaniques à Ometepe vrilla soudain mes entrailles, et lui tendis mes lèvres avant de le laisser partir.

Restée seule, encore chahutée, je me mis à observer Flora, qui s'était installée avec Victoria au bout de la terrasse, en pleine lumière. La petite fille était adossée à Flora qui laissait ses bras pendre par-dessus ses épaules, dans une gracieuse immobilité des corps. Face à elles, l'arrière-grand-mère et les deux grands-mères péroraient en alternance. Quatre générations de femmes, vives et gaies, dans le soleil de toutes les espérances. Le féminisme avant-gardiste de Flora Tristan réclamait bien sûr l'égalité des droits et la justice sociale, mais plaidait surtout pour une contribution spécifique des femmes dans la société, en tant que femmes. Après Ometepe, j'en avais une nouvelle démonstration vivante sous les yeux.

Sabine et Crescence s'approchèrent de moi. Mon isolement songeur les intriguait sans doute.

— Tes parents sont drôles, commença Crescence. Seuls deux sujets les intéressent, ta relation à Thomas – sérieuse ou pas ? demandent-ils –, et ton avenir après la thèse, quels postes possibles. Pour le reste, ils ne parlent que d'eux, m'ont raconté un court séjour à Madagascar, hôtel de rêve bien sûr, les quelques années avec toi sur l'atoll polynésien et la maison qu'ils comptent acheter pour la suite de leur retraite, pourquoi pas dans les Landes près du domaine… nous voilà prévenues !

Peu réceptive à ces futilités, je continuais à considérer le quintette féminin du bout de la terrasse, attentive à l'émoi qui perdurait dans mon ventre quand je fixais Flora. Je retrouvais le mouvement qu'elle aimait répéter, passer ses mains dans la nuque et aérer la masse de ses cheveux d'un geste sec qui la cambrait. Sabine fut la première à entrer dans le temple de mes rêveries. D'abord par son regard, puissant et bienveillant. Puis par ses mots, lâchés avec lenteur :

— Maya aura à construire une relation mère-fille avec Victoria. Jamais facile dans le cas d'une adoption, surtout quand celle-ci intervient dans un contexte hanté par des morts tragiques. Victoria ne doit pas devenir le chouchou d'une tribu un peu barrée, le dérivatif aux frustrations et aux échecs de ses membres.

Elle prit mes mains dans les siennes et poursuivit :

— Toi et Crescence, vous avez permis à Maya de s'arracher à son errance malheureuse. Sans vous, où en serait-elle aujourd'hui ? Elle a tombé le masque.

Mais, attention, les postures de Reine des abeilles, de Femme-Messie n'ont pas toutes disparu, d'autant que le public en redemande, tout comme certains de nos amis de L'Essaim. Elle n'est pas à l'abri d'une rechute dans ses délires, ses dédoublements de personnalité. L'opération de samedi à Notre-Dame s'annonce risquée !

Le camp des inquiets et des sceptiques tirait avec Sabine ses dernières cartouches.

— Mais non ! Au contraire, elle est forte, lucide et déterminée, rétorqua Crescence. À nous, en petit comité, elle dit et répète : « Lundi, c'est fini, je me retire et je pars dans les Landes avec Victoria. » La tribu dont tu parles se dispersera, chacun retournera à sa charrue. On espère juste qu'Agathe nous rejoindra dans les Landes, on a des projets concrets à lancer ensemble !

Crescence voulut-elle faire transition, voyant Tristan approcher ? En tout cas, le père de Flora fit le lien entre les deux propos :

— Je viens d'installer les abeilles parmi les ruches de Marc. Elles ont bien supporté le trajet. À mon niveau, tout est au point pour samedi.

Thomas m'avait donné les grandes lignes de l'événement prévu à Notre-Dame, l'ultime opération médiatique avant les grands rassemblements du lendemain dans toute la France sur le thème de la fête de la Fédération, prélude à des états généraux participatifs dont les prémices commençaient à s'organiser dans beaucoup de milieux. Mais, dès lundi, moi aussi je serais loin de tout cela. L'invitation répétée à venir me poser dans les Landes faisait son chemin.

Les uns après les autres, tous se retrouvèrent autour de la table. J'échangeai quelques phrases de convenance avec mes parents, qui n'en attendaient pas tant, se limitant à me questionner sur mes intentions concernant l'appartement de la rue Cail. Ils avaient capté l'hypothèse de mon installation dans les Landes, a priori gracieuse, s'étaient-ils assurés auprès de Tristan, et se félicitaient déjà d'économiser un demi-loyer parisien, la vraie bonne nouvelle du jour pour eux. Flora vint me tirer de leurs filets, et son bras s'allongea sur mes épaules et mon cou, douce caresse de chevreau rouge. Puis elle me chuchota en mode confidence :

— Marc va mettre gentiment tout le monde dehors. Il a mille choses importantes à gérer avec L'Essaim, tu imagines. Moi, j'irai à Belleville avec Crescence, elle m'aidera aux préparatifs. Chantal et Cécile resteront ici avec Victoria, que je récupérerai samedi matin. Toi, tu rejoins Thomas rue Cail. Pas de problème, ma belle, vous aurez votre nuit ! Mais, demain matin, les garçons débarqueront chez vous pour les instructions à J moins 1.

Je retrouvais la Reine des abeilles en ses certitudes directives et son ironie hautaine, telle que je l'avais connue avant sa rédemption à la chapelle. Il n'en aurait pas fallu beaucoup plus pour que je me cabre. Elle dut sentir le raidissement de ma nuque et la tension de mes mâchoires. Ses lèvres se portèrent à mon oreille :

— Reste ici une heure avec moi, Agathe. Je veux dégrafer ta redingote et te déshabiller...

Retour dans la chambre du Chaperon rouge. La redingote fut accrochée à une extrémité de la tringle du rideau, le blouson de cuir à l'autre, et nos corps s'enlacèrent en désordre sur le lit. Élans et douceur, essoufflements et silence, six mois de mise à distance n'avaient pas modifié l'alchimie de nos étreintes, de nos humidités, de notre fusion. Et une gravité sereine nous saisit quand vint le temps de l'apaisement, des effleurements, des rires contenus, des sous-entendus plus explicites que des déclarations :

— Tu sais, je me suis interrogée sur la signification des deux abeilles enlacées que tu as brodées pour moi sur la redingote.

— Et tu t'interroges encore ?

— Chut ! Pour une fois, c'est moi qui parle. Et puis, me croiras-tu, Flora, pendant tous ces mois sur l'île, quand on m'envoyait des vidéos de toi, des liens vers tes interviews et les reportages, j'ai toujours coupé le son. D'abord, cette campagne m'horripile, tu le sais, donc je ne voulais pas entendre tes commentaires, ils m'auraient indisposée... Non je coupais le son pour imaginer que c'était moi que tes yeux myosotis fixaient quand tu regardais la caméra avec l'imperceptible froncement de sourcils que je suis la seule à avoir détecté, et tant aimé, car à moi seule destiné, n'est-ce pas ? Et quand tu parlais en silence, quand tu ouvrais les lèvres...

Flora posa la main sur ma bouche.

— Quand je les ouvrais ainsi, c'est ça ?

Elle marqua une pause.

— Et maintenant, embrasse-moi, insupportable bavarde !

*

D'un lit à l'autre, d'un sexe à l'autre. Rue Cail, Thomas avait arrangé l'appartement pour nos retrouvailles, fleurs, musique et bougies. Un plateau d'huîtres ouvertes attendait au frigidaire avec deux bouteilles de chablis. Bien éméchés, nous tombâmes sur le lit pour y partager le dessert qu'il avait préparé en trente minutes chrono, un cake largement arrosé au Miel des Cathédrales, tiède et moelleux, collant à souhait. Contrairement à nos habitudes, ce fut Thomas qui lança les préliminaires. Solennel et appliqué, il entreprit de me lécher le visage, étalant le miel jusqu'aux paupières, fouaillant mes oreilles de sa langue, dressant mes cheveux en mèches punk avec ses doigts poisseux. Il ouvrit mon chemisier, étira entre mes seins et vers mon ventre une coulée de miel sortie directement du pot. Il s'attaqua au pantalon, puis sa langue explora tout, lentement, obstinément, à l'écoute de mes réactions, réveillant les extases de la chambre du Chaperon rouge, quelques heures plus tôt. J'étais houle et tempête. Les draps s'accrochaient à nous, comme aux fantômes des vieux films d'épouvante. Je me redressai à demi et, avançant la main, je commençai à détacher sa ceinture lorsqu'il sortit la tête de mon entrejambe, m'offrant un visage de naufragé. Il y avait de la tristesse dans son expression, et du défi.

— C'est ainsi, n'est-ce pas, que vous faites entre apicultrices ?

Tout était fini entre nous. Rien n'avait jamais vraiment existé à dire vrai, de la juxtaposition de deux médiocrités à nos débuts jusqu'au grand fossé depuis l'aventure de L'Essaim, avec un activisme trompeur et Flora en fragile passerelle, comme un couple qui n'arrive pas à se séparer à cause d'un enfant ou d'une maison ou, plus grave, d'une vitalité doublement éteinte.

— Tu as trouvé ta voie, Thomas, et j'ai trouvé la mienne. Jamais nous ne nous sommes fait du mal, je crois. Merci pour ta franchise, je ne sais pas si j'aurais eu ton courage.

De pâles éclats d'amour vacillaient sur le champ de bataille du lit gluant où deux gisants, allongés côte à côte et fixant le plafond, devisèrent longtemps, main dans la main. Je lui fis part de mes décisions : l'arrêt de la thèse et le départ pour les Landes, avec l'envie de participer à la création de la coopérative de femmes en détresse. Ma relation à Flora fut plus délicate à formuler.

— Chacune a aidé l'autre à abandonner ses chimères et à s'ouvrir à la vie. Que dire de plus, Thomas ? Mais l'amour, c'est autre chose que l'entraide, bien sûr. C'est un chemin je crois, un long chemin. Rien à voir avec le coup de foudre, j'ai tellement haï Flora à nos débuts, tu t'en souviens. Nous sommes maintenant en paix, dans un partage sans calcul, avec notre lot d'étoiles rien qu'à nous dans le ciel. Voilà...

La nuit était tombée. Thomas n'avait pas mis la lumière et la pièce se colorait des lueurs orangées de la rue. Agités par le vent, les lampions avaient les frémissements d'un volcan en éveil. Je songeai aux amants de Pompéi ensevelis sous la lave, dans l'éternité de leurs rêves brisés et de leurs vanités carbonisées.

À ma surprise, il y avait de la douceur, une sagesse désenchantée, dans notre séparation qu'aucune trahison ne polluait. C'était l'acceptation d'une évidence après dix-huit mois de recherche sincère, mais sans succès, pour faire couple. Je me disais que notre siècle, égaré sans boussole sur la carte du Tendre, gagnerait à requalifier formellement la notion de fiançailles, laboratoire concret d'une confiance à définir et à bâtir à deux. Ce n'était pas ma chère Flora Tristan qui m'aurait contredite, victime d'un mariage malheureux, trop vite conclu, terminé dans la violence – un coup de pistolet de son mari ! – avant un procès et un divorce qui en firent une paria sociale, mais aussi une femme libre d'inventer et d'accomplir son destin d'éclaireuse de l'humanité.

Les trois hommes qui arrivèrent sur le coup de onze heures étaient à cent lieues de pareilles considérations d'alcôve, d'ailleurs Thomas donna très bien le change, et moi aussi, car rien ne transparut de la consommation de notre rupture pendant la nuit. Nos visiteurs avaient d'autres priorités. Manu, mon ex-coloc, jaugea les aménagements intérieurs effectués par Thomas et les restes en cuisine d'une dînette poivrée entre amoureux. Il pilota dans le petit appartement le professeur Hureaux ainsi que le colonel rondouillard et vif, et, comme s'il était encore l'hôte des lieux, nous serra autour de la table de la cuisine, promptement déblayée alors que Thomas s'affairait à la machine à café. Curieux quatuor de mecs, comme seules les aventures politiques savent en constituer, aussi fragile et précaire que les couples d'aujourd'hui. Tiens, il faudrait songer à instaurer également des fiançailles en politique, un sas d'observation des engagements et d'évaluation des leaders, qui sait, cela éviterait peut-être des désastres et bien des illusions, de type Femme-Messie, par exemple.

Bizarre synchronicité des pensées ou étonnante prémonition, mon directeur de thèse se lança sur le sujet, à sa manière :

— Vous avez vu juste, Agathe. Le thème de la Femme-Messie interpelle aujourd'hui jusqu'aux plus rationalistes des observateurs. Le monde entier observe l'incroyable succès de Maya, la Reine des abeilles devenue icône d'un changement politique radical, attendu par tous mais impossible à mettre en œuvre jusque-là. Ce qui frappe, comme pour Flora Tristan en son époque, c'est l'irruption d'une femme extérieure au sérail, pas une froide politicienne qui trace son chemin sur le cadavre des concurrents, mais une femme à la parole chaude et forte, qui formule une espérance et la rend envisageable. Sans Maya, rien de ce qui s'est produit dimanche dans les urnes n'aurait été possible. La découverte miraculeuse de Victoria, la fille du martyr devenue sa propre fille, a conduit la folle saga aux confins du sacré, et même de la magie, c'est ainsi. Nous en aurons la démonstration demain à Notre-Dame.

À l'heure des émotions collectives instantanées, des désirs de pentecôtes laïques, la figure du messie reprendrait-elle son sens ?

À quoi rimait pareil déploiement de lyrisme dans ma cuisine, à la veille d'une échéance si importante pour L'Essaim et pour le pays ? Je pris conscience que tous les regards convergeaient vers moi. Qu'avaient-ils en tête ? Ce fut Manu, le roi du polar, l'as du rebondissement inattendu, qui lâcha le morceau :

— L'arrivée de Victoria a changé la donne, on est passé à la vitesse supérieure. Maya et Victoria, la Reine des abeilles et la fille du héros de Notre-Dame, cela bouleverse tout. Elles symbolisent ce qui fonde la civilisation, protéger et passer le relais, mais pas dans les mots et les programmes, dans l'être, dans l'incarnation. C'est toi, Agathe, tout le monde le sait parmi nous, qui as permis de retrouver la petite. Maya te voue une reconnaissance sans bornes. C'est pour cela que nous venons te voir.

Je les sentis préoccupés, en malaise même. Peut-être l'angoisse de tous les comédiens à quelques instants du démarrage du spectacle, une envie de fuir, l'effroi face à l'implacable compte à rebours. Manu poursuivit :

— Elle est en plein doute existentiel, elle veut tout arrêter dès lundi. Sabine la conforte malheureusement dans cette voie. Mais ce n'est pas possible, Agathe ! Maya a un destin à parachever, le public ne comprendrait pas, on crierait au dilettantisme, à l'abandon. Elle a un rôle, une responsabilité. Mes contacts dans les arcanes du pouvoir sont nerveux, il y a panique à bord. La suite de l'aventure, notamment les états généraux compliqués à organiser, nécessite sa présence tutélaire, gage de consensus et de neutralité. Au moins pour six mois. Nous avons échoué à la convaincre, et cela me préoccupe.

Tu es la seule à pouvoir la faire changer d'avis. Thomas a dû te le dire aussi, n'est-ce pas ? Songes-y, Agathe, tu donnerais à ta Flora Tristan sa victoire messianique, cent quatre-vingts ans après sa mort !

Malgré l'interpellation directe de Manu, Thomas ne broncha pas. Les trois autres le regardaient, un peu surpris par son silence. La répartition des rôles qu'ils avaient dû bien préparer pour me faire leur alliée face à une Flora déserteuse partait en vrille. J'eus envie de rire. Entre manipulations, petits coups en douce et obsession de la communication, leur nouveau monde démarrait à l'ancienne, très peu pour moi. Il me fallait être claire et directe :

— Maya, enfin Flora, son vrai nom, a pris sa décision et n'en changera pas. Je l'approuve totalement. Oui, vous avez raison, elle incarne, oui, elle a initié une dynamique formidable, oui, elle est porteuse d'espoirs collectifs, mais elle a terminé sa mission. Ne comptez pas sur elle pour la suite. Si le formidable élan qu'elle a contribué à créer n'est pas capable de survivre à sa mise en retrait, c'est qu'il n'en vaut pas la peine et que c'est une chimère de plus, comme les rêves utopistes de Flora Tristan. À vous de jouer, les amis ! Flora et Victoria seront demain à Notre-Dame et dimanche au Champ-de-Mars, profitez-en au maximum. Dès lundi, elles partiront dans les Landes. Et je les accompagnerai. Je vous informe, cher professeur, que j'ai interrompu mon travail de thèse, dès le début de mon séjour sur l'île d'ailleurs. Il avait perdu tout sens. Plus tard peut-être, autrement, ou autre chose, qu'est-ce que j'en sais ?

Les garçons accusaient le coup. Thomas entreprit de leur remonter le moral :

— Ce week-end sera l'apothéose du mouvement, et Maya sera avec nous, cent pour cent avec nous. Tout est en place pour le succès. Après, c'est une autre histoire. Chacun son destin et son chemin. C'est la vie, n'est-ce pas, Agathe ?

J'adressai sourire et clin d'œil complices à Thomas. Pas de doute, il avait la classe. C'était une sacrée équipe. Le colonel en fit à son tour la démonstration :

— L'apport de Maya aura été central et il continuera à marquer le mouvement, loin des militances traditionnelles, des idéologies préfabriquées et des carrières politiques. Certes, ce temps-là reviendra, ne soyons pas naïfs, mais nous avons une petite fenêtre de tir pour tenter un rapide changement des institutions. Moi qui ne vote guère d'ordinaire, souvent avec regret et mauvaise conscience, je me suis abstenu avec fierté et enthousiasme dimanche. Une page nouvelle s'ouvre.

Je l'aimais bien, ce colonel sans uniforme. Des convictions et du pragmatisme. Je fis un demi-tour sur ma chaise pour saisir les deux petits volumes du *Tour de France* de Flora Tristan qui se trouvaient sur le vaisselier comtois de Manu, plus riche de livres que de terrines en conserve.

— Merci, colonel, cher Pierre. Tenez, lisez Flora Tristan, sa vie est une leçon de courage même si tout s'est mal terminé. Et quelle écrivaine ! Vous découvrirez notamment que son père était colonel, eh oui, et qu'un grand-oncle fut vice-roi du Pérou et a participé à des révolutions et des guerres civiles sans jamais perdre son rang ni sa fortune. Très fort !

Manu interrompit mon aparté. Tacticien rapide, il prit acte de l'échec de leur tentative de me faire leur alliée et retomba sur ses pattes :

— Avec Maya, nous avons réussi l'étape métapolitique du projet. Selon le philosophe italien Gramsci, c'est la plus importante, car elle crée l'environnement intellectuel et sensible qui favorise ensuite les succès directement politiques. Cette seconde étape démarrera lundi. Maya nous quittera sur un triomphe collectif après un sans-faute personnel. Comme une impératrice gagnant le couvent, retournant aux ruches en ce qui la concerne.

— Tu ne crois pas si bien dire, Manu, avec l'image de l'impératrice, reprit le colonel. Maya et Victoria, la mère et la fille projetées au cœur de l'actualité politique, introduisent une dimension nouvelle essentielle dans les avatars de notre démocratie française, instable depuis la Révolution. Notre président sortant, lorsqu'il était encore candidat en 2015, a fait cette déclaration étonnante, je la cite souvent à mes auditeurs de l'École de guerre : « La démocratie comporte toujours une forme d'incomplétude, car elle ne se suffit pas à elle-même. Dans la politique française, cet absent est la figure du roi, dont je pense fondamentalement que le peuple français n'a pas voulu la mort. La Terreur a creusé un vide émotionnel, imaginaire, collectif : le roi n'est plus là ! La démocratie française ne remplit pas l'espace. »

... Eh bien, voyez-vous, poursuivit le colonel, je trouve que Maya et Victoria viennent titiller ce manque souligné par Macron, d'autant plus qu'elles ne briguent rien, elles témoignent, voilà tout. Leur simple présence symbolique ouvre des fenêtres jusque-là jugées impensables. J'espère que nos états généraux répondront à l'appel de Danton aux députés de 1792, que Marc aime répéter : « De l'audace ! » Nous avons été gouvernés ces dernières années par un président que d'aucuns voyaient en adolescent brillant et immature, embrouillant et clivant le pays au lieu de le pacifier. Et voilà une mère et une enfant qui ouvrent avec simplicité le bal de la refondation du pays, c'est exaltant. Une fois encore, la France va étonner le monde.

Moi qui l'avais cru pragmatique, je fus stupéfaite. Mais il n'avait pas l'air de délirer, ni ses camarades de se moquer ou de contester. Alors, était-ce moi qui, comme souvent, me trouvais à côté de la plaque ? Le romantisme politique n'était donc pas mort avec Flora Tristan ? Je faisais bien d'arrêter ma thèse et de filer au plus vite dans les Landes. Mes parents devraient remercier Flora, ils allaient économiser sans tarder le demi-loyer de la rue Cail.

Le soleil m'a éblouie comme un flash. Il vient d'émerger derrière la masse du volcan. L'air du matin est encore vif, chargé de la fraîcheur de la nuit. Les chants d'oiseaux, brefs et enjoués, bénissent la terre et dominent l'indistincte rumeur de voix humaines et de mécaniques automobiles. Dans la forêt tropicale, seules les sensations de proximité importent, elles permettent aux cinq sens en alerte d'assurer l'avancée prudente, un pas après l'autre.

Je suis concentrée sur les détails à portée de perception, le poids de l'enfant sur les épaules, le brouillard vibrant qui nous enveloppe et la haute silhouette sombre devant nous, mon objectif. Vision débranchée, enveloppement d'un voile flou, je me laisse glisser dans le monde parallèle des myopes et des sages. Seule au monde avec l'enfant, j'avance vers le volcan. Victoria commence à chanter, voix nasale et haut perchée, étrange mélopée énervée. Le petit nuage autour de nous se densifie, bulle de vibrations mettant sous tension le cadeau du ciel, un jour nouveau, une promesse de vie.

Nous avançons. Je roule les épaules pour sentir le bassin, les cuisses et les jambes de Victoria, peau contre peau, épidermes scotchés l'un à l'autre. Son ample robe d'Indienne recouvre la moitié de mon dos et accueille dans sa corolle mes bras et mes mains qui l'arriment à moi. Elle enserre ma tête de ses bras nus. Je la sens immobile et concentrée, pilotant notre équipage. Son regard est fixé au loin alors que, sous elle, l'humble porteuse se contente de poser un pas devant l'autre et d'éviter les obstacles. Je suis la cariatide d'un temple de lumière. Je mène à l'autel une jeune vierge, non pour un culte cruel mais pour une action de grâce dont elle sera la prêtresse.

Sa main droite quitte parfois mon front et s'enfonce dans le brouillard agité qui nous enveloppe. La princesse bénit son peuple. Nous sommes enveloppées d'un nuage d'abeilles, toute une colonie bienveillante et apprivoisée, reliée à nous par mille laisses invisibles. Le nuage bouge sans cesse mais ne se décompose pas, il reste homogène autour de son noyau central, la tête de Victoria. Les milliers de joyeuses créatures rendent hommage à leur reine, l'escortent et la protègent sur les chemins inconnus du jour.

Les tours de Notre-Dame ! La cathédrale était parée d'ombre, muraille noire cousue d'échafaudages face au soleil du matin. Elle surgissait telle un volcan derrière les palissades de sécurité qui masquaient sa base et interdisaient toute approche. La Seine s'alanguissait à son côté, indifférente à la marée humaine qui battait l'esplanade en vagues puissantes. L'heure matinale n'avait découragé personne, il y avait foule pour l'hommage que Flora et Victoria allaient rendre au martyr de Notre-Dame. Les petits commandos de cameramans et de photographes éventraient le flot confus comme de hardis remorqueurs de haute mer. Au centre de l'agitation liquide, une tête d'enfant auréolée de brume émergeait de la foule, tel un phare apparaissant et disparaissant selon l'humeur des rafales. La petite fille était assise sur les épaules d'une femme, haute silhouette vêtue de noir. L'attelage avançait d'un pas hésitant, à l'image de saint Christophe portant l'Enfant pour traverser le fleuve indocile.

Flora vacilla un instant. Sabine fit un pas vers elle, en protection rapprochée, mais ce fut inutile. La porteuse rajusta ses mains nouées aux jambes de l'enfant et reprit sa marche. Son visage se contorsionna pour regarder par-dessus elle vers la tête enturbannée de flux tourbillonnants. La petite fille chantait en sourdine. La mélopée domptait le nuage qui l'enveloppait et filtrait sa figure aux yeux des observateurs médusés. Victoria était dans un brouillard d'abeilles aimantées à elle. Des milliers de petites créatures pacifiques zigzaguaient dans l'espace contraint d'une bulle invisible, captant et diffractant les rayons du soleil. La vestale avançait vers le temple, jeune vierge protégée par des forces sacrées la guidant vers la cérémonie d'offrande. Un vide, plus respectueux que craintif, s'était formé autour d'elles. Une forêt de bras prolongés de téléphones portables enregistrait l'irréelle procession.

Flora avait voulu ce remake, en mode pacifique, de l'exploit du *Reine-Margot*, pour donner tout son sens à l'hommage que Victoria allait rendre à son père. Lors de l'excursion aux ruches du volcan, Cristina, l'apicultrice des *Mujeres*, avait évoqué une antique scénographie indienne lors des cultes au soleil. Il s'agissait de composer un nuage d'abeilles, messagères de l'astre divin, autour de la tête de prêtresses illuminées. Flora n'eut aucun mal à convaincre les communicants de L'Essaim, l'événement serait autant spectaculaire que symbolique, bouclant une incroyable saga qui avait permis, sous le signe de l'insecte pollinisateur du monde, de mettre en mouvement la plus lumineuse des révoltes.

Tristan s'était chargé, comme pour l'opération du *Reine-Margot*, de trouver une nouvelle colonie de mélipones sans dard. Il était en contact cette fois avec un laboratoire italien étudiant la résistance d'espèces d'abeilles aux nouveaux insecticides. Jean-Martin avait convoyé la précieuse cargaison avec son pick-up jusque chez Marc. Tôt ce matin, la reine fut placée dans le bijou crétois, avec deux ouvrières qui prenaient soin d'elle.

La boîte resta ouverte, l'emballage de gaze empêchant la reine de sortir, mais lui permettant de communiquer avec ses sujettes et de les maintenir dans son cercle de proximité. Le bijou fut piqué au sommet du chignon de Victoria, métamorphosée en jeune prêtresse indienne. Flora s'était vêtue de noir, sa longue robe droite mettait en valeur par contraste l'ample robe blanche et la veste indienne tout en couleurs de Victoria. Avec le nuage d'abeilles qui se forma autour d'elles dès l'ouverture de la ruche à l'arrière du pick-up, le tableau était surnaturel. Le public était bouche bée, comme devant une apparition miraculeuse.

Il était prévu que Victoria dépose un bouquet de fleurs à l'endroit où son père s'était fracassé, à l'arrière de l'édifice, un espace fermé au public, a fortiori pendant les travaux de restauration. Jacques, le vieux recteur de la cathédrale, avait donné son accord, en posant des conditions qui éviteraient de détourner l'édifice de sa fonction religieuse et de sa neutralité politique. C'était l'hommage légitime à un disparu, sur les lieux du drame, quelques mois après l'enterrement dans son village. Une petite délégation aurait le droit de pénétrer dans l'enceinte du chantier hautement sécurisé, avec quelques journalistes et cameramans dûment accrédités. Les autorités gouvernementales étaient en émoi, mais la préfecture n'avait rien interdit, consciente qu'une censure accroîtrait encore l'audience de l'événement. En sursis dans ce chaotique entre-deux-tours présidentiel, le gouvernement se concentrait sur la perspective des fêtes de la Fédération, annoncées partout en France pour le lendemain, un défi de sécurité publique totalement inédit. Jusque-là pacifique et consensuel, le mouvement pouvait dégénérer, on savait des groupes extrémistes et les habituels provocateurs black blocs à l'affût.

Le monde avait les yeux tournés vers l'actualité française. Comme lors de la « révolution des œillets » au Portugal ou de la chute du mur de Berlin, l'universelle empathie confortait une dynamique nationale, transformée en séquence d'épopée pour l'humanité attentive. Notre-Dame et les abeilles nourrissaient les imaginaires. La cathédrale carbonisée et l'espèce menacée d'extinction interrogeaient chacun sur la fragilité de la vie et sur le besoin de sacré.

Victoria, davantage que Flora, attirait tous les regards. Depuis son arrivée à Roissy, elle manifestait un naturel et une empathie qui séduisaient tout le monde, alors que Flora se mettait en retrait. « *¿ También eres un amigo de mi papa ?* » demandait Victoria à chaque homme qu'elle rencontrait, voulant savoir si c'était un ami de son papa. Les femmes intriguaient moins l'orpheline de la coopérative nicaraguayenne. Des hommes, elle n'en avait guère vu jusque-là, et elle n'aurait pas trop de toute sa vie pour tenter de les comprendre.

Une silhouette se dégagea de la masse des badauds, une blonde énergique :

— Agathe, c'est moi, Éliane ! Tu te souviens, le voyage Blablacar Bordeaux-Paris ? Ha ha ha ! Avec mon mari, nous avons pleuré à Noël en voyant Maya à la télévision faire la connaissance de Victoria sur l'île polynésienne. On prévoit d'aller en vacances là-bas. Mais pas en Blablacar, ha ha ha ! Et bravo pour ton manteau, je l'ai reconnu, il te va aussi bien qu'à Maya.

— Pas polynésienne, l'île, Éliane ! D'Amérique centrale...

Elle n'avait pourtant pas tout à fait tort, notre conductrice catégorie Expert. Je faillis lui parler de Gauguin, mais Thomas écartait les importuns. J'étais à son côté, dans une complicité efficace que notre décision de séparation l'avant-veille rendait même joueuse, c'était à qui serait le plus attentionné. Avec Ludo, omniprésent depuis la première heure de l'aventure, un des radieux archanges du mouvement, et d'autres militants de L'Essaim, nous avions à gérer les flux et répondre aux sollicitations des journalistes. Ceux-ci arrivaient de tous côtés, pressant l'équipe de questions pendant que photographes et cameramans tournaient autour de Victoria et de Flora, dressées dans leur nuage d'abeilles. C'était l'image du jour, elle ferait une fois encore le tour de la planète, icône de la France allumant une torche d'espérance, Miss Liberty incarnée sur le sol qui l'avait vue naître. Thomas les avait conduites jusqu'à la plaque qui, sur le dallage de l'esplanade de Notre-Dame, indique le « kilomètre zéro », le centre symbolique de la France. L'Essaim était ce matin-là, et plus que jamais, le cœur vibrant du pays, à la veille des rassemblements qui sonneraient le réveil d'un peuple. J'aurais pu indiquer que c'est à proximité de là que, le 12 avril 1844, Flora Tristan embarqua sur le bateau à vapeur qui remonta la Seine jusqu'à Auxerre, première étape de son tour de France interrompu sept mois plus tard par son décès à Bordeaux, éteignant une autre torche d'espérance qui avait quelque temps éclairé des âmes généreuses.

Une seule prise de parole avait été prévue. Devant la plaque du « kilomètre zéro », Flora monta sur le petit praticable apporté par l'équipe de L'Essaim, surélevant d'une bonne vingtaine de centimètres la haute silhouette articulée qu'elle formait avec Victoria. La petite fille envoyait de brèves salutations de la main, le visage flouté par le nuage d'abeilles qui vrombissait en stridences joyeuses. Le public, sidéré, partagé entre turbulences potaches et respect religieux, composait cette représentation de Pentecôte qui avait hanté nos amis aux débuts de leur projet fou.

Face aux micros tendus et aux appareils qui cadraient l'hallucinante mise en scène, Flora lâcha les jambes de Victoria, figée sur ses épaules, et sa main droite se tendit vers la cathédrale. Les cameramans recadrèrent leurs angles de prise de vues. Le lyrisme puissant qui avait fait la renommée planétaire de Flora s'éveilla, simple et doux, porté par l'envol des abeilles messagères, devant les huit siècles d'histoire du monument blessé :

« *Je suis ici pour un hommage à la vie, à l'espérance. Ramsay et son message ne sont pas morts, ils sont vivants et peuvent nous aider à changer le monde. Au pied de Notre-Dame en résurrection, je ne suis qu'un témoin, le témoin d'une espérance qui traverse les générations et parcourt tous les pays. Cette espérance peut être meurtrie par l'oppression ou ignorée par égoïsme, mais jamais elle ne s'éteint. Demain, le peuple de France en fera la démonstration. J'invite les responsables politiques à accepter la situation. Ils n'ont pas perdu ce soir. Il n'y a comme vaincus que la médiocrité, la division et la résignation. J'invite les finalistes du premier tour à se retirer du second tour et à se fondre dans l'élan collectif qui va redresser le pays. Pour ma part, je serai dès lundi dans les Landes, retirée de tout engagement public, au milieu des abeilles. Victoria sera à mon côté.* »

Flora fit une pause. Victoria n'avait pas bougé en son nuage doré. Pressés autour d'elles, les journalistes lancèrent leurs premières questions, mais Flora les arrêta :

« *Vous savez, l'émerveillement d'une adoption change la vie. J'ai désormais la mission d'être attentive à une enfant que la Providence m'a confiée. J'ai aussi la responsabilité de transmettre. Transmettre à Victoria le message d'amour de son père, et veiller à la greffer aux racines de notre pays, à nos valeurs de civilisation, à l'humanité tout entière. Que son destin singulier, éclos de l'autre côté d'un océan, féconde et enchante ici notre vieille Terre pétrie de ferveurs et de révoltes. À notre modeste échelle, bientôt oubliées de tous, elle et moi nous participerons à l'écriture, avec vous, d'une nouvelle page de l'histoire. Demain, nous serons au Champ-de-Mars, avec tous les Français sur les places de leurs villes et villages. Debout, les bénis de la Terre !* »

Il y eut un temps suspendu. Flora s'était tue et les journalistes restèrent muets. Quelques secondes. Et puis Flora saisit à nouveau les jambes de Victoria et descendit du praticable. Elle voulut avancer, quitter la scène, fuir les questions excitées qui repartaient en rafales, mais c'était impossible. La foule de journalistes, d'admirateurs et de curieux se pressait, compacte et étouffante. Flora paraissait imperturbable, mais à son côté Sabine montrait des signes de nervosité ; la psychiatre s'inquiétait. Il fallait d'urgence exfiltrer les héroïnes du jour. La garde rapprochée de L'Essaim n'y parvenait pas. L'apparition de Marc et du colonel, tels d'impérieux commissaires de police, réussit à mettre le holà au joyeux désordre de l'esplanade. Ils dirigèrent Flora et Victoria vers le portail de chantier à droite de la cathédrale. Une silhouette massive et souriante attendait, en tenue civile et cigarette aux lèvres. Le recteur de Notre-Dame, l'ami Jacques, ouvrit l'accès au périmètre privé de la cathédrale, laissant derrière nous une foule qu'il faudrait retrouver dans une heure, plus dense et plus chaude encore.

Des ombres chinoises s'animèrent sur le mur de pierres blanches. Dépassant le rideau d'arbres, le soleil du matin tapait sur le chevet de la cathédrale, tourné vers l'orient, et découpait en noir les silhouettes assemblées face à la paroi de pierre qui escaladait le ciel. Jacques nous avait menés jusqu'à l'angle que forme l'abside avec le petit bâtiment, extérieur à la cathédrale et accolé à elle, qui abritait la sacristie et le Trésor jusqu'à l'incendie. Un recoin tranquille, à l'abri du vent et de tout passage, déjà bien chauffé par le soleil. Les mélipones étaient à la fête, accélérant leur sarabande autour de Victoria, qui était descendue des épaules de Flora et arpentait l'espace. C'était dans ce havre de paix, propice à la méditation, qui avait vu défiler au fil des siècles les chanoines, les prêtres et les chantres, les architectes et les tailleurs de pierre, mais aussi les gens d'armes, les gueux et les illuminés, tout le petit peuple des coulisses de Notre-Dame, que Ramsay s'était disloqué, sur ces larges dalles de pierre gorgées de grâces, de sueur et de sang. L'ange perdu avait chu ici, gargouille tombée du ciel, jetant sa grimace au monde sans pitié qui n'était pas le sien. La sérénité du lieu gagna le groupe, silencieux après l'agitation sur l'esplanade, soudé autour de ce constat autant malgache qu'universel : ce sont les morts qui rapprochent le mieux les vivants. Ramsay était parmi nous, conduisant un dialogue intime avec chacun.

Marc nous relia en un cercle autour du point précis de la chute de Ramsay. Jacques lut la prière des morts, déjà énoncée lors des obsèques au village : « *Requiem aeternam...* », qu'il repose en paix. L'émotion était palpable, mais contenue, une grande douceur s'installait. Cécile sortit le carnet de son fils, celui où Tristan avait trouvé l'énigmatique poème insufflant la piste de l'île. Elle s'arrêta sur une page et lut quelques vers du poète grec Cavafy, que Ramsay avait recopiés. Ils affirmaient avec délicatesse et mélancolie que la mort n'arrête rien, que les humains forment une chaîne et qu'« *un autre, fait tout comme moi, apparaîtra, c'est sûr, et agira librement* ». Les rêves des uns deviennent les réalités des autres, et les actions de certains nourrissent les songes de frères inconnus. Ramsay était parmi nous, plus proche et vivant que jamais.

Victoria fit irruption au milieu du cercle, le bouquet de fleurs dans la main, l'auréole des abeilles resserrée autour du bijou crétois piqué en son chignon. Elle esquissa des pas croisés, toute en ondulations et en œillades. Des sourires s'esquissèrent : la gitane au nom de feu émeraude qui envoûte l'imaginaire de Notre-Dame revivait-elle en la petite ensorceleuse ? La nouvelle Esmeralda tournait sur elle-même, dans les arabesques de sa robe blanche, les pieds nus frottant la dalle à l'endroit exact où son père s'était brisé. Les particules de calcaire qui s'insinuaient dans la plante de ses pieds avaient accueilli le sang de Ramsay, avaient absorbé son dernier souffle. Victoria déposa au sol le bouquet et vint embrasser Flora, dont la tête disparut dans le nuage d'abeilles.

Le recteur proposa à trois personnes, pas plus, les consignes de sécurité étant strictes, de monter sur les hauteurs de la cathédrale pour découvrir la galerie où, jusqu'à l'incendie, Ramsay travaillait au rucher de Notre-Dame. De là, escaladant l'échafaudage de la restauration, il s'était lancé dans le vide, quarante mètres au-dessus de nos têtes. Il fut convenu que j'accompagnerais Flora avec Sabine et que Victoria resterait en bas, impossible à déplacer dans les hauteurs avec l'essaim de mélipones autour de la tête. Crescence et tout le groupe, avec les quelques journalistes et photographes présents, restèrent avec elle dans le petit enclos de soleil et de paix. Cécile parlait espagnol à sa petite-fille avec des expressions et un accent argentins, la langue du père de Ramsay, qui faisaient rire Victoria.

L'agent de sécurité en combinaison orange nous mena par l'ascenseur du chantier jusqu'à la coursive qui fait le tour de la nef et du transept, en surplomb de la nef éventrée. La cathédrale blessée lançait un cri silencieux, écho au chahut des siècles et à la foi des hommes. Les piliers soutenaient les pans de la voûte qui avaient résisté au désastre. Les installations du chantier semblaient dérisoires à côté du chaos majuscule, mais elles témoignaient de l'humble résolution millénaire des bâtisseurs de cathédrales, succession infinie d'architectes, artisans et artistes anonymes. Le gardien interrompit notre sidération immobile et emmena Flora, tandis que Sabine me retint un instant par le bras et me chuchota :

— Crescence m'a dit ce matin, après avoir récupéré Victoria chez Marc, que les deux dernières nuits, à Belleville, Maya n'a pas dormi. Il lui est impossible de s'endormir depuis que Victoria est arrivée. Des crises d'angoisse, des cauchemars, des réveils éperdus, avec en obsession la mort de Ramsay, des chutes, des accidents. Ses vertiges intérieurs et ses terreurs nocturnes sont revenus.

Au bout de la coursive, une étroite porte bardée de ferrures donnait sur l'extérieur. Elle avait été laissée ouverte pour les deux retardataires par le gardien qui venait de la franchir avec Flora. Nous pressâmes le pas. Un violent vent marin nous saisit en mettant le pied sur la longue galerie qui s'insinuait parmi la forêt de tubes de l'échafaudage.

Nous étions à bord d'un vaisseau fantôme, démâté par la tempête, dérivant au-dessus de la cité tel un cygne blessé. Dans le violent contre-jour du matin, face à l'est, Paris, la Seine et l'horizon se fondaient en un lac d'argent qui noyait toutes formes terrestres, les maisons aux reflets gris, les immeubles en forme de hauts blocs de banquise, dans la rumeur indistincte des activités humaines qui montait de la ville. Au bout de la galerie, un étroit escalier conduisait à l'ancien espace du rucher. Je vis Flora le monter lentement, la main droite glissant sur la rambarde de pierre, funambule mal assurée. Le vent sembla s'en prendre à elle, emportant ses cheveux en un paquet horizontal, l'obligeant à suspendre le pas, déséquilibrée et gauche dans sa longue robe noire et étroite. L'agent de sécurité avait disparu de mon champ de vision.

La panique me gagna. Je laissai Sabine en plan et me mis à courir.

J'ai froid. Le soleil est intense mais ne chauffe pas. Une force mystérieuse me pousse à monter, marche après marche, à petits pas.

Une silhouette immaculée apparaît au loin. Elle se dirige vers moi. Vision brutale. Ramsay ! En tenue d'apiculteur, il arrive de ses ruches, empressé et fiévreux. Il n'a pas changé, la démarche vive et saccadée.

Mais non, ce n'est pas possible ! Je détourne la tête et pivote vers le vide, me cramponnant des deux mains à la balustrade. Je ferme les yeux pour dompter les furieuses énergies qui s'entre-déchirent en moi.

Voilà que Ramsay court à ma rencontre mais, malgré ses grandes enjambées, il n'approche pas, comme marchant à contresens sur un tapis roulant, condamné à un cruel surplace.

Soudain, les rafales cessent. Ramsay a disparu. Il s'est fondu en moi, nous formons un seul corps, avec une même respiration. Définitivement accordés.

Une grande paix m'envahit. La rumeur de la terre, jusque-là filtrée par l'écran du vent sifflant, monte vers moi avec toutes ses richesses, comme un parfum d'humus après l'orage d'été. J'entends des cris, des rires, tout en bas, juste en dessous. Yeux clos, je me penche pour écouter, distinguer les voix peut-être.

Un rire d'enfant excitée vole jusqu'à moi. Je veux appeler dans sa direction, m'inclinant davantage sur la rambarde. Aucun son ne sort.

À ce moment-là, je bascule. Il y a des élans du corps qui sont des cris.

— Victoria !

... J'ai sept mille yeux. Rien ne leur échappe, aucune vibration de l'air, l'éclat d'un regard, la trace d'une odeur. Ils me donnent à éprouver l'en deçà et l'au-delà du présent. Car chaque seconde est un cosmos, un chaos d'étoiles, un ordre immuable et toujours en fusion...

Avec sept mille yeux, le huis clos silencieux de la chambre d'hôpital devient le théâtre d'ombres de ma vie, chaque objet s'anime et éveille les images de ma mémoire, un kaléidoscope d'émotions. La conscience suraiguë de l'entre-deux est ma puissance et mon désespoir. Depuis combien de temps suis-je sous ce drap rêche, inamical ? Peu importe, je suis la reine des abeilles filant dans l'azur, en un vertige qui me happe, des terreurs qui m'anéantissent. Je suis l'égale de mes sœurs mais étrangère à toutes. La reine ? La reine déchue, plutôt. Où sont les signes de ma puissance en cette pièce où moniteurs et sondes lancent leurs signaux, phares et balises sur un chemin sans horizon ? Je suis un mirage, une île qui dérive à la surface du monde, j'en perçois les contours flous et les reliefs indistincts, océan de vagues molles qui me submergent sans merci. Je devrais être conquérante et rayonnante, Femme-Messie d'une cause qui me doit tout, mais j'ai tourné les talons, au risque de retrouver le labyrinthe de mes trophées misérables, anciennes conquêtes fugaces et tarifées, quelques créations vaines et sans lendemain et des lambeaux d'articles de presse sur mon quart d'heure de gloire. Que reste-t-il de tout cela ? Rien. Je suis seule, et cette solitude résume ma vie et l'achèvera. J'ai perdu mon frère, mon double, cet autre moi-même, sacrifié pour que je vive. J'ai trop longtemps dédaigné Ramsay, comme lui-même a dédaigné sa fille, avant de se soustraire à la vie, à ma vie. Fatale chaîne des abandons et des solitudes. J'ai laissé tomber mon sceptre et une petite fille s'en est saisi, jouant avec lui et riant comme jamais je ne sus le faire.

L'infirmière entre et sort. Elle me regarde à peine, distante et affairée, l'œil sur les appareils. À son passage, la porte s'ouvre et se referme en pulsations silencieuses. À chaque battement, la rumeur du monde pénètre, cette autre planète qui m'effraie. Une radio déverse des flots d'éclats de voix, des flashes d'information excités, vanité des vanités. La nuit tombe. Je pense à notre groupe, à notre aventure irréelle. La fête de la Fédération… Dans l'hôpital endormi où les échos du monde pulvérisent ce soir le silence des souffrances, une énergie inhabituelle traverse les couloirs. Ça y est, ils savent maintenant si le combat n'a pas été vain. Et moi, l'icône du mouvement, je n'en veux rien savoir et tire le drap sur ma tête. Ramsay n'aimait pas les victoires, le triomphe vulgaire des foules.

Une silhouette en blouse blanche entre et allume la lumière. C'est Sabine. Sa main se noue à mon poignet.

— Tout va bien, Maya. Tu es sortie d'affaire. Une miraculée. Agathe a tout de suite compris lorsqu'elle t'a vue lorgner vers le vide. Elle a bondi vers toi, t'a saisie aux jambes, s'est jetée au sol et t'a bloquée comme un as du rugby. Elle t'a sauvée. Ton délire a duré plus de vingt-quatre heures, tu as dormi, on t'a mise sous puissants calmants. Il te faut du *repos, un changement d'air. Tu vas te reconstruire, et vite, j'en suis certaine. Ta vitalité est incroyable... Tu aimes la vie, Maya, et elle t'aime aussi.*

De quoi Sabine me parle-t-elle ? Je n'entends rien à son propos. Une pensée unique me vrille la tête.

— Où est Victoria ?

— À côté, elle attend que je la conduise à toi.

La porte s'ouvre. Agathe et Crescence entourent la petite princesse. Toutes les trois s'immobilisent au milieu de la chambre. Sabine baisse l'intensité de la lumière et sort avec mes deux amies. Le couloir est une rumeur de fête qui ne cesse d'enfler, traversée d'applaudissements et de cris de joie. La porte se referme en battements lents, de plus en plus serrés, comme sept mille yeux qui l'un après l'autre s'éteindraient. Tout au fond de ma nuit de cendres, deux points de lumière apparaissent et grandissent. Un astre bicéphale inconnu se lève dans mon cosmos éteint. Avant, je voyais tout, c'est-à-dire rien, maintenant je vois clair, un chemin de vie s'ouvre. Tout est juste, comme dans la ruche lorsque point le jour.

Victoria avance vers moi. La fille de Ramsay... Elle porte autour du cou le bijou aux abeilles qu'il m'avait offert. Son sourire est l'aube du monde. Elle saisit ma main avec douceur. Comme lors de notre première rencontre, dans l'île aux abeilles, ses yeux s'enfoncent dans les miens. Elle se hisse sur la pointe des pieds pour m'embrasser, je vois soudain deux foyers s'allumer en plein écran au fond de moi et éclairer les replis jusque-là insoupçonnés de mon âme. Deux yeux naissent à la vie et la cueillent toute vibrante, sans peur ni arrière-pensées, dans l'émoi innocent d'un jeune animal libre.

Ultime éclat de mes ensorcellements passés, sept mille grains de poussière traversent la fenêtre grillagée de la chambre d'hôpital et s'élèvent en bannière d'or vers l'océan pacifique des étoiles.

Remerciements

Publier un *premier roman* à soixante-dix ans – on en rêvait un demi-siècle plus tôt, mais l'entrée en journalisme à vingt et un ans et en édition à trente en avait longtemps enfoui l'envie – a quelque-chose de grisant. Rien d'autobiographique dans cette histoire, pure fiction qu'aucun élément ne ramène à la vie de son auteur, mais néanmoins tout est nourri de ses rencontres, voyages et réflexions au long cours. Ma reconnaissance est donc immense envers les personnes, certaines disparues, qui ont stimulé et documenté la lente construction de ce roman. Michèle et Mauricette pour leur soutien sensible et discret à cette aventure inédite ; Malvina pour un accompagnement permanent ; Anne-Sophie pour Bordeaux et les Landes ; Jean-Paul et Francis pour Madagascar ; Dostena et Benoît pour le Nicaragua ; François, Élodie, Jean-Pierre, Annick et Séverine pour l'Argentine ; Luc pour les Alpes de Haute-Provence ; Pierre, Enimie et Cécile pour les abeilles ; mes amis de la collection « La grâce d'une cathédrale » ; Anne-Sophie, Élodie, Arthur, Yann, Lejla et Sophie, lecteurs attentifs du manuscrit dans ses différentes phases ; Saba pour le dessin du bijou crétois aux abeilles. Enfin, tous les compagnons de plus de cinquante années de cheminement dans l'univers des idées politiques, de l'histoire, de l'engagement professionnel et citoyen, de la création culturelle – au premier rang desquels Francis Bueb, exigeant et précieux ami de toute une vie, disparu en octobre 2023 après avoir exploré jusqu'au bout, particulièrement à Sarajevo, les formes et les risques de l'engagement : à bien des égards, je relie cet admirateur et disciple d'André Malraux à la fière figure de Flora Tristan.

À lire

Une nouvelle édition du Journal de Flora Tristan est parue en mars 2024, sous le titre *Autour de la France*, aux Éditions Libertalia. Michèle Audin, qui en a assuré l'édition et la préface, s'est fondée sur le complexe manuscrit original, minutieusement retranscrit et annoté, avec de précieuses références.

Imprimé en France par
CPI Firmin-Didot
en avril 2024
N° d'impression : 179781